Nathan Devers

# Künstliche Beziehungen

Roman

Aus dem Französischen von André Hansen

S. FISCHER

Die Übersetzung wurde vom
Deutschen Übersetzerfonds und vom
Centre National du Livre gefördert.

Erschienen bei S. FISCHER

Die Originalausgabe erschien 2022 unter dem Titel
»Les Liens artificiels« bei Éditions Albin Michel,
Paris, Frankreich.

Hedderichstr. 114, D-60596 Frankfurt am Main
Satz: Fotosatz Amann, Memmingen
Druck und Bindung: GGP Media GmbH, Pößneck
ISBN 978-3-10-397537-6

*Für Heidegger, für Gainsbourg*
*und auch für Anaële.*
*Den Seelen, die den Reizen des Nichts sich manchmal öffnen.*

*Ich will ein andres Leben, und zwar reale Träume,*
*Den echten Schein des Daseins, das Trugbild*
*fester Räume,*
*Ein andrer Ort als dieser mein Auge soll erfreuen.*
*Die Welt, in der wir leben, erlischt dann in der neuen.*
*Ob Freunde oder Feinde, wir sind uns unbekannt,*
*Dort unten wird sich schlingen um uns ein andres Band.*

*Wir müssen sie vernichten, die Gegenwart der Dinge,*
*Ein Universum schaffen, das leichter in uns dringe.*
*Dort surfen wir in einem berauschten Bildernetz.*
*Der Abgrund aller Menschen ist nun hinaufgesetzt,*
*Mit ihm die düstren Laster: das Stummsein, Langeweile,*
*Die unsre Hoffnung lenkten: Wir konnten nichts*
*als schweigen.*

*Die Welt zieht uns nach unten, ihr Dasein ist*
*sehr schlecht.*
*Darinnen steckt vor allem das Leid, die Qual, das Pech.*
*Ihr wohnt ein Mangel inne, der nicht zu stillen ist.*

*Wir fordern nur das eine: im Anderswo zu fristen.*
*Wenn wir uns dann erheben zu unsrem Morgengrauen*
*Mit all den Himmelfahrten, die darin für uns lauern,*

*So wart ich, dass die Menschen harmonisch mit sich sind,*
*Das Joch sehr bald zerbrechen, das seit Geburt uns zwingt.*
*Auf idealen Wellen gen Himmel wir dann ziehen,*
*Der Glanz verschwundner Dinge verblendet uns wie nie,*
*Wir hängen in den Zeiten, im Äther schweben wir,*
*Wir haben keine Leiber und atmen frei von Gier.*

*Nach droben lasst uns bringen die Seele, die erstickt.*
*Denn unser Garten Zukunft erreicht bald den Zenit,*
*Die Ära der Erfüllung der gestrigen Begehren,*
*Geburt des Paradieses im Schatten der Schimären.*
*Kein Schwur wird hier geleistet, Gewissheit stellt sich ein:*
*Wir werden sie erbauen, die Menschheit, die wird sein.*

*Ein Credo braucht die Erde, den Glaubenssatz des Seins.*
*Der Keim des simplen Einfalls will aus dem Boden treiben,*
*So rein ist seine Botschaft, so glühend heiß ihr Sinn.*
*Vor euch will ich sie legen, ganz leise und dezent:*
*»Getrennt sind wir im Leben, wenn wir zusammen sind.*
*Getrennt und doch zusammen, zusammen und getrennt.«*

Nutzungsbedingungen der Antiwelt

Am 7. November 2022 wurde ein neues Facebook-Konto angemeldet: »Julien Libérat II«. Wenig überraschend blieb dieses Ereignis gänzlich unbemerkt. Julien Libérat verlor keine Zeit. Sein erster Post war ein Screenshot: ein schwarzes Rechteck mit Text. Die Sätze waren einfach, die Buchstaben violett. Am nächsten Tag, stand da, werde er im Livestream einen »symbolischen Akt« begehen. Da er offenbar meinte, dass diese Zeilen nicht genug Interesse weckten, hieß es weiter, man werde sich »für immer an diesen Moment erinnern«. Nun musste er noch den Link an seine Freunde schicken, und nachdem er alle seine Bekannten versorgt hatte, wählte er noch ein paar zufällige Profile aus. Wenn Julien Geld in die Hand nahm, konnte er seinen Post, das war sein dringlichstes Ziel, noch sichtbarer machen, und so gab er dafür seine letzten Ersparnisse aus.

Mundpropaganda und Werbung zeigten Wirkung. Gegen Mitternacht hatte seine Ankündigung schon Hunderte Likes erhalten. Würden sie ihn ernst nehmen? Die Frage stellte sich nicht. Natürlich gab es eine Flut von höhnischen Kommentaren, die sich über den aufgesetzt rätselhaften Ton seiner Erklärung lustig machten – aber konnte man sich eine bessere Werbung denken? Die Spötter umschwirrten sein Facebook-Profil wie die Motten das Licht. Gegen ihren Willen schenkten sie ihm Aufmerksamkeit. So gallig ihr Sarkasmus auch war, er überdeckte den Beigeschmack von Neugier, Voyeurismus, Unsicherheit kaum: War vielleicht doch etwas dran an diesem Unbekannten? Sollte es doch eine Sensation geben? Eine Spannung machte sich breit. Je bissiger die Leute feixten, desto dringender verlangte es sie nach Gewissheit. Alles lief nach Juliens Plan. Alles war vorbereitet, der Mechanismus setzte sich ganz ohne das Zutun irgendeiner Person in Gang. Er brauchte bloß still zu sein und im Flugmodus bleiben, bis es so weit war. Mit diesem Entschluss schaltete er sein Handy aus und ging ins Bett.

Das Video begann ein paar Minuten zu spät. Schlechter Winkel. Zuerst waren Juliens Nasenlöcher zu sehen, zwei kleine Krater mit vielen einzelnen Haaren, seine verpixelte Stirn, ein verschwommenes Ohr, ein paar zerzauste Strähnen, sein Kinn von der Seite. Das Handy bewegte sich zu schnell, das Bild war unscharf. Schließlich stabilisierte Julien das Objektiv und stellte in aller Ruhe einen besseren Winkel ein. Nun war sein ganzer Oberkörper zu sehen. Reglos musterte er die Kamera und verlieh seinem Video den Anschein einer Fotografie. Am unteren Rand des Bildschirms liefen die Kommentare vorbei. Die Hater hateten, wie nur sie es konnten: »Was sitzt der da rum? Wie eingefroren – ganz schön sus!«, »Hab ja schon viele arschgesichter gesehen aber du bist ein richtig verschissener Teletubbie lol!« Die Facebook-User hatten recht. Sein Gesicht war komisch, fast nicht zu entziffern. Wie ein Cadavre Exquis, der von vielen nachlässigen, grausamen Händen geformt wurde. Rivalisierende Hände, die alle einen anderen Menschen gestalten wollten und sich ewig um Juliens Aussehen stritten, indem sie die Skizze ihrer Widersacher überzeichneten, wieder von vorn anfingen, bis ein vielschichtiges Monstrum entstand. Juliens Gesicht war nicht hässlich: Es war unmöglich. Das Gesicht des perfekten Schwiegersohns überlagerte die Visage der Verzweiflung. Gesicht über Visage und Visage über Gesicht, immer wieder voneinander abgepaust, so führten sie einen vergeblichen, zermürbenden Krieg.

Lange saß er reglos. Schweigend trotzte er dem Objektiv, und seine Augen erzählten seine Lebensgeschichte. Es schien, als wollte er sein Gesicht abziehen und sich zugleich seiner Visage entledigen, um die beiden endgültig miteinander zu versöhnen. Sein Publikum wurde ungeduldig: »Und? Was is nu das grosse Ding?«, »Machste noch was, Hackfresse?«, »der bringt sich bestimmt um hehe«, »Alter der blick voll verstrahlt Mann der hat scheiße im Hirn das siehst du gleich«. Die ersten loggten sich schon wieder aus: »scheiß clickbait heinis auf fb dumme Versager gibts zu viele von bye bye ihr Loser«.

Bei Julien war es ruhig, fast friedlich. Langsam kletterte er auf einen Tisch, öffnete das Fenster und stieg auf die Fensterbank. Das Publikum wurde unruhig. »Äh wir müssen den Notarzt rufen, schnell!!«, »tu es nicht, bitte«, schrien die einen, während die anderen jubelten: »der Teletubbie denkt der ist ein Vogel«, »was soll das denn, der hat sie doch nicht mehr alle«, »Komm kleiner Piepmatz zeig mal wie gut du fliegen kannst!«

Draußen regnete es, und Julien war nicht schwindlig. Ein graues, schweres Licht fiel vom milchigen Himmel. Der Regen war hart. In senkrechten Linien verband er die Wolken mit dem Boden wie Harpunen, die tagsüber gespannt und im Nichts befestigt werden. Kaum vorstellbar, dass durch diese Linien Wasser strömte. Der Boulevard vor ihm war breit, zwischen den Kastanien fuhren Autos. Julien griff nach seinem Handy. Seine weitaufgerissenen Augen zeigten einen unantastbaren, tiefen Frieden. Nur die Einheit fehlte noch. Der Regen stürzte heftiger, und Julien stürzte mit ihm. In diesem Moment brachte sich Julien nicht um; er war ein Tropfen unter vielen.

Das Wasser fiel, und auch das Leben fällt. Es gibt schon auf, bevor es beginnt. Es folgt einer dumpfen Bahn, die Bewegung ist nicht die seine. Es startet nirgendwo und endet genau dort, wo es angefangen hat, dazwischen nur ein Verlust von Höhe. Angetrieben vom eigenen Gewicht rast es stur auf das Nichts zu. Das Schlimmste ist, dass es seinen Weg nicht selbst wählen kann: Alles ist vorherbestimmt, es muss sich dem Wind überlassen, den Kräften rundum, den feindlichen Mächten. Der Tropfen fällt schnurgerade, weicht nicht aus der Spur, tanzt nicht, flieht nicht, ist nicht frei. Er wird kleiner, sinkt, aber rückt nicht von der Stelle. Die Zeit vergeht, und die Niederlage wächst. Die Flugbahn verschwindet ganz, es bleibt nur der große Sturz.

Als der Boden näher kam, hagelte es unter dem Video Kommentare. Keine Beleidigungen mehr, stattdessen blankes Entsetzen. »SCHEISSE wir können doch nicht einfach nur rumsitzen und nichts tun«, »Helft ihm!«, »der Arme«, »OMG wie grausam«. All diese sinnlosen, dummen Phrasen ließen ihn nicht zum Fenster aufsteigen. Vergeblich begleiteten sie Julien in seinem Sturz, versammelten sich auf dem Asphalt, wo sein Körper in Kürze aufschlagen würde. Gleich war sein Schädel Vergangenheit. Dann zerplatzte er im Einheitsgrau des Himmels. Die Hirnmasse quoll heraus, zäh wie ein sahniger Käse. Die Blutlache zeichnete sogleich einen grobschlächtigen

Heiligenschein um seinen zerschmetterten Körper. Zwischen der Citroën-Werkstatt und dem Espace Raymond-Devos, zwischen Taubenkot und ausgedrückten Kippen starb er in wenigen Augenblicken einen Christustod, lächerlich und erhaben, verborgen und ruhmreich.

Es war nicht das erste Mal, dass sich jemand live auf Social Media das Leben nahm. Im Internet war man nie der Erste, der etwas tat. Irgendjemand anders hatte alles schon ausprobiert. Der gefilmte Fenstersturz war, als Julien sich daran versuchte, bereits ein eigenes Genre mit Codes und Gemeinplätzen. Zahlreiche Vorläufer hatten Periscope genutzt, YouTube und sogar Instagram. Jedes Mal blockierten die Plattformen den Zugriff auf die Videos, um die User nicht mit sensiblen Inhalten zu konfrontieren.

Julien war also nicht besonders originell. In den folgenden Tagen würde die Presse über einen jungen Klavierlehrer berichten, der sich vor den erstaunten Augen einiger Hundert Menschen das Leben genommen hatte. Sein früherer Arbeitgeber, das Institut de Musique à Domicile, würde dann eine Trauermeldung für den sympathischen jungen Mann veröffentlichen, der seit sieben Jahren unterrichtete, nie negativ aufgefallen war, stets mit Begeisterung bei der Sache, wenngleich er in den letzten Monaten rätselhaft abwesend gewirkt hatte. In den sozialen Netzwerken würde man

Artikel posten, deren Leser ihre Trauer mit betrübten Emojis zum Ausdruck brächten. Fernsehkommentaren zufolge war das Ereignis ein Symptom des grassierenden Nihilismus. Fassungslos würden sie fragen, ob es denn normal sei, dass die Jugend Freitod-Selfies machte? War es nicht unerhört, ja schockierend, dass es Leute gab, die angesichts eines solchen Spektakels hasserfüllte Kommentare schrieben? Warum blieben diese Feiglinge anonym? Was unternahm Facebook, um solche Katastrophen zu verhindern? In was für einer verkorksten Welt lebten wir eigentlich? Spielten jetzt alle verrückt?

Mit den Wochen, Monaten, Jahren, nach einer sogenannten langen Zeit, würden sie allmählich genauere Fragen zu den Ungereimtheiten dieses Falls stellen. Warum sagte Julien im ganzen Video kein Wort? Wenn er seinen Suizid inszenieren wollte, hätte er dann nicht seinem »Publikum« die Motive erklären müssen? Nein, er erklärte nichts, gab seinen Zeugen keine Anhaltspunkte, nicht die geringste Spur, nicht den kleinsten Hinweis. Dieser stumme Tod, dieser Sprung, diese Mischung aus Kaltblütigkeit und Inspiration, die Gleichgültigkeit des bald Toten angesichts des Spotts, das zuversichtliche Gesicht eines Verurteilten, eines unverständlichen Opfers, das alles hatte etwas von einer makabren Inszenierung. Die Tat schien von langer Hand geplant und doch in letzter Minute improvisiert. Wie eine abstrakte Performance oder eine verschlüsselte Warnung. Kein Abschiedsbrief, nur ein Screenshot, in dem er den Sturz als »symbolischen Akt« bezeichnete … Was war daran symbolisch? Und warum dieser herausfordernde Blick in die Kamera? Warum dieses friedliche Gesicht, frei von Not, nahezu glücklich im Moment des Sturzes in die Leere?

Langsam würde sich die Wahrheit ihren Weg bahnen und erste Ahnungen stottern. Verbissen zweifelnd würde sie nach Hinweisen suchen. Durch Zufall, manchmal auch durch Hartnäckigkeit, könnte sie unterwegs eine winzige Gewissheit erlangen, dünn wie eine Messerschneide, und gelegentlich ergäben sich daraus dann weitere Hypothesen. Diese Versatzstücke, rudimentäre Puzzleteile eines unbekannten Bildes, müssten geduldig zusammengefügt werden, in der Hoffnung, dass sie am Ende ein Ganzes ergeben würden. Je weiter diese undankbare Aufgabe voranschritte, desto mehr Überschneidungen gäbe es, immer zahlreichere, immer wertvollere. Mit der Zeit träte Juliens Geschichte zutage. Sie stiege aus den Tiefen, aus dem Vergessen, wo sie für alle Ewigkeit ruhen sollte. Nach und nach käme sie an die Oberfläche und könnte annähernd so erzählt werden, wie Julien sie erlebt hatte. Schließlich käme die Sache ans Licht, an ihr eigenes Licht, das Licht eines Ereignisses.

*Vor irgendeinem Bildschirm, vor einem*
*dieser Smartphones*
*Sind Menschen meiner Sorte so chancen- wie auch ratlos.*
*Dann geht es ihnen schlechter, die Rage raubt den Atem.*
*In einem Meer des Hasses, der Mittelmäßigkeit,*
*Versinken wir im Wüten, in einer Einsamkeit.*

*Ich habe meinen Laptop gerade angemacht.*
*Ich habe Langeweile und scrolle durch die Nacht.*
*Mit seinen Güllefluten sagt Facebook mir hallo.*
*Und Instagram und Twitter? Es ist ne Horrorshow.*
*Regress ist hier zu finden; er ist gar infinit.*

*Statt Mensch sind wir Monade, ein Ego nur, das brüllt.*
*Wir liken und disliken, erzählen uns vom Leben.*
*Beachtung zu erhaschen, versuchen wir vergebens*
*Und irren wie die andern durch diesen Datenwald,*
*Wo unsre Eitelkeiten ruinengleich zerfallen.*

Scrolling

TEIL I

# IM NEWSFEED

# Kapitel 1

Sonntage waren in Rungis kranke Tage. Seit Julien hier lebte, versuchte er immer, so spät wie möglich nach Hause zu kommen. Von morgens bis abends schmorte die Stadt in einem Klima der Einsamkeit. Im Umkreis von zwanzig Minuten gab es in den menschenleeren Straßen kein offenes Geschäft. Wagte man sich vor die Tür, vermeldeten die dunklen Bürofenster, dass auch die Gemeindeverwaltung verschlossen war. Rungis erinnerte an die wüste Landschaft nach einer Atomkatastrophe. Nur der Fluglärm von Orly ließ eine Welt erahnen. Irgendwer schlürfte Tomatensaft und lauschte den Ansagen der Stewardess, die eine von Stränden und Meer umkämpfte Landschaft ankündigte. In Rungis blieb man ruhig und wartete, eingesperrt in den Wohnungen, auf den Sonnenuntergang und den nächsten Wochenstart, als hätte man sich damit abgefunden, neben dem großen Flughafen reglos und träge dahinzuvegetieren. Es schien eine ungeschriebene Regel zu geben: Sonntags blieben alle mehr oder weniger daheim – und niemand kam auf die Idee, diese Atmosphäre der Stille und Leere, diesen Geist des ewigen Lockdowns zu stören.

Julien wohnte seit dem 8. Februar in Rungis. Als mit May Schluss war und sie ihn aus der gemeinsamen Einzimmerwohnung geworfen hatte, hatte er seine Eltern um Unterstützung gebeten, ohne große Hoffnung. Ein vergebliches Unterfangen. Sie kamen mit den üblichen Ausreden: Die Fensterläden mussten neu gestrichen werden, sie hatten hohe Rechnungen zu bezahlen, die Wasserleitungen waren alt, das Auto defekt ... Immer war es schwierig bei ihnen. Julien kannte dieses Herumeiern nur zu gut, diese Ausflüchte, die tausend absurden Rechtfertigungen für ihren angeborenen Egoismus. Als er ihnen also anlässlich eines gemeinsamen Mittagessens seine Situation schilderte und sein Vater ihm erklärte, dass sie sich beim besten Willen nicht einmal an der Miete beteiligen könnten, hatte er keine Kraft mehr für Streit. Er sagte bloß, dass er sie verstehen könne. Gewissermaßen stimmte das auch: In seinem Alter konnte er den Eltern nicht mehr die Schuld an seiner Misere geben.

Je mehr Wohnungen Julien besichtigte, desto bereitwilliger nahm er größere Entfernungen von der Rue Littré in Kauf. In der Pariser Innenstadt konnte er gerade einmal eine dunkle Kammer mit Klo auf dem Gang anmieten. Er musste der Wahrheit ins Auge blicken: Ein junger »Künstler« konnte in der Hauptstadt seines Landes nicht gut leben. Jeden Tag erweiterte er seinen Suchradius und stieß schließlich auf die Anzeige für eine Einzimmerwohnung zur Untermiete im Stadtzentrum von Rungis. Damals dachte er, dass es sich um eine vorübergehende Unterkunft handelte: zehn Tage höchstens oder einen Monat, dann würde er wieder in Stadtnähe ziehen, nach Montrouge etwa oder nach Issy-les-Moulineaux. Deshalb richtete er seine Bleibe gar nicht erst ein. »Bleibe«, das war nicht das passende Wort. Rungis war für ihn bloß eine Durchgangsstation. Nichts anderes als eine Wartestadt.

Die zehn Tage zogen sich jetzt schon drei Monate hin, und ein baldiger Umzug war nicht in Sicht. Nicht, dass sich Julien in Rungis heimisch fühlte, ganz und gar nicht. Nichts brachte Gleichgültigkeit und Langeweile besser zum Ausdruck als diese Stadt, die von Autobahnen, Hangars und einem Flughafen umzingelt war. Und doch stand sie ihm fast wie ein Maßanzug. Rungis war nicht zu dörflich, nicht zu unpersönlich, keine Kleinstadt, sondern eher eine Großstadt im Miniaturformat. Hier gab es hauptsächlich Bürogebäude und mehr Kaffeemaschinen als Einwohner. Auf Menschen traf man hier nur selten. Doch alles war ordentlich, angefangen bei den Blumen, die die Stadtverwaltung pflanzen ließ, um das Wohlbefinden der Verwalteten zu maximieren und ein prestigeträchtiges Label zu erhalten. Rungis war also ein Ort, wo nichts geschah, absolut nichts, wo aber ein fesselnder, absurder Duft in der Luft lag: der Duft eines Abenteuers, das anfangen wollte, aber noch nach dem geeigneten Startpunkt suchte.

An jenem Abend begann nun in der Tat ein Epos: Zum ersten Mal seit langem sollte Julien in einer Bar im fünften Arrondissement anlässlich der Wiedereröffnung der französischen Gastronomie ein Konzert geben. Thibault Partene, der Wirt des Piano Vache, hatte ihm die frohe Botschaft in einer siegesgewissen SMS übermittelt: »Hallo, mein liebster Piano Man, mit großer Freude kann ich dir mitteilen, dass wir nach zwei Jahren der verschlossenen Türen endlich wieder ein Spring Jazzy machen! Da sollten viele Amis kommen. Ich denke so an Woody-Allen-Songs wie in alten Zeiten ... Zehn Stücke bis nächste Woche, schaffst du das? Wenn ja, 100 Euro OK? LG.«

Das Piano Vache befand sich ganz oben auf dem Sainte-Geneviève, etwas unterhalb des Panthéon in der schmalen Rue Laplace, einer Gasse, in die sich abends die Urlauber auf der Suche nach Unterhaltung verirrten. Seit dem Film *Midnight in Paris* von 2011 war das Viertel immer touristischer geworden und machte Montmartre und den Champs-Élysées Konkurrenz. Der Held, ein amerikanischer Idealist, gespielt von Owen Wilson, schlendert in diesem Woody-Allen-Film verträumt durch das fünfte Arrondissement. Um Mitternacht betrachtet er den Vorplatz der Kirche

Saint-Étienne-du-Mont und erlebt ein Wunder: Er reist durch die Zeit und findet sich im Paris der Années Folles wieder, in Gesellschaft von Hemingway, Fitzgerald und sogar Picasso.

Seitdem stand dieser Vorplatz für den Zauber von Paris; ein Muss für Parisbesucher im Sommer. Jeden Abend zündeten sich hier Dutzende Touristen mit Adrenalin in den Adern eine Zigarette an. Wenn Allens Wunder ausblieb, suchten sie ein paar Meter weiter nach einer romantischen Bar. Zum Glück für Thibault Partene stürzten sie sich in die Rue Laplace, wo der Weg so schmal war, dass sich die Häuser oben zu küssen schienen. Die Zigarette war noch nicht erloschen, da erspähten sie schon die Fassade des Piano Vache mit den schmalen Fenstern und den altmodischen Außenschabracken. Auf einer Markise prangten die Worte »Le Piano Vache« in einer Vintage-Schriftart; ein schmaler Saum verstärkte den Schaft eines jeden Buchstaben, was sie so tänzerisch erscheinen ließ wie Achtelnoten. Die dauerverzückten »Cheeseburger« – wie Thibault Partene sie manchmal nannte – betraten im Halbdunkel einen Raum mit Protestplakaten, sie bestellten Bier, und bis ein Uhr nachts war Paris ein Fest.

Wie alle Geschäfte, Bars, Discos, Bistros und Gaststätten, wie fast die gesamte Weltwirtschaft hatte auch das Piano Vache stark unter der Coronakrise gelitten. Von Lockdown zu Lockdown, von Teilöffnung zu erneutem Lockdown, von Ausgangssperre zu Maskenpflicht, von Impfpass zu zig unterschiedlichen Hygienekonzepten, alles vor dem Hintergrund eines langen Ausbleibens von Touristen, war es schwieriger geworden, und schließlich hatte Thibault Partene Insolvenz angemeldet. Die Bar blieb fast zwei Jahre lang geschlossen, bis die Schanklizenz an einen neuen Eigentümer überging. In den Nachrichten, die er Julien zwischen 2020 und 2022 schickte, wechselte er zwischen zwei gegensätzlichen, aber nicht widersprüchlichen Wutausbrüchen: Einmal ärgerte er sich über die »Flachpfeifen in der Regierung«, ein anderes Mal, wenn er sich in einer Phase äußerster Frustration oder Resignation befand, richteten sich seine Beschimpfungen gegen das Virus selbst, dieses »Scheißcorona«, diesen »verkackten Virus, der unser Leben ruiniert«, diese »***** Krankheit, die alles kaputtmacht«. In all seiner Rage beschuldigte er die Seuche jedoch nie, Menschen getötet zu haben. Er regte sich nur darüber auf, dass sie seine Bar zugrunde richtete.

Am 15. Mai 2022 war der Optimismus dennoch groß. Als Julien den zu drei Vierteln gefüllten Raum betrat, fand er ihn kaum verändert vor, es wirkte nur viel sauberer als früher: Graffiti und Che-Guevara-Poster zierten zwar noch immer die Wände unter den Holzbalken, aber das Licht war heller, und die Tische glänzten, als hätte sich die Patina aus Schmutz und Alkoholresten in Luft aufgelöst. Während Julien seine Noten ausbreitete, suchte er sich zwei oder drei Leute im Publikum aus, die er im Blick behalten wollte, um die Stimmung seiner Zuhörerschaft zu testen. Zuerst ein Tisch mit Amerikanerinnen, die übertrieben lachten und Insta-Stories posteten. Etwas weiter hinten ein Rentner mit vernarbtem Gesicht und leerem Blick, der ein großes Bier hütete. In der Ecke am anderen Ende des Raums ein Pärchen, das auf seine Getränke wartete. Der Mann trug Sneaker und eine weiße Hose. Er war stark gebräunt, bemühte sich um eine aufrechte Haltung und richtete alle zehn Sekunden seine Haare. Wenn seine Begleiterin nicht hinsah, glotzte er sie von der Seite an, beugte sich vorsichtig zu ihr hinab, kam bis auf wenige Zentimeter an sie heran. Er zögerte offenbar, ihre Schulter zu berühren. Die Frau richtete derweil ihre Maske – ihre Art des Nachschminkens.

»Ladies and gentlemen, welcome to the Piano Va-a-ache!«

Kollege Partene versuchte sich an ein paar englischen Sätzen und betonte die wichtigsten Wörter: Dreimal sprach er vom »Frenchy style« und vom »Parisian way of life«. Julien hörte halb zu und fragte sich, ob es einen »Parisian way of taking the Regionalverkehr, um 100 Euro in einer Kitschbar zu verdienen«, gab. Dann kam Thibault auf das Thema des Abends zu sprechen und zwinkerte Julien zu: Das war sein Zeichen, mit der Musik zu beginnen.

Als Julien seine Finger auf die Tasten legte, überfiel

ihn beim Blick auf seine Hände ein Schwindelgefühl. Da waren sie, ausgestreckt und steif wie alte Turbinen, mit all den Ungeschicklichkeiten, derer sie fähig waren. Was, wenn der Motor nicht ansprang? Was, wenn die Maschine durchgerostet war? Vor allem der Ringfinger machte ihm Angst: Anders als Daumen und Zeigefinger besitzt der »Finger der Liebe« keine eigene Kraft. Wie die Kirsche eines Kirschenpaars hängt er vom Mittelfinger ab, kann sich nicht von allein aufrichten, nicht Schwung nehmen und kräftig auf die Taste schlagen. Ohne Übung verwandelt er sich in einen Zeh, einen morschen Ast. Und wann hatte er das letzte Mal auf einem richtigen Klavier gespielt, abgesehen von seinen Klavierstunden, und wann vor einem richtigen Publikum? Wie konnte er sicher sein, dass er sein Talent nicht verloren hatte? Julien versuchte, den Gedanken zu vertreiben, aber es war zu spät: Das Hochstapler-Syndrom erlebte sein Comeback. Schon dröhnte es in seinen Schläfen. Sein Herz war ein gestörtes Metronom. Das war's, hörte er sich denken, denn er wusste: Seine Fähigkeiten waren verloren, sobald er sie verloren glaubte.

»Take the A-Train« dauert nie länger als zwei oder drei Minuten, egal in welchem Tempo. Julien kannte das Stück auswendig. Erst röcheln seine Finger, pfeifen wie eine Lokomotive und greifen in die schwarzen Tasten: Der Zug setzt sich in Bewegung. Langsam gesellt sich die linke Hand dazu. Lässig fliegt sie links über das Klavier, klettert die Tasten hinauf und wieder hinab. Aus diesem Auf und Ab entsteht eine raue, kalte Melodie. Die Basslinie treibt das Stück bis zum Ende an wie das Rotieren der Pleuelstangen den Zug. Und schon wippt auch die rechte Hand mit. Das Klavier ist für sie ein riesiges Trampolin. Geschwind wie eine Springspinne hüpft sie über die Tasten, landet auf den Füßen und vermeidet falsche Töne. Zwischen zwei Achtelnoten spielt sie ein wenig verrückt, swingt in der Luft, tanzt anstelle der Noten. Ist der Funke erst einmal übergesprungen, vergisst der Klavierspieler seine Finger und schaut lächelnd ins Publikum. Er ist mit seinen Zuschauern in den *A-Train* eingestiegen, lässt sich mit dem Jazzwaggon mitziehen, es läuft rund, die Klänge schaukeln, die Musik schwankt, und die Gäste bewegen sich im Rhythmus.

Nur wurde Julien seine verhängnisvolle, quälende Obsession nicht los: Ließ er den *A-Train* entgleisen? Gleich zu Beginn trafen seine Finger eine falsche Taste und erzeugten einen Misston. Niemand hatte es bemerkt, aber der Fehler stresste ihn, der Stress brachte ihn ins Schwitzen, und der Schweiß setzte ihn noch mehr unter Druck: Julien wollte schon abbrechen und noch einmal von vorn beginnen. Doch sein Überlebensinstinkt trieb ihn dazu, weiterzumachen, als wäre nichts. Das tat ihm nicht gut. Je länger seine Tortur andauerte, desto mehr fühlten sich seine Finger an wie ungeschickte Skifahrer, die eine Slalompiste hinunterrasten und sich an den Bs und Kreuzen das Genick brachen. Als die Amerikanerinnen kicherten, war alles vorbei. Nun schien die Lokomotive völlig aus der Spur zu geraten, verwandelte sich in einen Rammbock und kam unter den strengen Blicken von Partene und Che Guevara zwischen quietschenden Hindernissen ganz zum Stehen.

Die Gäste applaudierten dennoch reflexartig, bis auf den Rentner, der nur geheimnisvoll seufzte und seine Brille zurechtrückte. Die Amerikanerinnen waren mit ihren Stories anscheinend zufrieden. Nur das schüchterne Paar hatte von dem Fiasko nichts mitbekommen: Der braungebrannte Mann mit der weißen Hose war zu sehr mit seinen Annäherungsversuchen beschäftigt. Wie Bauern auf einem Schachbrett näherten sich seine Hände langsam dem Arm seiner Freundin. Sie reagierte nicht. Später vielleicht.

Julien trank drei große Schlucke Bier und kam wieder zu sich. Für »Rhapsody in Blue« musste er die Augen schließen und sich den Anfang von *Manhattan* vorstellen: schwarzweißer Sonnenaufgang über kantigen Wolkenkratzern. Zwischen Stahlfassaden und Neonlichtern verlassen die Menschen ihre Wohnungen und gehen zu Fuß zur Arbeit. Sie lassen sich Zeit und bewegen sich zugleich hektisch voran, verschwimmen mit den Schaufenstern, den Taxis, den Vordächern. Es heißt, dass sie alle kleine Geschichten in sich tragen: Liebesaffären oder heimliche Begegnungen.

Alle laufen ihren Abenteuern entgegen, während die Sonne zwischen den Wolkenkratzern Verstecken spielt. An einer Straßenecke wird sie von einem Gebäude verschluckt wie von einer Wolke, mitten am Tag wird es dunkel. Umso heller taucht sie wieder auf und strahlt über einem Meer von Ulmen: Der Central Park badet im Zenit. Dann zieht das Tempo an, die Musik geht weiter, und die Umrisse wechseln sich ab. Die Melodie verklingt, und schon ist es Nacht.

Und, hatte er Gershwin geschändet? Die Reaktion des Publikums war gemischt. Die Amerikanerinnen bezahlten und gingen: Lag es daran, dass er *Manhattan* in einen Schundfilm und New York in Pjöngjang verwandelt hatte? Der Alte mit dem leeren Blick hob die Schultern. Die verklemmten Turteltäubchen fürchteten sich noch immer vor dem nächsten Schritt. Alles nicht sehr aussagekräftig. Von Stück zu Stück steigerte sich Julien in sein Martyrium aus Zweifeln und Partituren. Auf dem Notenpult sammelte sich das Freibier wie eine Arznei. Das gesamte Woody-Allen-Repertoire flog vorbei, vom *Stadtneurotiker* bis *Radio Days*, von Sidney Bechet bis Isham Jones, von *Harry außer sich* bis Carmen Lombardo. Die Stunden vergingen, die Bar leerte sich allmählich im Rhythmus des Jazz, und wann immer ein Gast nach der Rechnung fragte, wuchs Juliens Schuldgefühl.

## Kapitel 2

Wenn Serge Gainsbourg im Jahr 2022 achtundzwanzig gewesen wäre, hätte er dann im Piano Vache gespielt, um über die Runden zu kommen? Hätte auch er Angst davor gehabt, sein Talent verloren zu haben? Hätte auch er so viel getrunken, um diese Angst zu bekämpfen? Wäre auch er plötzlich von seinem Klavier aufgesprungen, ein hackevoller Springteufel, empört über diese propere Bar und das verklemmte Publikum mit der winzigsten Aufmerksamkeitsspanne? Im Nachtbus stellte sich Julien diese Frage ernsthaft. Wenn er über seine Lage nachdachte, musste er immer an Gainsbourg denken. Zehn Haltestellen vor Rungis sprang ihm die Antwort ins Auge: Gainsbourg war seit drei Jahrzehnten tot – und mit ihm eine musikalische Vision. Eine sprudelnde Musik von gefallenen Aristokraten, feinsinnigen Trinkern und gelehrten Faulenzern, die von den Klassikern nicht loskamen. Mühelos ließ diese mit feinen Pinselstrichen komponierte Musik die Toten von Brahms bis Beethoven, mit denen sie auf Du und Du stand, in provokanten makabren

Reigen auferstehen. Eine Musik, zu der man nicht tanzen konnte, in der die verzerrten Stimmen nicht sangen, sondern höchstens rotzten, als wäre es ein Ding der Unmöglichkeit, die Akustik der Noten nachzuahmen oder den Kater hinter sich zu lassen, der schon vor dem Trinken einsetzte. Singen? Dafür war sich Gainsbourg zu schade. Den Hals voller Frösche, heiser im Rachen, zurückgezogen in ein geistiges 19. Jahrhundert, streifte er in den Tiefen seiner Einsamkeit bisweilen die surrealistischen Sätze, die ihm Huysmans und Rimbaud zuraunten. In stilistischer Verschmelzung von Poesie und Komposition öffnete sich sein Mund wie ein Voice-over, wie eine Computerstimme.

Was hätte Gainsbourg gesagt? Was hätte er Julien geraten? Weiter in den Bars spielen, bis zum Durchbruch? Zurückgezogen Lieder schreiben und auf einen Hit hoffen? Den Moden der Zeit folgen, sich in Rap oder Pop versuchen, zwei, drei Ideen von aktuellen Stars klauen? Stur auf seinem altmodischen Geschmack beharren? Sich tausendprozentig auf seine Unzeitgemäßheit zurückziehen, auf seine überholte Millennialexistenz, auf sein fast altbackenes, von Erfolg nahezu unbeflecktes Dasein? Sich als verfemten Poeten ansehen, dem der Ruhm versagt bleibt? Auf einen Hype aufspringen, der ihn berühmt machen könnte? Oder einfach Julien Libérat bleiben? Julien Libérat, ja, ein überqualifizierter Musiker, der in Ehrfurcht vor seinen Partituren erstarrte wie ein Eindringling. Ein ehemaliger hochbegabter Absolvent des Konservatoriums, der seit sieben Jahren in einem Bullshitjob am IMD festhing, dem Institut de Musique à Domicile, auch bekannt als das Uber der Musikschulen. Ein Soloselbständiger, der seine Dienste als »zertifizierter Klavierlehrer« an Kunden verkaufte, die ihn nach jeder Stunde in seinem Profil bewerteten. Ein Lehrer, der zwar 4,8 Sterne hatte, aber seine Schüler nicht ausstehen konnte. Ein Hyperaktiver, der die RER-Züge und seinen blöden Job satthatte. Ein Typ, der fünf Minuten vor Orly lebte und nie verreiste. Ein fast Dreißigjähriger, der im studentischen Lebensstil verharrte. Ein Asozialer, der Sänger sein wollte und nie tanzen ging. Ein Single, der sich in die Erinnerung an seine gescheiterte Beziehung verkroch. Ein falscher Dandy, der Bach auswendig kannte und H&M-Klamotten im Schlussverkauf kaufte. Ein größenwahnsinniger Angsthase, Liebhaber veralteter Formen und abgelebter Totems, der seinen Krempel noch als Avantgarde verkaufen wollte. Ein Mann voller Stolz und ohne Selbstbewusstsein, eher verträumt als sensibel, ausgestattet mit Diplomen und Schüchternheit, mit Hemmungen und schwindenden Ambitionen.

Der Nachtbus war gerade an Villejuif vorbeigefahren. Um sich die Zeit zu vertreiben, las Julien seine ungelesenen SMS. Gestern hatte er eine Nachricht von Irina Elevanto erhalten, seiner Kontaktperson beim IMD:

»Hallo, Julien, du hast vergessen, deinen Sommerurlaub in dein Profil einzutragen. Könntest du das bitte schnellstmöglich nachholen? Sonst kommt es möglicherweise zu Missverständnissen bei der Terminbuchung. Danke und Grüße, Irina.« Da er nicht antwortete, schrieb sie die Nachricht noch einmal um 14:28 Uhr, um 16:44 Uhr und um 19:59 Uhr, eine Minute vor Büroschluss. Julien antwortete, während er die letzten Haltestellen passierte: »Liebe Irina«, begann er höflich, »nein, das ist kein Fehler, ich nehme diesen Sommer keinen Urlaub; danke, dass du an mich gedacht hast, einen schönen Abend, schöne Nacht oder schönen Morgen, Julien.«

Na gut, dachte er, als er die Nachricht abschickte, damit war sein Scheißsommer offiziell. Mit achtundzwanzig war das Schicksal besiegelt, es verhärtete sich wie Lava, schloss sich endgültig um die Menschen und sperrte sie in die Falle ihrer Vorlieben. Der heutige Tag endete ebenso vergeblich wie alle vorangegangenen: in Müdigkeit und Verdruss.

Aber da war noch eine andere Nachricht gewesen. Ein paar Stunden vor dem Konzert im Piano Vache hatte ihm May zum ersten Mal seit Wochen geschrieben. Sie hatte beim Aufräumen ihrer alten Wohnung ein paar Kleinigkeiten gefunden und fragte ihn nun, ob er sie abholen käme. Als Julien die SMS zum ersten Mal gesehen hatte, nahm er sich vor, abzulehnen oder gar nicht zu antworten, sie einfach zu ignorieren. Vierzig Minuten später war dieser Vorsatz vergessen, und er stand vor der Rue Littré 26. Es fühlte sich komisch an, dass sie seinen Namen auf dem Klingelschild schon entfernt hatte. Der Name »Libérat« unter »Carpentier« war von einem Tintenfleck überdeckt, und es war kaum zu erahnen, dass er je existiert hatte, genau wie alles andere. Er klingelte. Einmal, zweimal, dreimal. Nichts.

Julien atmete tief ein und versuchte, an nichts zu denken. Auf keinen Fall durfte er in Mays Falle tappen. Es gab kein Anzeichen dafür, dass sie überhaupt öffnete. Vielleicht hatte sie ihm absichtlich einen Termin genannt, an dem sie nicht daheim war. Was, wenn eine ihrer Freundinnen aufmachte? Schlimmer noch: Wenn diese Freundin ein Mann war?

»Ja?«, kam eine piepsige Stimme aus der Gegensprechanlage.

Das war sie. Er nannte seinen Namen, und wieder herrschte Stille, als schwankte May zwischen unterschiedlichen Antwortoptionen, bis sie sich für einen bittersüßen Ton entschied:

»Warst du das, der hier Sturm geklingelt hat? Ich war grad unter der Dusche«, kleidete sie ihren Vorwurf in einen informativen Mantel. »Na ja, ich zieh mir schnell was an, und dann mache ich dir auf.«

Bevor Julien den Aufzug erreichte, sah er sich im Hauseingangsspiegel an. Mit den blassen Ringen, die seine Augenhöhlen vertieften, sah er aus wie ein Ausgestoßener. Wenigstens würde May nicht denken, dass er sich für sie herausgeputzt hätte. Er bemerkte jetzt sogar etwas Schmutz im rechten Augenwinkel, was auf eine hastige Wäsche hindeutete. Mit den Fingerspitzen wischte er den Dreck weg und ging weiter. Doch bevor er auf den Aufzugknopf drückte, kehrte er noch einmal in den Eingangsbereich zurück. Wieder stand er vor dem Spiegel.

Das Bild zeigte nicht nur das Innere des Gebäudes, sondern auch das Trottoir der Rue Littré. Unten rechts ragten die ersten Treppenstufen mit ihrem Smyrnateppich hervor, auf dem Zierblumen zu schweben schienen. In der Spiegelung schienen sie sich vom Stoff zu lösen, in den sie gewebt waren. Je länger man sie betrachtete, desto weiter breiteten sich die Blüten auf dem Spiegel aus. So rund und luftig, wie sie waren, entfalteten sie ein trügerisches Relief. So entstand eine Landschaft: Die Stoffblumen vermehrten sich in ihrer Reflexion.

May hatte dem Spiegel und den Blumen Bedeutung verliehen. Ohne sie hätte Julien sie kaum wahrgenommen. Aber es gab ein Foto von jenem Morgen, als sie zum ersten Mal die Rue Littré 26 betreten hatten. Die Hausbesichtigung war gerade zu Ende. Beflügelt von der Vorstellung eines Lebens zu zweit, hatten sie die Wohnung verlassen und waren im Eingangsbereich des Hauses stehen geblieben. Ein neues Kapitel in ihrer

Beziehung begann. Sie kannten sich weniger als ein halbes Jahr und wagten nun diesen Schritt. In wenigen Wochen wäre es vorbei mit Dates im Café, Metrofahrten, Treffen auf halber Strecke, Quickies auf Kneipenklos, nächtlichen SMS und vielleicht auch Eifersuchtsanfällen oder Missverständnissen. Diese Routinen würden anderen Aufgaben weichen: Möbel kaufen, Einweihungsparty organisieren, Hausarbeit aufteilen, Bügeln lernen, Regale aufbauen, einen eigenen Lebensstil gestalten und viele andere Sachen, prosaischer und dennoch aufregend – hier, auf der Schwelle dieses Hauses, wurden sie real.

Zunächst schlenderten sie durch den Eingangsbereich. Vor ihnen der Spiegel, Zeuge des Unbekannten, des Schwindels, der vielen Fragen.

»Guck mal, wie schön wir sind!«, rief May und zeigte auf das Spiegelbild.

Übersetzt hieß das: Wir mussten diesen Augenblick festhalten, ein Foto machen und auf Instagram posten. Julien stöhnte innerlich auf. Dieses Ritual dauerte ewig – dabei wollte er sich nur in der nächsten Eckkneipe bei einem Bier entspannen. Aber er hatte auch keine Lust auf Stress und spielte anstandslos mit. Während sie ihr iPhone zückte, umarmte er sie, wie es Paare tun, die zeigen wollen, wie glücklich sie sind, und mit ihrem Glück Likes sammeln.

»Mach dich bereit, eins, zwei, drei …«

Wegen des Winkels enttäuschte das Ergebnis. Das

Mirror-Selfie war eine anspruchsvolle Kunstform: Befand sich das Handy direkt vor dem Spiegel, nahm es den ganzen Platz ein; damit es das Gesicht nicht verdeckte, musste es leicht schräg gehalten werden, etwa auf Kinnhöhe. Wieder machte sich die Perfektionistin ans Werk.

Zweiter Versuch. Diesmal war nicht mehr der Abstand das Problem, sondern Juliens Haltung, die May zu schlaff fand:

»Fass mal fester an meine Hüfte«, wies sie ihn an, »sonst sieht es so aus, als würden wir verschmelzen.«

Er gehorchte. Dritter Versuch, dritte Komplikation:

»Dein Lächeln«, sagte sie leicht verärgert. »Viel zu verkrampft, wie eine Wachsfigur! Mach dich mal locker. Du musst auch nicht unbedingt lächeln. Beug den Kopf ein bisschen nach vorn und guck in die Linse, dann wird dein Blick ein bisschen düsterer.«

Es folgte der vierte Versuch (»Du guckst viel zu ernst«), der fünfte (»Rück noch ein bisschen nach links«), der zwölfte, der fünfzehnte – und so weiter, bis die Aufnahme perfekt war:

»Das ist es«, rief sie endlich. »Alles sehr nice! Hast du gesehen, wie schön wir sind?«

Ja, sie waren schön, besonders May. Sie trug eine schwarze Jacke und eine schwarze Bluse, auf die ihre blonden Strähnen herabfielen. Julien zu ihrer Linken wirkte nachdenklich. Mit diesem Blick und dem halb geöffneten Hemd schien er unnahbar wie Michel

Berger, nur mit weniger Haaren. Das Porträt war gelungen: Es sah aus wie ein Spiegelbild, als gehörte das Handy zum Spiegel dazu oder als wäre der Spiegel selbst ein riesiger Bildschirm, der die Gesichter derer speicherte, die sich darin betrachteten.

May sorgte dafür, dass das Selfie »richtig perfekt« wurde. Hochkonzentriert widmete sie sich den letzten Vorbereitungen vor dem Posten. In irrer Geschwindigkeit ertasteten ihre Finger die Instagram-Optionen. Helligkeit ändern. Sättigung anpassen. Tilt-Shift-Filter. Schatten kalibrieren. Den besten Filter auswählen. Und schließlich das Schwierigste: die Caption.

»Was gefällt dir besser: ›Bonnie and Clyde‹ oder ›Partners in Crime‹?«

»Ein bisschen kitschig, oder?« Er fügte hinzu: »Willst du nicht lieber was trinken gehen und in Ruhe darüber nachdenken?«

May stimmte zu: Das war es noch nicht. Sie googelte »schöner romantischer geheimnisvoller Spruch«. Sie landete auf einer Website mit Liebeszitaten. Der Algorithmus stellte eine Anthologie aus Stichworten zusammen (»Gefühle«, »Leidenschaft«, »Verlangen«), und so standen Alexandriner von Racine und Baudelaire neben Geistesblitzen des Kabarettisten Pierre Desproges: »Die Liebe ist wie ein Kartenspiel; wenn du keinen Partner hast, brauchst du eine gute Hand.« Ewig ließ May die Sätze vortanzen, bis sie auf den richtigen stieß: »Leidenschaft ist die Ahnung der Liebe und des Unendlichen, wonach alle leidenden Seelen streben.« Honoré de Balzac. Endlich konnte sie das Mirror-Selfie der Weltöffentlichkeit präsentieren. Es war offiziell: Mit diesem Foto ließ May Carpentier (@may_crptr) ihre zweihundertsiebenunddreißig Follower wissen, dass ihr an diesem 27. Juni 2017 gefiel, wie das Paar im Spiegel aussah.

Fünf Jahre später hatten sich weder die Aufzugskabine noch die Zierblumen verändert. Juliens Haare waren länger geworden, so dass er Michel Berger jetzt noch ähnlicher sah, und May hatte mehr Follower, viel mehr Follower. Einzig der Spiegel war leer. Darin war nichts zu sehen. Ein Selfie gegen den Schein. Ein Foto gegen eine Erscheinung. Darauf lief ihre ganze Beziehung hinaus, auf den Sieg des Schattens über das Bild, der Nacht über den Schatten.

## Kapitel 3

»Sechs Stockwerke in zehn Minuten! Bist du im Aufzug eingeschlafen, oder was?«

Die Wohnungstür war angelehnt. Julien stolperte beinahe über Umzugskartons. Am anderen Ende des Raums rauchte May eine Zigarette. Sie hatte sich ein Handtuch um die Haare gewickelt und schien sich hastig angezogen zu haben. Instinktiv fiel ihm ihre Aufmachung auf. Ein Eiskunstläuferinnenkleid mit seltsamen Motiven: beigefarbene Schnüre, die miteinander verschlungen waren und sich im Schwung des blauen Musselins verknoteten und lösten. Komische Klamotten für einen Sonntagmittag, dachte er. Überhaupt ein komischer Stil, ganz anders als sonst. Dann verstand er die Botschaft des Kleids oder glaubte, sie zu verstehen: May hatte ein neues Image, sie war nicht mehr dieselbe, das Kapitel war vorbei. Sie hatte ihn nicht einmal richtig begrüßt. Sie sah ihm nicht in die Augen, wandte sich ihm nicht zu und bemühte sich, so langsam wie möglich an ihrer Zigarette zu ziehen. Als sie aufgeraucht hatte, drückte sie die Kippe an den

Arabesken der Brüstung aus, lehnte sich aus dem Fenster und warf sie auf die Straße. Weil sie das Gespräch voranbringen wollte, kam sie gleich zum Punkt, als wäre Julien es gewesen, der sie warten ließ:

»Da«, sagte sie und zeigte auf den Couchtisch, »ich habe die Sachen zusammengeräumt, von denen ich gesprochen habe. Sollte alles da sein: dein Klavierbuch, das *Wohltemperierte Klavier*, deine Kopfhörer und deine Krankenversicherungskarte.«

Julien tat so, als interessierten ihn diese Gegenstände. Einzeln verstaute er sie in der Arbeitstasche. May lehnte immer noch am Fenster, und ihre Züge wurden ungeduldiger. Ein unscheinbares Knabbern an den Lippen, ein Wippen mit den Füßen, das seltsame, diesmal etwas hektische Anzünden einer zweiten Zigarette ... Offensichtlich wollte sie es schnell hinter sich bringen. Eine Lösung musste her. Wenn er sich weiter passiv verhielt, würde die Szene enden, wie sie begonnen hatte, mit dem Gefühl einer verpassten Chance. Also wagte er es:

»Sag mal, May«, sagte er mit gespielter Gleichgültigkeit, »stört es dich, wenn ich mir einen Kaffee mache? Ich hatte den ganzen Vormittag Kunden und kann mich kaum auf den Beinen halten.«

Es war ein offensichtlicher Vorwand. Es gab in der Gegend viele Cafés, er musste nur die Straßenseite wechseln. May traute sich aber nicht, nein zu sagen. Wie vermutet drückte sie ihre Zigarette aus, ging vom

Fenster weg und begleitete ihn in den Küchenbereich. Während die Nespresso-Maschine lief, war Julien wie beflügelt: Endlich gewann er die Kontrolle über die Situation. Er war daheim, in der Wohnung, in der er fast fünf Jahre gelebt hatte, und würde erst gehen, wenn er es wollte. Er hatte nicht vor, sich weiter von dieser Frau demütigen zu lassen, die ihn vertrieben hatte. Julien sah nur einen Ausweg: Da er ohnehin nichts mehr zu gewinnen hatte und May sich in Schweigen hüllte, konnte er auch die Grenzen austesten.

»Wenn ich schon mal hier bin, hast du vielleicht eine Zigarette für mich?«, fragte er und betonte seine aufgesetzte Naivität.

»Rauchst du jetzt?«

»Ganz und gar nicht. Aber«, fuhr er pseudooffen fort, »ich sehe dich jetzt wohl zum letzten Mal. Das ist der beste Moment für die erste Zigarette.«

Wie erwartet zuckte May bei seinem »zum letzten Mal« zusammen – und noch mehr bei »die erste«. Sie tat so, als hätte sie die beiden Sätze nicht gehört, und reichte ihm eine Kippe. Er wartete, bevor er sie anzündete. Er schätzte, dass ihm noch fünf oder sechs Minuten bis zum großen Abschied blieben, vorausgesetzt, er rauchte so langsam wie möglich. Was erwartete er von diesem Zwischenspiel? Dass sie die Trennung rückgängig machte? Dass sie ihn im Eifer des Gefechts küsste? Dass sie in Tränen ausbrach und ihn um Verzeihung bat? Dass sie ihn beleidigte und ihm die Meinung sagte? Dass wie immer nichts geschehen würde? Dass sich in diesem kurzen Moment ihre Trennung endgültig vollzog? Oder dass sie nur für die Dauer einer Zigarette noch einmal zusammen sein würden?

»Ziehst du bald aus?«, fragte er und zeigte auf die Kisten.

»Im September. Aber ich bin drei Monate nicht in Paris, deshalb bereite ich alles vor.«

»Wo geht's hin?«, hakte er nach, entschlossen, immer weiter zu fragen.

»Sorry, aber warum sollte ich dir meine neue Adresse geben? Worauf willst du eigentlich hinaus?«

Schon im ersten Viertel der Zigarette war es mit der Höflichkeit vorbei. Mission erfüllt.

»Ich will dich nicht ärgern«, sagte Julien sanft und stellte sich noch naiver, »ich möchte nur wissen, wohin du verreist. Aber wenn ich mich nicht mehr für dich interessieren darf ... Oder wenn du meinst, dass ich dich heimlich um den Globus verfolge. Dann hast wohl eher du Hintergedanken. Und dafür kann ich nichts. Du kannst auch ganz beruhigt sein: Selbst wenn ich mit dem Gedanken spielen würde – ich bin pleite. Schließlich musste ich ja ausziehen.«

Den Gegenspieler mit seinen eigenen Widersprüchen konfrontieren und zum Finish ein paar Schuldgefühle. Unschlagbare Strategie. May zuckte kurz zurück. Sie wickelte das Handtuch ab und legte ihren Bob mit den blonden Strähnen frei. Jetzt zündete sie sich eine Zigarette an.

»Nur FYI, ich verbringe den Sommer in New York. Mit Sébastien«, brachte sie halb lächelnd, halb seufzend hervor.

New York und Sébastien. Die Stadt ihrer letzten Reise und der Mann, der seinen Platz eingenommen hatte. Was war schlimmer? Einerseits New York ... Dorthin waren sie vor zwei Jahren über Weihnachten geflogen, kurz vor dem ersten Lockdown, Übernachtung im Vanderbilt YMCA, einer Jugendherberge mit Schlafsälen und Gemeinschaftsduschen für 60 Euro die Nacht. Wie gut er sich daran erinnerte, an die endlosen Spaziergänge, an den ununterbrochenen Streit von morgens bis abends! An die Museen und Bars, die ihrem Zank einen Rhythmus gaben. Die Stadtviertel, die sie besuchten, als sie das Land ihrer Gegensätze erkundeten: May, die es nicht mehr aushielt mit diesem geizigen Workaholic, mit seiner großen Ernsthaftigkeit und seiner knappen Kasse, mit diesem und jenem, jenem und diesem, und vor allem mit nichts, dieser doppelten Qual, der Hoffnung auf Veränderung und der Resignation. Er, der es nicht mehr hinnahm, dass sie ihn von oben herab behandelte und dann runterzog, dass sie ihm mit ihrem Dauerfeuer von Vorwürfen und widersprüchlichen Forderungen die Energie raubte, dass sie ihn für ihre eigenen Gewissensbisse verantwortlich machte, dass sie ihm die Last ihrer Phantasie aufbürdete und ihn erstickte, damit sie atmen konnte. Sie und er, die sich zwischen Krise und Streit, zwischen Konflikt und Versöhnung, zwischen Auszeiten und Wutausbrüchen und Küssen und Schreien Versprechen gaben, die sie nicht halten konnten: Zurück in Paris würde alles anders werden, Julien würde eine Gehaltserhöhung beim Institut de Musique à Domicile fordern, sich bei einem Orchester bewerben, May würde ihm wieder vertrauen, sie würden wieder auf das Leben setzen. Mit der Abreise aus New York, der Epidemie und der Distanz verblassten diese Zusicherungen.

Seltsamerweise schockierte ihn vor allem das Wort »Sébastien«. Dabei war es nur logisch: Wenn May einen Freund hatte, dann musste dieser nach den strengen Prinzipien der Logik auch irgendwie heißen. Ob nun Sébastien, Peter oder John-Emmanuel, das machte keinen Unterschied. Es war ein Detail, ein Zittern inmitten eines Bebens. Doch das Zittern stieß ihm übler auf als das ganze Beben, und er konnte nichts dagegen tun. Es war wie in der Szene von *Oscar*, als Louis de Funès von der Schwangerschaft seiner Tochter erfährt und diese berüchtigte Antwort gibt: »Blaise soll der Balg heißen?« Als Zwölfjähriger musste Julien an dieser Stelle immer laut lachen, als ob der Tropfen »Blaise« das Fass der Zweideutigkeiten, Missverständnisse und Absurditäten zum Überlaufen brachte. Und jetzt befand er sich in der gleichen Situation und begriff, dass Louis de Funès seine Rolle nicht übertrieben hatte. Eine schlechte Nachricht zu bekommen war das eine; ihren genauen Vornamen zu kennen, von ihrer Existenz außerhalb der Phantasie zu erfahren, von ihrer Verwurzelung in der Welt – zu verstehen, dass dieser Schock auf einer Realität beruhte, das war etwas ganz anderes.

»New York? Du hättest wenigstens woandershin fahren können«, sagte er und verbarg damit den wahren Grund seiner Empörung.

»Stell dir mal vor, das habe ich mir nicht ausgedacht. Und es ist ja nicht so, als hättest du mich daran gehindert«, verteidigte sie sich, während ihre Lippen einen Rauchring hauchten.

Was sollte er dazu sagen? Vor drei Monaten hatte sie Schluss gemacht, und seitdem hatte er sich totgestellt. Nicht die geringste Initiative: keine SMS, kein glühender Brief, keine Einladung, etwas trinken zu gehen und darüber zu reden, kein Versuch, sie eifersüchtig zu machen, nicht einmal eine im Vollrausch verfasste Schimpforgie. Nichts, nur Schweigen und Verschwinden. Nicht dass Julien nicht an sie gedacht hätte, dass er nicht wütend auf sie gewesen wäre oder dass er jegliche Hoffnung begraben hätte, sie wiederzugewinnen, das war es nicht. Aber jedes Mal, wenn er sich zeigen wollte, erschöpfte ihn schon allein der Gedanke daran, auf sie zuzugehen. Er müsste kämpfen und dranbleiben, zuhören und sie überzeugen, von

Vergangenheit und Zukunft sprechen, so viel Energie ausstrahlen, so viel Begeisterung wie bei ihren ersten Dates. Es müsste so intensiv sein wie damals, und Intensität ließ sich nicht improvisieren. Er fühlte nur einen Klumpen Passivität in sich. May hatte Schluss gemacht, sie musste den ersten Schritt tun. Er würde sie gewähren lassen, darauf warten, dass sie zu ihm zurückfand oder ihn aus den Augen verlor, dass sie ihn anrief oder seine Nummer löschte, dass sie ihm die Wahl abnahm: Vergessen oder Melancholie. Ihre ganze Beziehung beruhte auf dieser Ungewissheit: Seit fünf Jahren wartete der eine darauf, dass der andere dem Warten ein Ende bereitete. Mit jedem Tag wurde das Warten zum Horizont, zum Rhythmus ihrer Beziehung. Ein blindes Warten ohne Ziel. Ein Warten auf fruchtlose Verwandlungen. Ein klaffendes Warten, ein sterbendes Warten. Julien und May hatten sich geliebt. Also sahen sie zu, wie sich die Liebe vor ihren Augen langweilte, verwandelten den Augenblick in Zukunft und die Zukunft in nichts.

Drei Monate später trug das Warten Früchte. Sie standen sich gegenüber, zwischen Umzugskartons und einer bereits erloschenen Zigarette.

»Und du? Was machst du im Sommer?«, fragte sie schließlich, während er seine Kaffeetasse in die Spüle stellte.

»Nicht viel«, erwiderte er trocken. »Ich fahre jedenfalls nicht weg.«

»Hast du was vor?«

»Jein ... Seit zwei, drei Wochen arbeite ich an einem Album. Noch nichts Konkretes im Moment, aber ich schreibe Texte für Melodien aus Bach-Stücken. Das Album soll *De Bach à nos jours* heißen, wie das Klavierlehrbuch. Ich versuche Mainstream mit Klassik zu verbinden. Die Idee habe ich schon lange im Kopf. Aber jetzt fange ich erst richtig mit der Arbeit an.«

Warum erzählte er ihr das alles? May hatte diesen Album-Geschichten nie so ganz getraut. Ganz am Anfang hatte sie noch daran geglaubt, als auch Julien selbst noch daran festgehalten hatte, die Nächte durcharbeitete, erste Lieder schrieb, in der Überzeugung, dass sie irgendwen interessierten. Da es diesen Irgendwen nicht zu geben schien, hatte May langsam aufgegeben. Je mehr sich Julien auf seine Alben versteifte, desto stärker vernachlässigte er seine Pianistenkarriere und desto weniger konnte sie seine Sturheit ertragen. Mehr schlecht als recht versuchte sie ihn in die Realität zurückzuholen. Als Julien eines Abends über die x-te Ablehnung schimpfte, hatte sie ihn regelrecht angeschrien: ›Stört es dich nicht langsam, dass du dich nie in Frage stellst? Die Plattenfirmen wollen nichts von dir hören, vielleicht liegen sie alle daneben oder würden dich respektieren, wenn du Beziehungen hättest, aber so ist es nun mal, sie sehen in dir keinen Künstler. Und vielleicht sehen sie das auch richtig. Sänger, die dröhnen sich auf der Bühne zu, springen herum, nehmen Drogen, fuchteln mit den Armen und begeistern die Massen. Warum willst du immer noch der Gainsbourg unserer Zeit sein? Dabei sprichst du nicht einmal über deine Gefühle. Dabei hast du nie was anderes außer Klassik oder Jazz gespielt. Nein, ehrlich‹, beendete sie ihre Tirade und setzte ihm fast ein Ultimatum, ›such dir lieber was, was zu dir passt. Eine Philharmonie. Ein Konservatorium. Einen Kirchenchor.‹

»Aha? Und worum geht es in deinen Liedern?«, fragte sie jetzt, wohl um sicherzugehen, dass das Projekt nichts mit der Trennung zu tun hatte.

»Ich weiß es noch nicht, wahrscheinlich um alles und nichts«, sagte er etwas schmallippig, um nicht weiter darüber sprechen zu müssen – vor allem um ihr nicht den echten Titel seines Albums nennen zu müssen: *Zusammen und getrennt.*

May überlegte sichtlich, ob sie noch eine Zigarette anzünden sollte, entschied sich aber im letzten Moment dagegen. Als sie ihn zur Tür begleitete, wurde sie langsamer. Julien spürte, dass sie mit dem Gedanken spielte, ihm etwas zu sagen. Auf dem Treppenabsatz betrachtete er sie, aber sie brach ihr Schweigen nicht. Ihr Kleid war einzigartig, fast hypnotisch, mit den aufgezeichneten Schnüren, die sich überall umschlangen und an den Nähten auf- und abstiegen. Schwingende Lianen, die sich zu bewegen schienen und ihren Körper umfassten. Je mehr sie sich in Juliens Blick verfingen, desto tiefer vergrub sich May in ihr Schweigen. Kurz hatte er das Gefühl, dass ein Grinsen die Kontrolle über ihre Lippen und dann über ihr ganzes Gesicht übernehmen würde. Das geschah nicht. Der Aufzug kam, die Türen schlossen sich.

## Kapitel 4

*Zusammen und getrennt.* Keine andere Formulierung beschrieb treffender, was Julien von der Welt hielt. Der Titel war ihm wie eine Eingebung gekommen, mitten in einer schlaflosen Nacht, in den letzten Tagen ihrer Beziehung. May schlief tief und fest auf der anderen Betthälfte und streckte die Glieder von sich. Teuflisch schön war sie, wenn sie sich nicht in Pose warf. Eine fast kindliche Schönheit, die nichts Sexuelles hatte. Was träumte sie? Welche Gedanken heckte ihr Schlaf aus? Das zu erfahren war unmöglich. In ihrem Schlummer musste eine ganze Welt liegen, eine Welt wie alle anderen, ein Kontinent aus unscharfen Erinnerungen, ein bodenloser Quell verwirrender Düfte und kryptischer Visionen, ein Universum voller Kometen und verlorener Schätze, das sich nicht in Worte fassen ließ. Es war bezeichnend, dass Julien seit fünf Jahren mit ihr das Bett teilte und sie noch nie im Schlaf beobachtet hatte. Er wollte ihr so viel sagen, jetzt, da sie ihn nicht hören konnte, so viele Sätze, die sich mit Tagesanbruch verflüchtigten. Kann man sich von einer Frau trennen, wenn sie schläft? Und mit ihr zusammenbleiben, wenn sie die Augen öffnet? So war es im Leben: Man lag im Dunkeln nebeneinander, jeder in seiner eigenen Nacht, auf der Suche nach einer Sonne, von der nichts bleibt.

*Zusammen und getrennt* also. Da hörte Juliens Eingebung auf. Sie lag in diesen beiden widersprüchlichen Wörtern, die auf dasselbe hinausliefen. So gesehen klang seine Idee wie ein Werbeslogan für eine Dating-App oder ein soziales Netzwerk, Twitter oder Tinder. Und Julien sah den Zusammenhang zwischen diesen beiden Plattformen. Tinder und Twitter, getrennt und zusammen, wie könnte man sein nächstes Konzeptalbum besser beschreiben? Die Geschichte zweier Menschen, die sich im Reich der Likes, der Smileys, der Swipes, der Herzchen und Emojis unbeholfen zu lieben suchten. Eine Leidenschaft, die mit einem Match beginnt und im Crash endet. Eine von Anfang an einprogrammierte Trennung. Eine moderne »Anamour« à la Gainsbourg im Land der Smartphones.

Seine Lieder würden auf die Zeit mit May anspielen. In einigen würde es um ihre wiederholten Streits gehen, um Vorwürfe und Beschwerden, die Kritik, die sofort auf einen zurückfiel; da wären Stimmen zu hören, die sich von Strophe zu Strophe überlagerten und in einem Gewirr steriler Klagen mündeten. Andere Songs würden die Monotonie der Gewohnheiten, das allmähliche Schwinden der Lust zeigen, Körper, die sich voneinander entfernen, weil sie verschmolzen sind. Wieder andere würden vom Danach berichten. Ungeordnet aufblitzende Erinnerungen, überzogen mit einer melancholischen Patina. Das Bedauern und die Erleichterung, wieder allein zu sein. Intermezzi vielfältiger, manchmal widersprüchlicher Gefühle: Eifersucht und Befreiung, das Verlangen, die Sache zu beenden, und das schlechte Gewissen, sie beendet zu wissen ... Diese Rückblicke wären aber nur vorgeschoben. Wenn es nach Julien ging, handelte sein Album von etwas anderem: In ihrer Beziehung sollten sich all die Bruchlinien der heutigen Welt spiegeln. May und er waren nur Beispiele. Stichproben eines Schicksals. Kollateralopfer der Ära von Twitter und Tinder, die Menschen trennte und sie zugleich zu verbinden meinte.

Zum ersten Mal, dachte er, würde er Lieder schreiben, die ihm ähnlich waren: düstere, traurige Texte, fast Gedichte, in denen er sein Herz ausschütten würde, eine Form von Wut oder Groll. Was die Musik selbst anging, die Melodien und Rhythmen, da würde er sich treiben lassen. Vorbei war es mit den Streicheleinheiten für das Publikum und den vergeblichen Zugeständnissen an die neuesten Trends. Mit *Zusammen und getrennt* würde er Stücke komponieren, die er selbst gern hörte: Er würde einen rohen Ausdruck finden, unverfälscht und unverstellt, und seiner Leidenschaft für Johann Sebastian Bach freien Lauf lassen. Ein bisschen wie Gainsbourg, der in seiner kreativsten Phase auch Themen von Beethoven, Chopin oder Brahms verarbeitet hatte. So waren Kultlieder entstanden, gesungen von Jane Birkin, France Gall und ihm selbst. Erstaunlicherweise hatte sich Gainsbourg nie so recht für Bach interessiert, wenngleich er ihn schätzte. Kurioser Widerspruch … Die alten Künstler aktualisieren wollen und dann den aktuellsten von ihnen vergessen. War Bach nicht der eigentliche Erfinder der Popmusik? Seine Kantaten waren verblüffend lebendig. Sie waren fast tänzerisch und von einer Dynamik, die für das 18. Jahrhundert neu war. Sicher, einige Texte waren veraltet, wenn sie etwa die Evangelien lobpriesen oder die Heldentaten eines deutschen Fürsten feierten. Doch Julien war davon überzeugt, dass er die Christus-Refrains nur durch anamouröse Verse des Jahres 2022 ersetzen musste, und schon wäre Bach moderner als die Akkorde von Angèle, origineller als die Musik von Nekfeu.

Das Problem war nur, dass der Aha-Moment ausblieb. Um mit der Arbeit zu beginnen. Hier stand sich Julien selbst im Weg. Wann immer er ein Lied schreiben wollte, konnte er nicht anders, als an die drei Alben zu denken, die er in den vergangenen Jahren geschrieben hatte und die von allen Pariser Plattenfirmen abgelehnt worden waren. Diese Musikproduzenten lernte Julien kennen und hassen: aufgesetzt coole T-Shirt-Träger, die sich wie Businessleute mit

Anzug aufspielten. Sie machten auf sympathisch, duzten dich, schmeichelten dir, klopften dir auf die Schulter, wurden sofort deine besten Freunde. Doch hinter diesen spätpubertären Allüren nutzten sie ihre Coolness als Waffe. Wenn man sie fragte, ob ihnen die Lieder gefielen, bröckelte die Fassade. Ihre Kumpelhaftigkeit verschwand so schnell, wie sie gekommen war, und wich der Frostigkeit der Banker. Dann erklärten sie dir, dass dein Stil nie funktionieren werde, er sei zu altmodisch oder zu innovativ, zu banal oder zu strange, zu einfach und viel zu kompliziert – das kannst du vergessen, Sänger wirst du nie, brachten sie dir mit einer Prise Mitleid in der Stimme bei, als handelte es sich um eine bedauerliche Unausweichlichkeit. Du solltest deine Pianistenkarriere weiterverfolgen, rieten sie dir zum Abschluss, wie um den Eindruck zu vermitteln, dass sie sich um dich sorgten. Sie wollten sich weiter als die Guten wähnen, selbst wenn sie dir die Tür ins Gesicht schlugen. Sie beglückwünschten sich zu ihrer Großzügigkeit, obwohl sie dir das Gift des Hasses und die Gier nach Rache einflößten. Sie ahnten wohl, dass du sie, einmal daheim, bis in alle Ewigkeit verdammen würdest, das heißt bis zu deinem nächsten Entschluss, sie zu verzaubern. Aber sie blieben freundlich. Die Wächter des Garten Eden, die Sphinxe des Ruhms, die Kettenhunde jener ungerechten Hierarchie bemühten sich, das Getriebe eines Systems zu verbergen, dessen Schergen sie waren. Und May hatte recht: Julien hatte keine Beziehungen, und an Leuten wie ihm herrschte kein Mangel.

Wie soll man ein Album komponieren, wenn man von der Vorstellung besessen ist, dass es vergeblich ist? Jeden Abend brütete er nach seinen Klavierstunden darüber. Diesmal durfte er keinen Fehler machen. Nach so vielen Jahren der Sturheit spielte er seine letzte Karte. Sein letzter Versuch. Einmal scheitern noch, dann würde er aufhören. Allein dieser Gedanke lähmte ihn. Als Julien seine Wohnung betrat, machte er sich ein Bier auf und schob eine Tiefkühlpizza in die Mikrowelle. Weil er fürchtete, sein Lied zu verpfuschen, verordnete er sich etwas Ruhe, um sich zu beruhigen und für einen Augenblick sein Hochstapler-Syndrom und seine schädlichen Gewohnheiten zu vergessen. Er schaltete sein MacBook ein und ging auf YouTube, um noch einmal ganz aufmerksam dieser oder jener Bach-Kantate zu lauschen. Die Startseite schlug ihm aber Videos vor, deren Existenz er sich nie hätte vorstellen können: »Papagei beschuldigt Mörder seines Frauchens«, »Aus Rache an seinem Vermieter verwüstet dieser Mieter seine Wohnung«, »Er zerschlägt das iPhone eines Unbekannten auf dem Boden«, »Student schaut Pornos im Hörsaal«, »Cauet spielt dem Staatspräsidenten einen Telefonstreich«, »Dieser Journalist übergibt sich in einer Liveübertragung«, »Schimpanse lacht über Witz«, »Dieser Penner spielt Lotto und gewinnt 300 Millionen Euro«, »Russe springt aus dem zwanzigsten Stock und bleibt unverletzt«, »Neonazi erfährt, dass er Jude ist«. Und so begann der übliche kleine Tanz: Er dachte, nein, einen Neonazi, der von seinem Judentum erfährt, das hatte er noch nicht gesehen, das war bestimmt lustig, und das Video war ja auch keine drei Minuten lang. Der Neonazi war durch, und gleich folgte eine Reihe Pranks mit versteckter Kamera. Julien klickte und entdeckte beim Hüpfen von Video zu Video Dimensionen des menschlichen Lebens, die ihm völlig unbekannt waren und ihn auch überhaupt nicht interessierten. So erging es ihm mit der Anthill Art, einer Disziplin, die darin bestand, geschmolzenes Aluminium in einen Ameisenhaufen zu schütten, so dass eine Statue entstand, die, einmal ausgegraben, die beeindruckende Tiefe dieser Insektenstädte enthüllte und ihre Verzweigungen, ihre von Natur aus zur Unsichtbarkeit bestimmten Korridore ans Licht brachte.

Die Zeit verstrich, und er machte nichts. Schon neun Uhr abends. Die Inspiration war verflogen. Die Angst wandelte sich in Trägheit, seine Arbeit kam nicht vom Fleck. Zum krönenden Abschluss landete er auf den Kanälen der YouTuber. Oft wurden ihm Sketche angezeigt, die er schon gesehen hatte. Gänzlich kraftlos betrachtete er sie dennoch. Von einer Woche zur nächsten drehte er sich im Kreis, im Internet, gequält von Witzen. Irgendwann stieß er auf das Video »Sch'ti sein« von Norman, in dem der berühmte Komiker verschmitzt erklärte, dass die Sch'tis vor allem wegen Reality TV und Vorurteilen einen schlechten Ruf hatten, dass sie aber nicht als Prolls abgeschrieben werden sollten, denn sie waren Menschen wie alle anderen, da durfte man nicht verallgemeinern, man sollte sich liebhaben und das Video teilen, nachdem man den lustigen kleinen blauen Like-Daumen gesmasht hatte.

Julien musste bei dem Video nicht ein einziges Mal lachen. Er hasste es, ausgelutschte Stereotype herbeizureden, um ausgiebig darüber zu lachen und sie dann zu verurteilen. Warum wurde dieses Video dann für ihn ein abendliches Ritual? Gab es in Frankreich Millionen Juliens, die mechanisch auf verhasste Links klickten? Die Frage ging ihm gegen Mitternacht durch den Kopf, als er zum tausendsten Mal ein witziges Video über Eifersucht in Paarbeziehungen sah. Mit völlig ausgebrannten Augen legte er sich ins Bett. Die Videos folgten ihm in den Schlaf. Sie hatten sich in seine Pupillen eingefressen und vermischten sich in absurden Überlagerungen. Sein überhitztes Hirn stellte ein Best-of aller Best-ofs zusammen, die über seinen Computer gelaufen waren. Seine Träume waren voller Maroilles-Käse verspeisender Papageien, wütender Schimpansen und Neonazijuden. Bis tief in die Nacht brummte ihm davon der Schädel.

## Kapitel 5

»Deine Bildschirmzeit war letzte Woche 8 % mehr, d.h. durchschnittlich 6 Stunden und 56 Minuten am Tag.« Das war Mays Hinterlassenschaft. Sie, die ständig online war, süchtig nach News und Insta-Stories, stets in Kontakt mit ihren Followern und Influencerinnen, hatte ihm die einzige Hinterlassenschaft vermacht, die er nach der Beziehung hätte ablegen wollen: die Internetsucht. Seit er allein lebte, verschlechterte sich sein wöchentlicher Bericht von Montag zu Montag. Punkt Mitternacht traf die Benachrichtigung ein; anders als bei Aschenputtel sollte diese Stunde aber nicht einen traumhaften Abend beschließen, sondern eine beschissene Woche einläuten. Julien sah den Alert erst beim Aufwachen. Jedes Mal schossen die Zahlen in die Höhe, er hatte aber nichts davon, ganz im Gegenteil: Die 8 % wurden sofort wieder dem Netz gewidmet, das sie ihm gestohlen hatte, es war eine Art Steuer auf die Lebenszeit. Die Benachrichtigung achtete darauf, nicht anzuecken, denn sie sagte nicht: »Sie haben mehr Zeit mit Ihrem Smartphone verbracht als in der Woche davor.« Nein, die Bildschirmzeit wuchs von allein, wie eine Krankheit, ein Tumor, der sich in ihm ausbreitete; ja, genau, Julien wurde von einer Flut der Belanglosigkeit überrollt, er litt unter einem Krebs, der die Konzentrationsfähigkeit angriff wie ein unbekanntes Gift, ein Schimmelpilz, der sich in ihm ausbreitete und seinen Geist zerfraß.

Acht Prozent Wertzuwachs. Sechs Stunden und sechsundfünfzig Minuten an allen sieben Tagen. Sieben mal sieben Stunden, das sind neunundvierzig, oder auch dreitausend Minuten oder zwei ganze Tage. Ein ganzes Wochenende. Seine tägliche Freizeit opferte er auf dem Altar des Nichts. Eines Tages würde seine Bildschirmzeit, das war unvermeidlich, alles umfassen. Dann wäre er nicht mehr. Wie ein Ungeheuer hätte sein Smartphone ihn dann verschlungen. Ohne den geringsten Widerstand gäbe er sich dem Prozess hin, ließe sich ohne den geringsten Laut in ein Ding verwandeln und hätte Julien Libérat komplett aufgegeben, den nurmehr menschlich erscheinenden Mutanten, den von den Maschinen des Leidens geplagten Automaten.

An einem Sonntag Mitte Juni dröhnte sich Julien so lange mit Videos zu, bis ihm schwindelig wurde. An diesem Tag raffte er sich nicht ein einziges Mal auf, um nach Inspiration zu suchen. Kaum daheim, klappte er das MacBook auf und beschwor den Bilderorkan. Er öffnete eine Dose Bier und den Newsfeed von Facebook, scrollte stundenlang, Bilder folgten auf Bilder, Kommentare auf Kommentare, Videos auf Videos. Dieser ganze Brei wirbelte absurd durcheinander: Warum wurde ihm eine Katze angezeigt, die idiotisch im Badezimmer miaute? Diese Frage konnte er sich gerade noch stellen, als ihm der Algorithmus den Rant eines Influencers aufdrängte, der eine Ungerechtigkeit anprangerte, dann Stars, die ihr Luxusleben in grober Geschmacklosigkeit zur Schau stellten, und wieder Katzenvideos, Polizeimeldungen, darunter echauffierte Kommentare anonymer Accounts nebst echauffierten Kommentaren, die sich über dieses Echauffieren echauffierten, und dadurch immer mehr Kommentare und Menschen, die sich berufen fühlten, zu allem und jedem ihre Meinung kundzutun, ob zu Politik oder Thermodynamik, Autounfällen oder Kochrezepten …

Der Gnadenstoß kam um sechs Uhr abends, als er ein Best-of von TikTok-Videos entdeckte. Die chinesische App verbreitete sich im Westen wegen der berühmten »Challenges«, bei denen die User zu einer vorgegebenen Musik bestimmte Tänze aufführen sollten. Julien war bei seinem vierten Bier, als er das Video fand. Hunderte Figuren tanzten vor seinen Augen auf dieselbe Weise. Die Marionetten schienen nicht einmal mehr zu wissen, was sie eigentlich imitierten. Sie waren Nachahmer, die andere Nachahmer nachahmten. Die einen machten es wie die anderen, und die anderen wie die einen. Er hatte den Eindruck, dass ein einziger Mensch alle zehn Sekunden ein neues Gesicht bekam. Erst sah er wie ein achtjähriger Junge aus, dann wie ein alter Mann, der zur Belustigung seiner Enkel wie ein hilfloser Clown herumtänzelte. Nach und nach lenkte dieses Schauspiel Julien in Richtung Kindheit; auch er konnte sich vorstellen, eine dieser albernen Marionetten zu werden.

Ab einem bestimmten Moment, wenn man zu viel gescrollt hat, hört man auf, man selbst zu sein, und alles läuft auf das Gleiche hinaus. Die Bilder fliegen so schnell, dass es keine Bewegung mehr gibt. Die Videogeräusche werden so laut, dass sie Stille sind. Der Zombiemensch gibt auf: Sein Gehirn hängt am Computer wie ein USB-Stick. Die Rollen verkehren sich. Man schenkt einer Maschine seine gesamte Energie, wird ihr Spiegel, und jetzt besitzt sie den Geist ihres Besitzers. Sie denkt, spricht und gestikuliert an seiner Stelle. Sie gibt ihm vor, was er verlangen soll. Sie schlägt seinem Bewusstsein den Takt und geht seinen Begierden voran. Da sie lebendiger ist als er, übermannt sie sein Dasein und verwandelt es in ein Weichtier. Am Anfang gab es einen Menschen und einen Computer. Jetzt haben sie sich losgelöst, jetzt atmen sie gemeinsam und bilden eine Einheit, jetzt vermengen sie sich und gebären den Computermenschen.

Genau an diesem Punkt befand sich Julien, am Punkt seines Verschwindens. Wie jeden Abend seit drei Monaten verdarb er sich seinen Tag. Während er sich nach und nach seiner selbst entleerte, drangen ihm die TikTok-Tänze in den Kopf. Wie Piraten enterten sie seine Augen. Walzten über seine Neuronen, tanzten in seinem Schädel, feierten hinter seiner Stirn. Sie steppten auf seinen Hirnwindungen, hüpften ohne Plan und zerfetzten skrupellos seine Gedanken.

Reglos, wie er war, leistete Julien keinen Widerstand mehr. Wie im Fieberrausch war er vom Bildschirm gebannt. Er wollte sich abreagieren, ohne einen Finger zu rühren, lächerlich herumzappeln und vor seinem Computer hocken bleiben. Er war erregt von einer Party, die nicht stattgefunden hatte.

*In Plüschtierkleidung kichert das Baby auf dem Screen*
*Die Schauspielerin sammelt die Likes ein ohne Scham*
*Die Katzen schreien heiser die Leere an und ziehen*
*Ins Nichts zurück sich eilig, woher sie eben kamen*

*Es braucht nur einen Mausklick, damit sie rasch verenden,*
*Ach, eure Ragebilder in meinen Browserfenstern,*
*Sie stürzen sich hinunter ins dunkle Bildschirmnichts*
*Der Selbstmord eurer Schöpfung im Angesicht der Klicks.*

*Willkommen seid im Abgrund, im tiefsten aller Gründe!*
*Ihr braucht euch nicht zu fürchten – geliefert wie bestellt!*
*Der Raum hat keine Menschen, und Wirklichkeit*
*verschwindet.*
*Willkommen, liebe Zombies, hier ist die Antiwelt!*

## Kapitel 6

»Kennen Sie schon die Antiwelt? Das einzige Videospiel, das besser ist als das Leben selbst!«

Es war schon spät, als diese Werbung zwischen zwei belanglosen Posts in Juliens Newsfeed aufploppte. Werbung ... Normalerweise achtete er nicht darauf, ärgerte sich nur kurz und scrollte schnell weiter, damit sie verschwand. Immer dasselbe: Sonderaktionen auf Facebook, verlogene Rabattpreise oder ganz tolle Apps, die nichts taugten. Videospiele vor allem: *Empire of Middle Age*, *Vampire Network*, *Fight Story in a Castle*, *Infinite Japan War*, schon die Titel gingen ihm auf die Nerven. Die Anzeigen für Online-Games spielten immer mit den gleichen visuellen Markern. Kurze Videos, etwa zehn Sekunden, in denen ein alberner Avatar groteske Gegner verfolgte, die wie die Schlümpfe zappelten, und das alles in einem düsteren, pseudoritterlichen Ambiente.

Doch der Name Antiwelt löste etwas in ihm aus. Er erinnerte sich an eine Art Rollenspiel oder soziales Netzwerk mit der seltsamen Bezeichnung »Metaversum«. Er hatte einige Artikel dazu überflogen, heftige Kontroversen. Sicher hatten seine Eltern bei ihrem letzten gemeinsamen Mittagessen darüber gesprochen, als es um »die neue Normalität« ging. Mehr aus Neugier als aus Begeisterung klickte er auf die Werbung. Da saß ein Typ an seinem Schreibtisch. Der Mann wirkte selbstsicher; fast schien es, als wollte er gar kein Produkt verkaufen, sondern nur sich selbst aufwerten, und schreckte dabei auch nicht davor zurück, potenzielle Kunden vor den Kopf zu stoßen. Er wirkte gänzlich unsympathisch, schon von Anfang an:

»Wenn Sie diese Werbung sehen, verschwenden Sie Ihre Zeit auf Social Media. Aber wenn Sie schon einmal hier sind, kann ich Ihnen auch sagen, wer ich bin. Mein Name ist Adrien Sterner, der Schöpfer des ersten lebensechten Metaversums. Ich habe die Wirklichkeit reproduziert, die echte Wirklichkeit, die ganze Wirklichkeit bis in die kleinsten Details. *Alle* Straßen und *alle* Städte und *alle* Länder der Welt sind identisch nachgebaut, besser als in jedem 3-D-Modell. Ich habe es geschafft, einen virtuellen Zweitplaneten zu bauen, auf dem *alles* besser ist als in echt. Dort gehört Ihnen das Universum, *alle* Möglichkeiten stehen Ihnen offen, wirklich *alle*. Das betone ich gern: Ihr Anti-Ich kann in der Antiwelt *alles* machen, *alle* Träume verwirklichen, die die Welt nicht zulässt. In meiner Welt vergessen Sie, was Langeweile heißt. Ihr Leben ist nicht gerade sehr aufregend, also biete ich Ihnen ein zweites an.

Geben Sie Ihrem Anti-Ich eine Bühne, willkommen in der Antiwelt!«

Julien wollte Sterner mit seinem Rollkragenpullover schon für einen kompletten Scharlatan halten, einen jener Werbeclowns mit überzogenem Selbstbewusstsein, die einem weismachten, dass man in zehn Minuten 50000 Euro verdienen könnte, ganz zu schweigen von dieser Manie, immerzu »alle« zu sagen, wie um die Propaganda besser einzuhämmern. Aber das Video zeigte Luftbilder mit lebensechten dreidimensionalen Darstellungen ganzer New Yorker Stadtviertel, Pariser Boulevards, von Autobahnen und Zuggleisen. Es war nicht ganz klar, ob diese Panoramen einem Film von Yann Arthus-Bertrand entstammten oder computergeneriert waren. Sicher sollten die User gerade das nicht auseinanderhalten können, damit sie dieses Universum betraten, als erlebten sie eine zweite Geburt.

Eine zweite Geburt … Herumtreiben in einer Parallelwelt, einem Spiel für picklige Halbwüchsige, ein anonymes Profil erstellen, sich zwei, drei Stunden umschauen, den Kopf freibekommen, bis ihn der Schlaf übermannte: warum eigentlich nicht? Als er auf »Account erstellen« klickte, hatte Julien nicht das Gefühl, eine wichtige Entscheidung zu treffen. Er beendete seinen Sonntag, wie er ihn begonnen hatte, in größter Gleichgültigkeit. Morgen wäre er zwar etwas müde, aber das war es wert, schließlich kristallisierte sich zum ersten Mal in diesem Einheitsbrei des Internets ein Inhalt heraus.

Wie könnte wohl der Avatar seines Anti-Ichs aussehen? Das Spiel fragte ihn nach seinem Erscheinungsbild, seiner Größe, seinem Gewicht und anderen Eigenschaften. Erst wollte Julien sein wirkliches Aussehen replizieren. Akribisch bildete er die Gesichtszüge nach, formte die Muschelohren, wählte den richtigen Blauton für seine Augen, kreierte auch die welligen braunen Haare, und das Ergebnis war äußerst zutreffend. Beim Betrachten seines Avatars hatte Julien nicht nur das Gefühl, dass diese Figur ihm ähnelte, sondern dass er selbst in seinen Computer gestiegen war. Dieser digitale Prototyp glich ihm wie ein Ei dem anderen. Wie ein lebendiges Spiegelbild zwinkerte er ihm aus dem Bildschirm zu. Anti-Julien war nicht nach seinem Bilde; er war dieses Bild.

Als er auf »Weiter« klicken wollte, besann er sich eines Besseren. Die Fastschönheit seines Doppelgängers störte ihn. Das war zu sauber. Ein aalglatter Körper ohne Fehler und Charme. Julien hätte in diesem Spiegel lieber ein wenig Hässlichkeit gesehen, eine Narbe vielleicht, das Anzeichen eines Lasters, eine etwas zu große Nase oder eingefallene Wangen – etwas Aufregendes, Absurdes, Ungeheuerliches. Bei ihm war davon nichts zu sehen. Nichts sonderlich Großes, nichts ungewöhnlich Kleines. Alle Körperteile befanden sich am rechten Fleck. Das Gesicht eines

Klassenprimus, der in der Schule durchstartet. Sie musste hässlicher werden, diese Parallelvisage, etwas verfremdet, damit sie mehr nach einer Karikatur aussah. Erst einmal weiße Haare, dann ein Kinn wie eine Wasserrutsche, ein Halbmond. Narben auf den Wangen, Falten in der Stirn, und warum nicht auch einen hässlichen Schnurrbart. Das wollte er sehen! Eine Fresse, die ihn schon vorab erheiterte. Eine Figur, die einzig und allein mit ihrem Gesicht alle anderen Spieler erschreckte.

Er brauchte nur noch einen Namen. Julien wollte nicht noch mehr Zeit verlieren. Weil ihm nichts einfiel, suchte er auf Google News nach einem Wort, das er verwenden könnte. Der erste Artikel war die Polizeimeldung einer Gewalttat: ein Mord im Département Moselle, ein eifersüchtiger Ehemann hatte sich am Liebhaber seiner Frau gerächt. Ein Racheengel ... Vielleicht Englisch: angel, vengeance, vengeance, angel ...

Vengel. Das war nicht schlecht. Das Bier sorgte allerdings dafür, dass seine Finger auf der Tastatur ausrutschten und statt einem »e« ein »a« tippten. Dann musste er noch die Stadt auswählen, in die er projiziert werden wollte. Ohne zu zögern, verlangte er, dass Vangel wie er selbst in der Rue Notre-Dame in Rungis lebte, um das Universum mit einem Ort vergleichen zu können, den er auswendig kannte.

Im letzten Schritt musste er den allgemeinen Geschäftsbedingungen zustimmen. Julien ließ sie rasch wie einen Abspann über seinen Bildschirm laufen und gab sich nicht die Mühe, sie im Einzelnen zu lesen. Nur bei einem Paragraphen verharrte sein Blick. Dort hieß es, das Spiel sei kein Videospiel im engeren Sinne und es sei untersagt, seine wirkliche Identität preiszugeben, die Mitglieder hätten stets anonym zu bleiben, andernfalls werde ihr Account gesperrt. Diese Regel kam ihm seltsam vor, aber er wollte die Hintergründe gar nicht so genau verstehen; später könnte er sich dieser Frage mit mehr Muße widmen. Jetzt wollte er nur so schnell wie möglich auf »Los« klicken.

Sein erster Blick in der Antiwelt richtete sich auf ein überraschend realistisches Hotelzimmer. Es sah wirklicher aus als die Wohnung, in der er tatsächlich lebte. Wenigstens in diesem Punkt, musste er zugeben, hatte Sterner in seinem Präsentationsvideo nicht übertrieben. Die Plattform bildete die Welt bis in die kleinsten Details nach. Welcher durchgeknallte Graphiker hatte sich die Zeit genommen, die Wirklichkeit so nachzumachen? Warum war die Küchenecke so gut ausgestattet? Sollte damit der elektronische Magen seines Anti-Ichs gefüllt werden? Wer hatte es so weit getrieben, auf die Arbeitsfläche einen derart hochwertigen Entsafter zu stellen? Er hatte selbst nie daran gedacht, sich einen zu besorgen: Wenn er Orangensaft trinken wollte, kaufte er sich eine Flasche, ganz einfach. Warum war es für den Spielspaß von Bedeutung, dass Vangel fiktive Früchte mixen konnte?

Vangel ging hinaus. Die Rue Notre-Dame war dieselbe, identisch mit der vor seinem Fenster. Er erkannte die kleinsten Details. Die kleinen Gebäude. Das von Mehrfamilienhäusern durchsetzte Viertel. Die Citroën-Werkstatt. Den Tabakladen am Platz. Nur dass in dieser nachgemachten Straße viele Leute herumliefen. Vor dem Eckbistro saßen etliche dieser Wichtel, verspeisten digitale Pizzen und stopften sich die elektronischen Leiber mit Pixelmozzarella voll. Diese Sonntagskobolde tranken sogar Wein. Und überall war Leben, Lärm und prickelnde Luft. Jugendliche spielten auf dem Platz nebenan Fußball. Paare küssten sich auf den Bänken. Familien machten Spaziergänge. Jungs gaben Anmachsprüche von sich. Was es im echten Rungis nicht gab, befand sich alles in dieser virtuellen Wunderwelt.

Der Kontrast war unglaublich. Julien rieb sich die Augen und ging sogar ans Fenster, um auf die Straße hinabzuschauen. Nichts zu sehen. Bloß eine Gestalt, die ein paar Hunde hinter sich herzog. Laternen beleuchteten diesen einsamen, trostlosen Ort. Sie brannten vergeblich, verschwendeten ihr Licht auf eine Straße der Verlassenheit. Die Passanten waren anderswo. Diskotheken, Restaurants, Liebesspiele, Lächeln, Gesänge, alle Anzeichen von Leben spielten sich in den Computern ab. Julien kehrte zum Bildschirm zurück. Vangel kam am Espace Raymond-Devos vorbei. Das Gebäude sah in der Antiwelt aus wie in der Wirklichkeit, große Panoramafenster und grüne Stuhlreihen. Es gab nur einen Unterschied: In den letzten drei Monaten hatte Julien keinen einzigen Menschen in diesem Kulturzentrum gesehen. Hier hingegen nahmen sie zu Dutzenden Platz und lauschten einem Vortrag. Die Verrückten ließen ihre Avatare Fortbildungen besuchen. Julien konnte es nicht fassen. Er fiel aus allen Wolken und sagte nur immer wieder: »Ach, diese Irren! Ach, dieser Idiot!«

Ein Idiot unter Irren. Der Dumme war er. Offenbar war er der Einzige, der am Wochenende durch verlassene Vororte streifte. Ein Depp, der seine Übelkeit und seine Langeweile in das Gefängnis seiner Wohnung hineinließ – während die anderen längst nicht so naiv waren und an diesen Ort außerhalb der Wirklichkeit flüchteten.

Was waren das für Leute? Vielleicht seine Nachbarn? War dies der heimliche Treffpunkt von Rungis? Hatten sich die Bewohner, die sich sonntags abschotteten, eine stellvertretende Existenz gesucht, abgeschirmt von der Außenwelt? Das konnte nicht sein. Julien kannte die Leute von nebenan. Sie waren in ihren Dreißigern und zu sehr damit beschäftigt, dem schreienden Baby die Windeln zu wechseln oder sich über den Krach der anderen zu beschweren. Technikfeindliche Rentner. Auch ein paar Jugendliche, vereinnahmt vom Studentenleben. Nicht die Sorte, die sich stundenlang am Bildschirm vergnügte, außer sie konnten es gut verheimlichen ... Ja, vielleicht war ihre vorgebliche Strebsamkeit nur eine Maske. Es änderte nichts: Er hatte etwas nachzuholen.

Vangel erkundete weiter sein Viertel. Er erreichte den Place du Général-de-Gaulle, wo sich im realen Rungis der Amboss befand, eine Fressstube, die ihrem Namen gerecht wurde: Das Fleisch war dort hart wie Stahl. Das Menü stand auf einer Schiefertafel und wimmelte von Rechtschreibfehlern. Das Tagesgericht war ein gewisses »Rinderragut« für 23 Euro oder ein »Bonentopf« für 19 Euro. Julien ging nur in Notfällen dort essen, wenn es für den Supermarkt schon zu spät war. Ein hochnäsiger Kellner ließ ihn dann immer ewig warten, verachtete ihn wohl wegen seines Alters und puderte lieber seiner Ü50-Klientel das Hinterteil. Julien hatte einmal die »Spezialität des Hauses« bestellt, ein »Hähnchen in Rottweilsoße« für 21 Euro. Nach vierzig Minuten brachte man ihm eine Art Schüssel, in der ein noch halb gefrorenes Fleischstückchen zwischen Pilzen lagerte, die aufgrund ihrer schimmeligen Textur und Farbe eher an Warzen erinnerten. Er verbrachte den Rest seiner Mahlzeit damit, den harten Hahn zu zerlegen, um vereinzelte genießbare Stücke zu ergattern. Eilig verschlang er sein Ambossgericht, und wie ein Hammer kam der Kellner mit der Rechnung.

Doch im Rungis der Antiwelt gab es den Amboss nicht. Stattdessen fand Vangel hier das Skylove vor, eine sichtlich gutbesuchte Disco. Die Spieler strömten auf dem Gehweg zusammen. Davor parkten Oldtimer, aus denen Bodybuilder-Avatare stiegen, die sich vordrängelten, für Fotos posierten und wunderschöne Frauen küssten, richtige Bomben, die ganz und gar nicht aussahen wie die Stammgäste des Amboss.

Juliens Neugier war geweckt. Wie konnte eine Fake-Disco im Replikat einer Stadt aussehen, in der nie irgendwas gefeiert wurde? In Rungis konnte man nur ins Loft Métropolis in der Nähe der Autobahnauffahrt Pondorly gehen. Auf Anraten eines befreundeten Musikers, der dort »einen denkbar beschissenen Abend« erlebt hatte, hatte er nie einen Fuß hineingesetzt. Es war schon spät, aber Vangel mischte sich unter die Nachtclubgänger, die sich vor dem Skylove versammelten. Er musste zehn Minuten warten – auch in diesem Punkt stand das Spiel der Realität in nichts nach – und sah sich dem Türsteher gegenüber. Eine Mitteilung wurde angezeigt: Wenn er einem anderen Spieler begegnete, konnte er mit ihm in Echtzeit kommunizieren; dafür musste er ihm nur auf den Kopf klicken, und am unteren Bildschirmrand öffnete sich automatisch ein Chatfenster.

Der Türsteher, der den äußerst feinsinnigen Namen BallOfHate trug, untersagte ihm den Zutritt. Vangel suchte das Gespräch:

»Und warum darf ich nicht rein? Ich wollte ein bisschen feiern!«

BallOfHate antwortete:

»Diggi, seh ich aus wie deine Bitch, oder was? Denkst du, du hast mir was zu sagen? Ich bin der Türsteher, und ich werde dein Arschgesicht vor die Tür stellen, hehe! Mit einer Fresse wie deiner musst du vor der Tür stehen! Tür-lich, Diggi! Weltrekord im Türstehen!«

BallOfHate war ein boshafter Romantiker. Er warf einem Typen, den er noch nie zuvor gesehen hatte, einen dicken Roman an den Kopf. Für diese Beleidigungen hatte er fast eine Minute gebraucht, sich Zeit gelassen, um Inspiration gerungen, nach dem treffenden Wort gesucht. Julien fragte sich, ob sich der User hinter BallOfHate ernst nahm. Im Zweifel entschied er sich, das Spiel mitzuspielen. Schließlich handelte es sich um seine erste soziale Interaktion.

»Verehrter Herr Türsteher, lassen Sie mich bitte eintreten. Kleider machen keine Leute. Ich bin ein zartbeseelter Mann, den es nur nach Amüsement gelüstet.«

Und: da capo. Eine Minute lang zeigte das Chatfenster »BallOfHate schreibt«, bis ihm neuerliche schmählyrische Ergüsse zuteilwurden:

»Zartbeseelt am Arsch! Ich will hier nicht rumsabbeln: Deine Seele ist mir wurscht. Ich seh bei dir nur 1 kranke Fresse! Hast du mal in den Spiegel geguckt? Hast du dir den Schwanz ans Kinn geklebt, oder was? Und die Sackhaare auf die Schädeldecke?

Voll der Spast! Voll der Auffahrunfall, Brudi! Und so was will Party machen, hast du überhaupt Monies?«

Das bremste Julien aus: Er wusste nicht, was er auf diese finanzielle Frage erwidern sollte. Auf der Hilfeseite erfuhr er, dass es in der Antiwelt eine eigene Kryptowährung gab, Cleargold, eintauschbar gegen echte Euro. Er verschwendete keinen Gedanken daran und wollte lieber das Gespräch fortsetzen, indem er BallOfHate mit seinen eigenen Worten veralberte:

»Null. Eine glatte Nullnummer. Null wie dein Intelligenzquotient. Null wie die Anzahl der Haare auf deiner Schädeldecke.«

»Aha, erst einen auf King machen, und dann weniger Kohle wie ne Scheißhausfliege. Was bildest du dir ein? Dass du im Skylove den Poser markierst und ein paar Bitches abschleppst? Und was sollen sie trinken, deine Skylove-Schnallen? Klowasser? Einen Shot Spüli? Einen Kanister Gullyplörre aus der Kana, wo du deine debilen Pennerklamotten herhast?«

»Scheißhausfliege«, »Skylove-Schnallen«, »debile Pennerklamotten«: BallOfHate sprach eine Sprache, die Julien nur zu gut kannte. Die Sprache der Hater. Das Idiom der Anonymen, die in YouTube-Kommentaren, auf Twitter und überall im Netz grundlos ihre Hassfluten ausschütteten und jede Pöbelei von sich gaben, die ihnen in den Sinn kam. Schlimmer noch, obwohl sich BallOfHate einer Privatrechtschreibung und einer unmotivierten Aggressivität bediente, suchte er originelle Beschimpfungen, unerwartete Bilder – er pflegte den Unrat seiner Worte. Bei diesem Gedanken musste Julien lachen. Zum ersten Mal hatte ihn sein Computer zum Lachen gebracht.

## Kapitel 7

Kurz vor Mitternacht. In wenigen Minuten würden die letzten Restaurants schließen. Julien bekam so langsam Hunger, er hatte seine letzte Dose Bier ausgetrunken, das Bier, das eins zu viel war, das die üblen Nebenwirkungen aller vorangegangenen wie ein verzögertes Gift aktivierte und ihm von einem Moment auf den nächsten ein Loch in den Magen brannte. Auf UberEats bestellte er bei Bledi Spot in Fresnes einen doppelten Cheeseburger. Im Bereich »Sonderwünsche« machte er deutlich, dass er keine Soße und keine Tomaten wollte, er betonte diesen Wunsch sogar: »Könnten Sie bitte wirklich gar keine Soße und keinen Ketchup draufmachen? (Ich bitte Sie extra darum, weil beim letzten Mal was drauf war.) Danke im Voraus!« Seine Bestellung wurde Punkt Mitternacht angenommen, in genau dem Moment, als er seinen Wochenbericht erhielt: Die Bildschirmzeit war nur um 5 Prozent gestiegen, abnehmendes Wachstum, ein gutes Zeichen. Der Lieferant, der auf den Namen Kevin hörte, musste noch andere Bestellungen ausliefern und wäre in etwas unter einer Stunde in der Rue Notre-Dame. Kein Problem, dachte Julien, schließlich hatte er jetzt Spaß und würde keineswegs gleich ins Bett gehen.

Vangel erkundete weiter die Antiwelt. BallOfHate hatte ihm einen Fausthieb verpasst, und so wankte er, Blut perlte aus seiner Augenhöhle, floss in breiten Streifen und zeichnete einen scharlachroten Pixelstrom auf seine Wange. Der Avatar war ordentlich angeschlagen und konnte nicht mehr so schnell laufen. Julien nutzte die Gelegenheit, um das virtuelle Rungis als Tourist in seiner eigenen Stadt zu bewundern. Die haben wirklich an alles gedacht, sagte er sich an jeder Straßenkrümmung, ohne zu wissen, wer diese »die« eigentlich waren. Der Satz traf es. »Die« hatten nichts vergessen. Weder die Werbung für die herabgesetzten Preise in der Fischabteilung des örtlichen Supermarkts noch die Bushaltestellen oder die Geländerpfosten der Gehwege, die Blumenkästen an den Balkonen … Alles war da, so »da« wie in einer richtigen Straße, mit den gleichen unnützen Details, fast greifbaren Objekten und trügerischen Tiefen.

Julien sah Vangel zu, wie man vor dem Einschlafen einen Fernsehfilm schaut, nur dass er sich seinen Film selbst ausdachte, den Film seiner Wahl, ein nach seiner Laune improvisiertes Abenteuer, eine von seinen Fingern auf der Tastatur erschaffene Fabel. Die Anleitung zur Antiwelt war recht einfach. Julien fand sich schnell zurecht. Das Spiel verlangsamte sich zwar durch Vangels Schleichen. Aber dieser Leerlauf kostete Julien nichts, zumal dieser Spaziergang durch ein Viertel, dessen Eintönigkeit ihn sonst gelangweilt hätte, ihm ein nicht von der Hand zu weisendes Vergnügen bereitete. Dieses verwirrende Gefühl entstand sicher dadurch, dass er reglos vorankam, drinnen draußen war und sitzend stand. Mit offenen Augen träumte er, ohne zu schlafen.

Kevin kam mit dem Cheeseburger. Wenig überraschend war er voller Ketchup, Senf und anderer schwer zu identifizierender Flüssigkeiten, vielleicht Samurai-Soße oder sogar Harissa. Man hätte meinen können, sie hätten bei Bledi Spot absichtlich eine Mischung der schärfsten Soßen zwischen die Brötchenhälften geschmiert, um den Eigengeschmack des Burgers, so gut es ging, zu überdecken. Julien wollte erst reklamieren oder sich die Kosten erstatten lassen. Aber er entschied sich um. Er lief sonst Gefahr, bei seiner nächsten Bestellung auch noch Peperoni auf seinen Burger zu bekommen.

Er wollte gerade hineinbeißen, als Vangel beinahe umfiel. Der Gesundheitsbalken zeigte völlige Erschöpfung an. Wie ein entladenes Handy musste er wieder zu Kräften kommen. Zum Glück parkte gegenüber gerade ein Auto. Julien fragte sich, ob er es knacken konnte. Laut Anleitung musste er nur Alt und K drücken und dann mit den Pfeiltasten navigieren. Als Vangel am

Lenkrad saß, raste er sofort los und zerschlug den rechten Außenspiegel an einem Absperrgitter.

Wohin sollte er fahren? Julien hatte keinen Plan, folgte den Schildern, die in sein Sichtfeld gerieten – »Playmobil Funpark«, »Magasin Kiabi«, »Justizvollzugsanstalt Fresnes«, »Intermarché Super«, »Darty« –, und er wollte unbedingt sehen, wie diese Orte, die er so gut kannte und die ihm in der Wirklichkeit gänzlich gleichgültig waren, in der Antiwelt aussahen. So war er als Geisterfahrer auf der A86 unterwegs, bis er nicht mehr fahren wollte. Auf der Kreuzung von La Croix de Berny überkam ihn das Verlangen, einen Unfall zu bauen. Er musste nur auf das erste Hindernis zurasen. Das machte er auch: Vangel beschleunigte seinen Pseudo-Ferrari auf die Eisengitter des Parc de Sceaux zu.

Der Vorteil der Antiwelt war, dass alles sehr schnell ging und die aufeinanderfolgenden kleinen Freuden keinen Raum für Langeweile ließen. Für Julien bestand die Nacht in einer Reihung von kurzlebigen Versuchungen und aufwühlenden Reizen: Der impulsive Vangel sprang neugierig von Laune zu Laune, während Julien, der perfekte Anstifter, ihm nur zusah und Ideen einflüsterte. Nach einer Stunde schliefen beide ein, einer in Boxershorts unter seiner Decke, der andere in blutigen Lumpen mitten im Park, auf den Stufen des Pavillon de Hanovre. Eigentlich müsste Vangel an Erschöpfung sterben. Und zwar zu Recht … Innerhalb kürzester Zeit hatte er einen muskelbepackten Türsteher provoziert, wurde beleidigt und verprügelt, war wie ein gehetztes Tier geflohen und hatte ein Auto gestohlen, war wie ein Krimineller über die A86 gerast, hatte die Kontrolle über sein Fahrzeug verloren und war im Zaun des Parc de Sceaux gelandet, was ihn dazu motiviert hatte, fünfundzwanzig Minuten lang durch den Grand Canal zu schwimmen. Es war völlig unlogisch und einfach nur toll.

*Erinnert euch an damals, als wir noch Sklaven waren*
*Und alles darauf wirkte, das Leben zu verarmen*
*Soziale Netze spannten tyrannisch uns ins Joch*
*Die finstren, dunklen Mächte verdummten noch und noch*
*Vorm Nichts der Flimmerschirme allein wir uns befanden*
*Sie lehrten uns, die Ketten zu lieben, die uns banden*

*Nun schaut auf diese Erde, auf der gelebt wir haben*
*Das Übermaß der Leere bestückte unsre Tage*
*Die eitlen Schattenspiele verstopften unser Aug'*
*Dereinst, zu frühren Zeiten, da kam von uns kein Laut*
*Statt Wörtern galten Hashtags als Sprache,*
*Ausdruckskörper,*
*Wir brüllten sie nach draußen, die dreisten Schlüsselwörter*

*Die Eitelkeit regierte, vergesst nie dieses Reich*
*Ihr Untertanen ließet gen Abgrund ziehen euch*
*Erstickt verblüfft verdattert zersetzt versetzt erstarrt*

*Es war sogar verboten, auf Sätzen zu beharren*
*Die Hashtagdoppelkreuze zerfraßen uns im Ganzen*
*Die Wörter warn verurteilt, getrennt für sich zu tanzen*

*Verliert nicht aus den Augen, was diese Welt getan,*
*Und hasst das Universum, dem wir entflohen waren*
*Und sprechet, Freunde, sprechet! Der Mund gehört*
*jetzt uns*
*Gelichtet ist der Nebel, die Rauten sind verschwunden*

Hashtags

# TEIL II

# PRIVATER MODUS

## Kapitel 1

Das 20. Jahrhundert hatte seine gelobten Länder und seine Eldorados. Romantische Ekstasen und geisterhafte Euphorien von New York über Moskau bis zur Eroberung des Alls, von Disney- bis Neverland, und natürlich konnten sich die Träumenden jenes Zeitalters auch der Magie der Club Meds und dem Reich der Nachtclubs hingeben. Immer unterwegs, idealistische Narren, die der Wunschvorstellung einer einfachen Weltflucht anhingen. Hundert Jahre danach blieb nur noch der Nachgeschmack ihres Scheiterns. Ein massiver Brummschädel und der Wunsch, anderswohin auszubrechen. Alle Voraussetzungen waren erfüllt, um die Menschheit zu den neuen Horizonten einer Wiedergeburt zu führen: den Horizonten des Metaversums.

Zu Beginn der 2000er Jahre war das Metaversum noch eine Utopie. Man las davon im Werk von Neal Stephenson und anderen Science-Fiction-Romanen. Da es auf die Welt der Phantasie beschränkt war, mochte es sich nicht so recht konkretisieren. 1997 schufen die Spielefirma Cryo und der Fernsehsender

Canal Plus die *Deuxième Monde*, eine Plattform, die das Pariser Stadtzentrum dreidimensional nachbildete. Der Entwickler Philippe Ulrich präsentierte das Projekt damals als den Urknall der Moderne: Die Multimediazeit hatte kaum begonnen, und schon wurde sie durch »Biospiele« und das Cyberleben abgelöst, wo immersive Medien neue Kontinente schufen. Das änderte nichts daran, dass *Deuxième Monde* bald wieder eingestellt wurde ebenso wie *Second Life* einige Jahre später: Die Erfinder waren ihrer Zeit voraus. Damals erlernten die westlichen Gesellschaften erst den Umgang mit Bildschirmen und sozialen Netzwerken. Sie waren noch nicht bereit, sich aus der Realität auszuloggen.

Adrien Sterner hatte fast fünfzehn Jahre gewartet, bis er sein eigenes Metaversum startete, das zum optimalen Zeitpunkt live ging, im Frühjahr 2020. Heaven, das Entwicklungsstudio, das er nach seinem Studium an der renommierten École Polytechnique gegründet hatte, war damals längst etabliert. Das junge Unternehmen aus Bordeaux genoss in der Gamingwelt einen beachtlichen Ruf. Sein Durchbruch gelang Anfang der 2000er Jahre mit *Driving Licence*, einem Autorennspiel mit atemberaubender Graphik. Es folgte ein rasanter Aufstieg. Heaven konnte sich damit rühmen, nie einen kommerziellen Fehlschlag erlitten zu haben. Alle Produktionen verbanden technologische Meisterleistungen, eine hochwertige Optik und mutige Einfälle. *Special Forces* kam 2004 auf den Markt und ließ die Spieler in die legendärsten Einsätze der Sonderkommandos im 20. Jahrhundert eintauchen. Auf dem Programm standen die Hinrichtung gefürchteter bolivianischer Guerilleros, Geiselbefreiungen aus einem Botschaftskeller oder die Vereitelung von Attentaten in letzter Minute. Geschichte lernen, indem man sie am eigenen Leib erlebte. Mit *What If* gelangte Heaven 2006 endgültig zu internationalem Ruhm. Das Spiel war im Jahr 1940 angesiedelt; der User musste die Geschichte neu schreiben und sich entscheiden, ob er Hitler töten, Japan bereits vor Pearl Harbor den Krieg erklären, Präventivbombardierungen anordnen – kurz, den Verlauf des Zweiten Weltkrieges zum Guten oder Schlechten beeinflussen wollte.

Was war das Rezept dieses durchschlagenden Erfolgs? Wie konnte sich ein französisches Unternehmen binnen sechs Jahren im Gamingbereich etablieren und sogar so groß werden wie die asiatischen und kalifornischen Giganten? Sterner erklärte dies in den 2000er Jahren immer mit einer Mischung aus Schalk und Großspurigkeit: »Mir ist nicht zu Ohren gekommen«, sagte er in jedem Interview, »dass sich einer meiner Mitarbeiter über Müdigkeit beklagt hätte. Bei Heaven arbeitet man nicht für Geld oder aus Pflicht. Absolute Motivation und Einsatz, das sind die Zaubertränke, die wirklich helfen.« Und das war nicht gelogen. Seine Programmierer entsprachen alle demselben Profil: kleine Universitätsgenies ohne jegliche Berufserfahrung. Geeks, die nichts so sehr fürchteten wie die Langeweile und Wörter wie Urlaub, gesetzliche Arbeitszeiten oder Freizeit nicht kannten. Sterner übertrug ihnen eine Verantwortung, die angesichts ihres Alters gigantisch war. Im Gegenzug schickten ihm die Hyperaktiven noch um drei Uhr nachts Mails, arbeiteten am Wochenende vor und holten diesen Vorsprung in den Nächten ein ... Diese Erbauer von Phantasiewelten sahen sich, von den Praktikanten bis zu den Managern, als Pioniere einer gewaltigen Revolution: Sie standen mit einem Bein im nächsten Jahrhundert.

Diese brodelnde Atmosphäre brachte Heaven 2007 eine Partnerschaft mit Google ein. Durch den Börsengang gestärkt, konnte Sterner endlich die Antiwelt in Angriff nehmen, das »Lebenswerk«, wie er sagte, das sein Studio nicht ohne die Unterstützung eines Titanen realisieren konnte. Das erste vollendete Metaversum sollte entstehen: ein Spiel, so facettenreich wie die Wirklichkeit. Bislang replizierten Simulationen stets nur einen Bruchteil der Welt, etwa ein Autorennen (*Grand Prix Legends*, *Live for Speed*), eine Stadt (*SimCity*, *Die Siedler*), ein Flugzeug (*Flight Simulator X*), den häuslichen Alltag (*Die Sims*) oder einen Sportwettbewerb (*Virtua Tennis*, *FIFA*) – nie jedoch die ganze, die volle Realität.

»Wir müssen Realismus konsequent zu Ende denken«, formulierte Sterner in einem Memo den Leitgedanken der späteren Antiwelt. Die Simulation, so glaubte er fest, durfte sich nicht mit Ungenauigkeiten zufriedengeben. Sie sollte vielmehr so detailreich wie die Welt sein, sie in ihrer Gesamtheit nachbilden, mit ihren Megastädten und menschenleeren Landstrichen, ihrer Hektik und ihrem Leerlauf. Wenn sie keine vollständige Landschaft bot, wenn sie nicht so viele Möglichkeiten bereithielt wie das echte Leben (berufliche, geographische, soziale oder sexuelle), dann verfehlte sie ihren Zweck. Die kleinste persönliche Vorliebe, das unbedeutendste Aussortieren führten aus Prinzip schon zur Unvollständigkeit, zum kläglichen Scheitern. In anderen Worten war die Simulation keine Frage des Stils: Die Aufgabe bestand darin, alles zu kopieren, was es gab, und es in einen körperlosen Raum zu übertragen.

Anders als Silicon-Valley-Mogule wie Bill Gates, Elon Musk, Mark Zuckerberg oder Steve Jobs ließ sich Adrien Sterner nicht von futuristischen Utopien inspirieren oder von Fantasy-Romanen, sondern vom ältesten Buch der Welt, der Bibel. Alle seine Biographen werden einen wichtigen Fakt hervorheben: Der 1975 geborene Schöpfer der Antiwelt hatte seine Kindheit in der Dordogne verbracht, in einer katholischen Familie, die ihn mit dem Evangelium großzog. In der Jugend hing er zwar einem radikalen Atheismus an, doch blieb er fast wider Willen von einer zutiefst mystischen Weltanschauung geprägt, die ihn immer wieder heimsuchte. »Jeder Mensch«, wird er auf einem TED-Talk erklären, »bleibt den Illusionen verhaftet, die ihm in der Kindheit vorgegaukelt wurden, so archaisch sie auch sein mögen.« Dies war auch der Charakterzug, der ihm einen Vorsprung gegenüber der Konkurrenz versprach. Im Hightechsektor herrschte unter den Ingenieuren eine modernistische Zukunftsvision. Wenn sie von der »Welt von morgen« sprachen, feierten sie eine »Disruption«: Die kommenden Jahrzehnte sollten die Vergangenheit hinter sich lassen. Sie vergessen machen. Sie überwinden und revolutionieren. Und was stand auf dem Programm? Investitionen in Weltraumtourismus, Kryogenik, Gehirnimplantate oder Flugtaxis. Jeden Tag ging es einen Schritt weiter in Richtung Post- und Transhumanismus. Die Ideologie eines Musk oder Zuckerberg war nichts anderes als ein Messianismus der Science-Fiction. Eine Techreligion.

Adrien Sterner begeisterte sich zwar sehr früh schon für die digitale Welt, allerdings mehr aus Sehnsucht nach einem anderen Messianismus: nach Christus, dem Kindheitshelden, der ihn so sehr bewegt hatte, mit dem er sich bis zum Alter der Vernunft identifiziert hatte. Wie oft hatte der kleine Adrien auf dem Schulhof informelle Predigten abgehalten, um seinen Klassenkameraden zu verkünden, er sei die Wiedergeburt Jesu? Wie viele Stunden hatte er in den Evangelien gelesen und sich selbst darin wiedererkannt? Wie oft hatte er, wenn Erwachsene ihn nach seinem späteren Beruf befragten, geantwortet, er werde der Sohn Gottes sein? Er selbst werde eines Tages Wunder vollbringen? Er selbst werde Tote auferwecken, Aussätzige heilen und von den Völkern in aller Welt verehrt werden?

Wie wird ein künftiger Messias binnen zwanzig Jahren zum milliardenschweren Atheisten? Indem er den Glauben verliert, ohne das Bedürfnis abzulegen, an etwas glauben zu müssen: eine höhere Macht, ein inneres Leuchten, eine heimliche Erlösung. Seine Errettung fand Sterner im Informatikstudium an der École Polytechnique. Der Fachbereich Informatik auf dem Campus in Palaiseau war Ende der 1990er Jahre eine Brutstätte des intellektuellen Aufbruchs. Neben dem stimulierenden Klima, das die angehenden Ingenieure durchdrang, herrschte eine elektrisierende, nahezu vorrevolutionäre Stimmung, die mit den Pariser Salons des 18. Jahrhunderts zumindest vergleichbar war. In den Vorlesungen erläuterten die Professoren begeistert, wie der Binärcode funktionierte. Eifrig führten sie in die Vorzüge der Interoperabilität ein oder in die Magie der immer mächtigeren Algorithmen. Von Semester zu Semester mussten sie ihre Veranstaltungen auf den neuesten Stand bringen, um diese oder jene Innovation zu berücksichtigen, die alle Karten noch einmal neu mischte. Die Computer gewannen an Leistung und verloren zugleich an Komplexität. Die Server wurden zusehends einfacher, ließen sich immer müheloser bedienen, und ihre Rechenkapazitäten wuchsen und wuchsen. Datenbanken hatten nahezu unendlich große Speicher. Messaging-Dienste wurden immer besser. Vor allem die Verbraucher folgten dem Ruf des Internets: Websites vermehrten sich wie die Fruchtfliegen. Aus all diesen Gründen waren die Forscher der École Polytechnique felsenfest davon überzeugt, einem äußerst seltenen Ereignis der Menschheitsgeschichte beizuwohnen. Nicht, dass sie Romantiker gewesen wären. Doch sie hatten keinen Zweifel an diesem Wandel. Zu Beginn des dritten Jahrtausends schienen die Voraussetzungen für einen gewaltigen technologischen und gesellschaftlichen Umbruch gegeben, der die Grundfesten unserer Zivilisation erschüttern würde.

In seiner Studentenbude bewahrte Sterner nur eine Handvoll Bücher auf, alle dem Wort Christi gewidmet. Während sich seine Kommilitonen für Isaac Asimov und Philip K. Dick begeisterten, ließ er nicht von seiner Bettlektüre ab, dieselbe seit sieben Jahren, immer wieder von neuem. Jeden Abend zündete er vor dem Schlafengehen eine Kerze an und schlug ein Buch auf, dessen Maroquin-Einband sich schon zu lösen begann: die Offenbarung des Johannes. Während Sterners Geist noch von den Programmierkursen elektrisiert war, entzifferte er die Prophezeiungen des »Gottesdieners«. In Kapitel 4 berichtete Johannes von einer seiner Visionen: »Darnach sah ich«, schrieb er, »und siehe, eine Tür war aufgetan im Himmel; und die erste Stimme, die ich gehört hatte mit mir reden wie eine Posaune, die sprach: Steig her, ich will dir zeigen, was nach diesem geschehen soll.« Was nach diesem geschehen soll ... Bei diesem geheimnisvollen Wort lief Adrien ein Schauder über den Rücken, der ihn daran hinderte, ins Universum der Träume zu gleiten: Wie sollte er sich eine bevorstehende Offenbarung vorstellen, wenn sie so ungewiss war? Im 1. Jahrhundert unserer Zeit sagten die Autoren der Bibel nicht nur die Auferstehung der Toten und das Jüngste Gericht voraus. Sie phantasierten vor allem von einem Himmlischen Jerusalem, einem neuen Land, das ganz dem Geiste gehören würde.

Warum faszinierte Adrien dieses Bild des Himmlischen Jerusalem so sehr? Lag es daran, dass diese Stadt laut Johannes direkt vom Himmel steigen würde wie ein Geschenk Gottes? Dass sie statt Denkmälern Sonnenstrahlen und statt Steinen Wolken hatte? Dass die Offenbarung sie dennoch wie eine reale Stadt beschrieb? Vor allem war da dieser eine Vers, der seltsamste von allen: »... die Stadt von lauterm Golde gleich dem reinen Glase«. Wie konnten Gold und Glas zu einer Erscheinung verschmelzen? Sterner grübelte stundenlang über diesen Satz nach, so überzeugt war er davon, dass sich das Geheimnis durch dieses wirre Symbol entschlüsseln ließ: Das Gold des Johannes entströmte dem Kristall, es war ein Gold, das Klarheit einfing und wieder losließ. Ein Licht-Gold, das die Dinge vom Zwang des Dingseins befreite. Ohne Materie und Form blieb nur ein Glanz ihrer Vergänglichkeit. Aus diesem klaren Metall wurden sie zu Glasscheiben und Schätzen, glänzend und durchscheinend zugleich. In der Luft verwurzelt, wie verherrlichte Körper schwingend, standen sie über der Logik der Wirklichkeit. In echte Trugbilder verwandelt, in reine Erscheinungen, straften sie den Wahrheitsdrang Lügen. Verglich Johannes aus diesem Grund jenes Jerusalem mit einer Verlobten, die ihren Geliebten sogleich küsst? Wollte er zeigen, dass dieses Paradies nichts mit einem Mutterland zu schaffen hatte? Dass es keine Heimat, keine Wurzel, kein Ort der Rückkehr war, sondern eine Heirat, ein Aufbruch also, eine Vorausschau in das Feld der Möglichkeiten?

Rührte die Besessenheit eher daher, dass Sterner sich beim Vertiefen in seine Prophezeiungen das Himmlische Jerusalem wie einen riesigen Computer vorstellte? Je stärker ihn die Müdigkeit überkam, desto mehr überlagerten sich seine Informatikkurse mit den Visionen des Johannes. Ging es nach diesem, waren die Grundsteine des letzten Jerusalem unter anderem ein Jaspis und ein Saphir, ein Smaragd und ein Chalzedonier, ein Topas und ein Amethyst. Die Tore waren aus kolossalen Perlen, und die Stadt bedurfte keiner Sonne oder Monde, um zu scheinen. In den Gassen sprudelten silberne Flüsse, wuchsen prächtige Bäume. Dieses Gemälde, mit dem die Bibel endet, glich einem synthetischen Jerusalem, modelliert nach dreidimensionalen Bildern, die durch Algorithmen entstehen und sich verformen. Ein gänzlich virtuelles Jerusalem, bevölkert mit winzigen Polygonen, die jederzeit ihre Farbe ändern und sich anders anordnen können. Ein vorgetäuschtes Jerusalem der Computergraphik, das nicht aus Stelen oder Steinen bestand, sondern aus vernetzten Polyedern. Als konkretisierten sich die Vorzeichen des Neuen Testaments auf den digitalen Oberflächen. Als hellte das Zeitalter der Bildschirme alle Geheimnisse der Offenbarung auf. Diese Stadt, die sogleich in der Luft und auf der Erde lag, dieses goldene und gläserne Land, diese Versöhnung von Materie und Seele, diese Zeit, in der alle Existenzen endlich vor dem Vergessen bewahrt werden sollten, was sollte das sonst sein, wenn nicht die Erfindung des Internets? Die Idee des Paradieses entstand im Menschen mit der Geburt der Religionen. Wie Krankheiten, die sich erst nach einer Inkubationszeit manifestieren, schmorte sie lange, bevor sie konkret wurde: ein kybernetisches Netz aus künstlichen Beziehungen. Und war Adrien selbst, ehemaliger Katholik und zukünftiger Unternehmer, nicht die leibgewordene Verkörperung dieser Begeisterung?

In ein paar Monaten war das Jahr 1999 Geschichte. Christus feierte seinen zweitausendsten Geburtstag. Er würde wiederauferstehen, unbesiegbar diesmal: Die Revolution 2.0 verkündete die Erfüllung aller Träume, die die Phantasie der menschlichen Gesellschaften seit den Anfängen beflügelt hatte. Seit Jahrhunderten und sogar Jahrtausenden schon verfestigten sich diese Bestrebungen in Religionen oder Ideologien. Ob die Evangelien oder Platon, Thomas von Aquin oder Marx, die westliche Zivilisation hatte ihre Sehnsucht nach dem Paradies immer nur verfeinert. Einmal nahm dieses Paradies die Form der Ideenwelt an, ein anderes Mal die eines Michelangelo-Gemäldes oder einer kollektivistischen Utopie. Bisweilen nannte man sie Weisheit, bisweilen direkte Demokratie oder Stadt Gottes. Das Prinzip war immer dasselbe: Die Menschen lebten im Universum, um die Bedingungen ihres Daseins irgendwie zu verändern. Über Generationen hinweg hatten sie mit der Zeit den Platz ihrer Götter eingenommen und versucht, die Realität zu transzendieren, eine andere Form der Existenz zu erreichen. Sie überwanden die irdischen Fesseln und errichteten eine dauerhafte Ersatzwelt: eine Art Antiwelt. Johannes und die alten Denker konnten jedoch nicht wissen, dass diese Offenbarung nicht das Werk einer Vorsehung sein würde, sondern das Ergebnis einer Programmierung. Der Bildschirm war der Himmel, das Internet verkörperte den Allmächtigen, und das Digitale bot die Genesis einer neuen Geschichte. Binnen weniger Jahre würde die Antiwelt aus dem Nichts treten, in dem sie entstanden war.

## Kapitel 2

Als Google eine Partnerschaft mit Heaven einging, beschloss Sterner, den Hauptsitz seines Unternehmens zu verlegen, das bisher in einem Herrenhaus in Chartrons, einem der attraktivsten Viertel von Bordeaux, beheimatet war. Diese Adresse und dieses Prestige hatten lange Zeit als Aushängeschild für Investoren gedient. Doch nun, da Heaven sich auf ein neues Großprojekt einließ, verfolgten sie ein gegenteiliges Ziel. An die Stelle der Geltungssucht trat eine Obsession des Versteckens: Um Industriespionage zu vermeiden und in Ruhe arbeiten zu können, war es wichtig, nicht aufzufallen, also musste man umziehen.

Sterners Teams fanden alsbald eine stillgelegte Fabrik, die ein geräumiges Gelände an der Spitze des Bec d'Ambès belegte, wo die Garonne und die Dordogne zusammenflossen. Umgeben von Öllagern und dunklen Hainen, Tanks und Brachland, umringt von Flüssen und Panoramen, glich das Gebiet einer postmodernen Landschaft. Heaven ließ die Fabrik abreißen und einen neuntausend Quadratmeter großen Komplex errichten, der durch hohe Mauern und Sicherheitsschleusen geschützt war. Das Gebäude schoss innerhalb weniger Monate in die Höhe und überragte das Schwemmland. Sterner reservierte sich die oberste Etage mit den Glasfassaden, um dort nicht nur sein Büro, sondern auch seine Wohnung einzurichten. Denn obwohl er Milliardär war, gehörte er einer neuen Generation von Kapitalisten an: der Generation der mönchischen CEOs. Der Heaven-Chef kleidete sich schlechter als sein eigener Assistent, empfand eine Abneigung gegen Paläste und schicke Restaurants, lebte sparsamer als ein Fakir und träumte nur von einem: fern von Stadt und Lärm hoch über der Realität zu leben. Wie ein Maler, der vor seinen Gemälden schläft, würde er inmitten seines Werkes leben, abgeschottet in der Baustelle, auf der nach und nach die Antiwelt errichtet wurde. Seine Unterkunft überblickte die Mündung der Gironde. Jeden Abend zog sich Adrien auf den Bug seines im Sumpfland festgesetzten Ozeankreuzers zurück. Dort meditierte er vor den zusammenfließenden Flüssen, ein Kapitän, inspiriert von einer endlosen Reise.

Elf Jahre lang drang von Heavens neuer Firmenzentrale kein Laut nach außen. Wie in Willy Wonkas Schokoladenfabrik lief alles völlig autark. Die Beschäftigten mussten eine Geheimhaltungsklausel unterschreiben und durften kein einziges Dokument mit nach Hause nehmen. Bis auf die Abgesandten von Google durften keine Betriebsfremden den Komplex betreten, schon gar keine Journalisten. Überraschenderweise zahlte sich das aus: Die Gaming-Magazine mutmaßten, dass Heaven nicht mehr der Rede wert sei, und berichteten schließlich nicht mehr über die Firma. Offenbar galt der Allgemeinplatz, dass Heimlichtuerei erst recht für Medienaufmerksamkeit sorgte, zu Beginn des 21. Jahrhunderts nicht mehr; Sterner beglückwünschte sich auf seiner Dachterrasse dazu, dass die Presse nur noch vom Fleisch der aktuellen Polemiken zehrte.

Mit zwei Wahlen und einer Handvoll Dramen verging das Jahrzehnt in Gleichgültigkeit und Geschrei. Im Geheimen tüftelten Sterners sechstausend Mitarbeiter an diesem »ungewöhnlichen Videospiel«, wie sie es nannten. Jahrein, jahraus wuchsen die Hindernisse, und sie erkannten den Wahnsinn des Projekts, dem sie sich verschrieben hatten. Die größte Schwierigkeit war technischer Natur: Wie sollten sie den gesamten Planeten künstlich nachbilden? In früheren Heaven-Produktionen wurde die viel kleinere Umgebung, in der sich die Spieler bewegten, »manuell generiert«; Künstler und Programmierer erfanden sie selbst. Diese Methode kam nicht in Frage, wenn jeder Baum, jedes Gebäude und jede Landschaft der echten Welt nachzubauen waren. Daraus ergab sich die Notwendigkeit, Datenbanken heranzuziehen, die den Designern das Rohmaterial lieferten. Heaven war die Partnerschaft mit Google eingegangen, um die Satellitenbilder von Google Earth nutzen zu können. Fotogrammetrische Daten zeigten die Höhe und das Relief eines jeden Punktes auf der Erde an. Die Herausforderung bestand darin, generative Algorithmen einzusetzen, um die Luftbilder der Datenbanken dreidimensional zu rekonstruieren. Sterner setzte auf künstliche Intelligenz und maschinelles Lernen, um die Welt virtuell zu kopieren, ohne sie neu zeichnen zu müssen.

Die zweite wichtige Entscheidung, die das Heaven-Team treffen musste, betraf das Format der Plattform: Wie konnte die Antiwelt so zugänglich wie möglich werden? Auf der einen Seite bestand Adrien Sterner darauf, dass das Metaversum im Web verfügbar war, dass es mit wenigen Klicks heruntergeladen werden konnte, auch auf langsameren Computern lief und die Anmeldung völlig kostenlos blieb. Auf der anderen Seite konnte die Antiwelt nicht bloß eine Website wie Google oder Wikipedia sein. Das Ziel bestand darin, das Web 3.0 zu schaffen: eine neue Version des Internets. Ein immersives Erlebnis, bei dem die Menschen das Gefühl bekamen, Hologramme zu sein und die Abenteuer ihres Avatars selbst zu erleben. Bis dahin waren Bildschirme nichts anderes als Schnittstellen zur Darstellung von Inhalten gewesen. Das Metaversum hingegen wäre eher ein Ökosystem als ein Gemälde. Es würde die Welt nicht nur abbilden, sondern vergegenwärtigen: Die Bilder müssten präsenter sein als die Dinge. Deshalb waren virtuelle Headsets und digitale Sensoren so wichtig, die sogenannten Augmented-Reality-Technologien, die sich nur Wohlhabende leisten könnten. Nach langem Hin und Her beschloss man, dass die Antiwelt auf zwei Weisen zu betreten sein musste: über eine Website für Gelegenheitsspieler und über teures Zubehör für die Profis.

Sollte Heavens Metaversum elitär sein oder sollte es erschwinglich, offen und zugänglich für alle sozialen Schichten bleiben? Daran schloss sich eine weitere, noch schwierigere Frage an: Welche Gesellschaftsform würde die Antiwelt annehmen? In dieser Hinsicht war Sterner dogmatisch. Die Avatare mussten anonym bleiben. Die Marktforschung legte nahe, dass 57 Prozent der potenziellen User den Wunsch hätten, sich mit ihrer wahren Identität durch das Metaversum zu bewegen. Doch das interessierte Sterner nicht: Anonymität war nicht nur ein sekundärer Parameter oder eine zufällige Variable. In seinen Augen war sie die DNA des Spiels, seine Daseinsberechtigung, sein Dreh- und Angelpunkt. Kritik daran kam einem Infragestellen des gesamten Projekts gleich. Zwischen den Menschen und ihren Doppelgängern, zwischen der Welt und der Antiwelt durfte es keine offiziellen Verbindungen oder Brücken geben.

Seit 2019 drängten jedoch gewisse Stimmen aus dem Team Sterner dazu, das Prinzip der Anonymität aufzugeben. Thierry Saumiat und Patrick Olivien, die stellvertretenden Leiter der Finanzabteilung, die seit *Driving Licence* an Adriens Seite arbeiteten, waren überzeugt davon, dass damit die Spieldynamik beeinträchtigt würde. In einem Seminar versuchten sie, ihn zu überzeugen: Alle Marktanalysen, so argumentierten sie, gaben ihnen recht. Den Usern sollte die Wahl gelassen werden, ob sie ihre Identität preisgeben wollten oder nicht. Auf diese Weise würden die Anonymen anonym bleiben und die anderen sich mit offenem Visier anmelden; alle kämen auf ihre Kosten.

An diesem Tag zeigte Sterner zum ersten Mal eine Seite von sich, die seine Kollegen noch nicht kannten: Verachtung und Selbstherrlichkeit. Als Saumiat und Olivien ausgeredet hatten, schwieg Sterner für eine Minute, die ewig zu dauern schien. Dann erhob er sich ruckartig, mit geweiteten Pupillen:

»Wissen Sie, wie Augustinus eine menschliche Gesellschaft definiert?«, murmelte er zunächst mit einem gespielten Lächeln.

Saumiat und Olivien kannten den heiligen Augustinus nur von der Pariser Metrostation, die nach ihm hieß, ein eher trübseliger Ort, dem nur eine Salatbar und ein Swingerclub etwas Leben einhauchten. Da sie jedoch Absolventen der École Supérieure des Sciences Économiques et Commerciales waren, antworteten sie mit »Ja«.

»Ihr Ja bedeutet Nein«, sagte Sterner und freute sich,

dass sie erröteten. »Der *Gottesstaat* ist ein wichtiges Buch, auch wenn es sich nicht an stupide Start-upper richtet ... Augustinus erzählt die gesamte Weltgeschichte anhand des Gegensatzes zweier Gesellschaftsformen: der irdischen und der himmlischen Stadt.«

Als Sterner diesen professoralen Ton anschlug, schrumpften Olivien und Saumiat auf ihren Sitzen zu kleinen Jungen. Ihr Chef fuhr fort, immer schulmeisterlicher, immer exaltierter:

»Eine Gesellschaft ist laut Augustinus nichts anderes als eine Ansammlung von Menschen, die dasselbe lieben. In diesem Sinne spricht man von einem ›Freundeskreis‹ eines bestimmten Künstlers: Wörtlich genommen sind die Fans von Michael Jackson oder der zeitgenössischen Kunst richtige Städte. Die Liebe zu demselben Objekt ist der einzige Kitt, der Individuen zusammenbringen kann. Und wenn Sie das nicht verstehen, begreifen Sie auch nicht den Unterschied zwischen dem Internet und der Antiwelt.«

Stille am Tisch. Nach dreißig Sekunden traute sich Saumiat zu fragen, warum.

»Unglaublich«, erwiderte Sterner und verzog das Gesicht, als wäre er gerade beleidigt worden, »Sie arbeiten in der Techbranche und haben sich noch nie gefragt, wozu Computer gut sind. Es tut mir leid, dass ich Ihnen das so sagen muss, aber Sie sind ein Idiot!«

Bei dieser Beleidigung musste Olivien die Stirn runzeln. Beide spürten mehr oder weniger die Bedeutung dieses Moments: Wie so viele Milliardäre vor ihm verwandelte sich CEO Sterner in einen Quasidiktator.

»Was hat das Internet seit seiner Gründung bewirkt?«, ließ er sich von seiner eigenen Rede mitreißen. »Hat es die Menschen zusammengebracht oder getrennt? Hat es die Mittelmäßigkeit der Welt überwunden oder sie bestärkt? Ich frage Sie aufrichtig: Gehören soziale Netzwerke zur himmlischen oder zur irdischen Stadt? Und haben wir vor, wie sie zu scheitern, oder werden wir ein Metaversum errichten? Meta-versum«, ereiferte sich Sterner, »das bedeutet ›über die Realität hinaus‹! In der Welt kreisen die Menschen nur um ihren eigenen Bauchnabel. Sie sind stolz, narzisstisch und wollen sich mit allen Mitteln behaupten, auch mit den kleinlichsten. Bei uns lernen die Spieler, wie man unerkannt lebt. Sie werden die Reize der Anonymität erfahren. Da sie sich hinter Avataren verstecken, sind sie gezwungen, ihre Selbstverliebtheit aufzugeben. Quod erat demonstrandum.«

Dieses »Quod erat demonstrandum« und diese Beleidigungen waren ganz von selbst aus ihm herausgekommen, eine natürliche Folge von Polytechnique und Marktkapitalisierung. Die Manager sahen sich an und trauten sich nicht, etwas zu sagen. Sterner gab einen langen Seufzer von sich und nahm Platz. Erst dann, erst in diesem Moment, verstanden Olivien und Saumiat, warum ihr Unternehmen den Namen Heaven trug: Im Himmel macht Gott keine Kompromisse.

## Kapitel 3

Im Herbst 2018 war die Antiwelt einsatzbereit. Die Heaven-Ingenieure hatten sich so sehr ins Zeug gelegt, dass die Konzeptionsphase schneller als erwartet Früchte trug. Damit war alles bereit für den nächsten Schritt, eine massive Werbekampagne, bevor die Plattform endlich für die User zugänglich sein würde. Alles sah gut aus. Es fehlte nur noch eine Formalie: das grüne Licht vom Chef. Doch Sterner trotzte dem Druck der Aktionäre, er ging das Risiko ein, von einem Konkurrenten überholt zu werden, und ordnete an, die Eröffnung der Antiwelt zu verschieben. Solange die Notwendigkeit eines Metaversums in der öffentlichen Meinung nicht als selbstverständlich angesehen werde, so begründete er seine Entscheidung, würden die Märkte die Antiwelt nicht so annehmen, wie sie es verdiene. Der Heaven-CEO war von der Furcht besessen, dass sich durch einen übereilten Start das Fiasko von *Second Life* wiederholen würde, und beschloss, sich in Geduld zu üben, auch wenn die Aktienkurse seines Unternehmens darunter litten. Die Wirtschaft, überzeugte er sich, sei kein Pokerspiel: Man müsse schon vorher sicher sein, dass man gewinne.

Diese mutige Entscheidung sollte sich als hellsichtig erweisen. Als sich keine zwei Jahre später das Coronavirus über den Globus ausbreitete, erkannte Sterner sofort das kommerzielle Potenzial dieser Epidemie. Am 10. März 2020 berief er seine Führungskräfte zu einem Krisenmeeting ein. Italien hatte gerade einen Lockdown über sein gesamtes Staatsgebiet verhängt, und wie *L'Express* berichtete, war diese Maßnahme in der Weltgeschichte beispiellos. Noch nie zuvor war über ein ganzes Land eine Quarantäne verhängt worden. Sterner war so gerührt, als hätte er gerade den Nobelpreis erhalten, und zog seine Schlüsse: Dieses Ereignis, verkündete er, werde über Nacht alle Karten neu mischen.

Da Italien im Lockdown sei, würden auch seine Nachbarländer wie Dominosteine fallen. In drei Wochen oder zwei Monaten werde der gesamte Westen gelähmt sein, vielleicht sogar die ganze Welt. Ohne soziale Beziehungen, schwärmte Adrien, würden die Menschen vermehrt Computer nutzen, nicht nur zur Unterhaltung, sondern vor allem, um ein möglichst normales Leben zu führen. Allmählich würden sie sich an das Homeoffice gewöhnen. Zum Aperitif über FaceTime anstoßen, zu YouTube-Tutorials tanzen, per Zoom zur Schule gehen und sich mit UberEats ernähren. Ausnahmslos würden sie alle zu Geeks werden.

Auch die Technikfeindlichsten würden auf ihre Bildschirme starren und Antimenschen werden.

Dieser Sittenwandel, prophezeite Sterner, werde eine gewaltige wirtschaftliche Beschleunigung mit sich bringen: Er werde den Ruin all jener Berufszweige beschleunigen, die sich bereits im Niedergang befänden und die ohne die fatalen Folgen der Gesundheitskrise erst in zwei oder drei Jahrzehnten untergegangen wären. Die Luftfahrt und das traditionelle Kino zum Beispiel würden sich nicht mehr erholen, da die eine auf dem Altar der Klimaneutralität geopfert und das andere durch Netflix und andere Streaming-Dienste ersetzt würde. Auf der anderen Seite werde man die kühnsten Innovationen fördern, NFTs, die berühmten Non-Fungible Tokens, oder 3-D-Headsets. Daher biete sich nun die Gelegenheit, den Menschen das Metaversum zu präsentieren.

»Liebe Freunde«, schloss Sterner mit der Feierlichkeit eines frisch gewählten Präsidenten, »ich habe die große Ehre, Ihnen mitteilen zu dürfen, dass die Zeit gekommen ist, die Antiwelt zu gebären. Wir werden Arbeit haben, viel Arbeit, damit das Spiel in den nächsten drei Monaten erscheinen kann. Doch wir befinden uns auf der Zielgeraden.«

Zehn Tage später war Heaven das einzige französische Unternehmen, das sich nicht an die Regel »Zuhause bleiben und Leben retten« hielt: Die Angestellten mussten sich in der Zentrale einschließen. In den folgenden Monaten herrschte eine ungewöhnliche Unruhe. Der Firmensitz verwandelte sich im Schutz seiner Mauern in einen Militärstützpunkt. In einigen Großraumbüros wurden behelfsmäßige Schlafräume eingerichtet, in denen Abteilungsleiter und Praktikanten, Analysten und Designer untergebracht waren. Sterner stellte sein Wohnzimmer als Meeting Room zur Verfügung. Es gab Ruhezonen, ein Fußballfeld und einen Restaurantbereich. Adriens Firma setzte sich über das Gesetz und alle Gesundheitsvorschriften hinweg. Masken- und skrupellos blieben die Beschäftigten von den neuen Verboten unberührt. Sie arbeiteten fast zehn Stunden am Tag, hielten Meetings ab, nahmen ihre Mahlzeiten in der Cafeteria ein und leisteten sich sogar den Luxus, ungestraft ein paar Musikabende zu veranstalten. Da die Polizei auf der Halbinsel Ambès nicht Streife fuhr, riskierten sie nichts. Und tatsächlich schien trotz der ein- und ausgehenden Deliveroo-Lieferanten und Dealer, die unaufhörlich am Eingangsportal des Komplexes vorbeizogen, niemand zu bemerken, dass sich an der Mündung der beiden Flüsse ein Staat im Staate gebildet hatte.

Eine Woche nach dem ersten Lockdown berief Sterner eine Pressekonferenz in der Heaven-Zentrale ein. Zweihundert französische Journalisten folgten dem Aufruf, und fast viertausend, darunter Amerikaner und Asiaten, schalteten sich per Videokonferenz dazu. An der Seite des CEO von Google France erläuterte

Adrien die Obsession, die die Entwickler von Heaven angetrieben hatte. Mit ruhiger Stimme stellte er monumentale Behauptungen auf. Die Antiwelt, verkündete er, sei das größte Spiel, das je von Menschenhand erfunden worden sei. Danach gebe es im Bereich des Gaming nichts mehr zu erreichen. Dieses Ereignis sei so bedeutsam wie die Entdeckung der Elektrizität, noch wichtiger vielleicht, die einzige Erfindung des 21. Jahrhunderts womöglich, die für die Nachwelt erhalten bleiben werde. Angesichts dieser hemmungslosen Übertreibung mussten die Anwesenden kichern. Es war ihnen nicht ganz klar, ob Sterner sich nur mit Neil Armstrong verglich oder gleich mit Gott. Einige verließen enttäuscht den Saal. Doch am Ende seiner Rede verteilte Sterner Tablets, damit die Journalisten den Prototypen des künstlichen Universums kennenlernen konnten. An die Stelle der Häme trat plötzlich eine religiöse Stille. Und als ein Korrespondent der *Libération* fragte, auf welchen Konsolen das Spiel erhältlich sei, kam Sterner zum krönenden Abschluss: Die Antiwelt, betonte er, werde über eine gänzlich kostenlose Website zugänglich sein. Er sah, wie das Publikum ihm applaudierte, umarmte den Google-Chef und wandte sich ab, ohne Fragen nach dem Geschäftsmodell zu beantworten, das eine kostenlose Bereitstellung ermöglichen würde.

*Les Échos* widmete Adrien Sterner, dem »Gewinner der Pandemie«, ein Porträt. Die Tageszeitung lobte die Antiwelt als das ambitionierteste Spiel der Techgeschichte und Heaven als ein Unternehmen, das diese Ambitionen verwirklichen könne. Der Artikel übernahm die Äußerungen der Pressekonferenz fast wörtlich, was selten genug geschah und deshalb bemerkenswert war. Etliche Medien schlugen den gleichen Ton an, wenngleich sich skeptischere Zeitgenossen auch kritisch äußerten: Sie stellten fest, dass es in der Antiwelt keine Handlung und keine Geschichte gab, lediglich ein Tutorial mit vier Missionen. Es war auch unmöglich, zu verlieren oder zu gewinnen, die Plattform ähnelte also eher einem virtuellen sozialen Netzwerk als einem Spiel im eigentlichen Sinne. Andere Kritiker wiesen darauf hin, dass Heaven ein Patchwork aus allen anderen Simulationsspielen geschaffen habe. Niemand hingegen nahm seine stolzen Äußerungen auf der Pressekonferenz zum Anlass, Sterner des Narzissmus zu bezichtigen.

Er missachtete die Empfehlungen der Marketingabteilung und ließ die Website antiwelt.com am 2. Juni freischalten, dem Tag, an dem die Cafés wieder öffnen durften. Auf den ersten Blick eine selbstmörderische Entscheidung: Drei Monate der Entbehrung würden die Leute von ihren Computern weg in die Sonne locken. Doch Sterner blieb stur: »Sie werden sehen«, versprach er, »ich werde recht behalten.«

Am Morgen des großen Tages versammelte Sterner das gesamte Führungsteam im Screen Room, einem Bunker im Bunker, der mit Computern und LCD-Bildschirmen ausgestattet war. Um zehn Uhr morgens trafen sie sich zu Gebäck und stießen mit Kaffee an. Im schicksalhaften Moment des Countdowns konnten sich einige Designer ihre Tränen nicht verkneifen. Zehn Sekunden später sollte der »Planet B«, wie sie ihn intern nannten, freigegeben werden. Auf etwa zwanzig Computern beobachteten die Heaven-Mitarbeiter die virtuellen Landschaften, die darauf warteten, mit Antimenschen gefüllt zu werden. Sie waren noch leer und vegetierten träge vor sich hin. Es war sonderbar, auf diese öde, gänzlich menschenleere Welt zu schauen. Brav standen die Metropolen herum, bereit, das Leben in sich aufzunehmen. Auf einem riesigen Bildschirm erstrahlte New York. Schon beim Anblick von Manhattan hatte man das Gefühl, sich in einer Trance von Wolkenkratzern und einem rechtwinkligen Straßennetz zu verlieren. Gebäude, so weit das Auge reichte, gestrandet in einer urbanen Wüste, ausgestorben vor Einsamkeit. Es war futuristisch, fast unheimlich, all diese modernen, kahlen Räume zu sehen. Von diesen Städten ohne Bewohner, von diesen toten Weiten ging etwas Unheimliches aus. Über dieser makabren Szenerie lag eine Weltuntergangsstille.

Sterner und sein Team wussten, dass die Erde zum letzten Mal menschenleer sein würde. Rein und blendend weiß lag sie auf den Servern. Beim Starren auf die Bildschirme verloren sich die Betrachter dieses Horizonts allmählich. Die Erde war unberührt, karg wie eine glatte Rinde drang die Wirklichkeit in unendliche Tiefen vor. Nichts störte sie, nur die bevorstehende Lawine der neuen Bewohner. Bald würden sie hereinbrechen, die Pioniere der virtuellen Welt. Sie würden sich einnisten, bis alles bedeckt wäre. Aus dem Nichts tauchten sie dann auf, in diesem riesigen Gebiet, und verzehnfachten sich bald. Aufgeheizt von der Vorfreude auf das Spiel würden sie eine brennende Energie mitbringen. Kein Territorium bliebe von ihnen verschont. Mit der Zeit würden sie den ganzen Globus mit ihrem ständigen Lärm verschmutzen. Einem endlosen Brummen wäre Tür und Tor geöffnet.

Wieder einmal bestätigte sich Sterners Ahnung. Entgegen den Ankündigungen in den Medien und Twitter-Trends blieb der Ansturm auf die Straßencafés aus. Zum Leidwesen der Gastronomie fanden sich in den Restaurants nur einige wenige der üblichen Aficionados ein. Anders als erwartet waren sie nicht überfüllt, sondern blieben den ganzen Vormittag über leer. Adrien jubelte im Bildschirmraum.

»Sehen Sie?«, rief er, »habe ich es doch gesagt! Niemand hat die Restaurants vermisst. Niemand will auf Korbstühlen sitzen und für 2,50 Euro einen Espresso schlürfen. Lieber sollen ihre Avatare bei uns Kaffee trinken!«

Und er sollte recht behalten. In den ersten zwei Stunden wuchs die Bevölkerung der Antiwelt rasant. Gegen Mittag hatte das Metaversum bereits die Marke von dreihunderttausend Accounts erreicht. Dennoch konnte niemand bei Heaven auf den Flachbildschirmen einen Antimenschen sehen. »Eine Nadel im Heuhaufen«, grummelte ein Programmierer.

Sterner ging zum Telefonieren nach unten, verweilte in der Lobby und zündete sich einen Joint an. Als er in den Screen Room zurückkehrte, strahlten die Gesichter seiner Teamkollegen. Für die Freude war der Zähler verantwortlich, der vierhunderttausend Anmeldungen anzeigte – die Einwohnerzahl von Nizza, verteilt auf die ganze Welt. Der Informatiker Romain Fermet konnte einen Avatar ausfindig machen, der auf einem Motorrad über die Pariser Périphérique raste und offenbar viel Spaß hatte. Die Entdeckung des ersten Menschen löste Jubelschreie aus, »Fuck, we did it«, Umarmungen über Umarmungen.

Zwei Monate lang blieb die Anmelderate stabil bei etwa achthunderttausend pro Tag. Bei diesem Tempo wurde die Fünfzig-Millionen-Marke bald überschritten. Dazu muss man sagen, dass Heaven durch die Partnerschaft mit Google international sichtbar war und nur 18 Prozent der Antimenschen Franzosen waren. Die Antiwelt war besonders in den USA (23 Prozent der User) und in Südasien beliebt. Viele wollten allerdings in einem anderen Land leben als in der Realität. Französische IP-Adressen verfügten etwa über Avatare in New York, Dubai oder Bangkok ... Wahrscheinlich wählten die Spieler ihre liebsten Urlaubsorte aus. Und doch entwickelte sich die Plattform, die im Frühjahr 2022 fast eine Milliarde Accounts erreichte, zu einer echten Alternativwelt: Das soziale Gefüge hatte sich zunehmend verzweigt, die Antimenschen gingen allen möglichen Berufen nach. Die westlichen Demokratien wählten ihre Präsidenten (Muffin78 bekleidete als Erster das höchste Amt der Französischen Republik), auf allen Ebenen entwickelten sich Institutionen. Allein in Frankreich gab es Tausende Anwälte, Geschäftsleute, Staatsanwälte, Polizisten – und sogar Kriminelle, das ultimative Merkmal der Realität.

Diese scheinbare Normalität erregte die Aufmerksamkeit der soziologischen Fachzeitschriften. Die Antimenschen wurden mit den Hikikomori verglichen, einer in Japan verbreiteten Gruppe von Menschen jeden Alters, die vor dem Druck der Außenwelt fliehen, sich zu Hause verschanzen und den Kontakt mit der Realität nur noch über Computer und Telekommunikation zulassen. Doch die Wissenschaftler, die sich mit dem Heaven-Spiel beschäftigten, suchten vor allem die Antwort auf eine Frage: Welche psychologische Motivation hatte ein Individuum, seine Präsenz in der Welt zu duplizieren? War dieses Verhalten das Symptom einer unüberwindlichen Verzweiflung? Warum kümmerten sich die Bewohner der Antiwelt ausgiebiger um ihr Anti-Ich als um sich selbst? Einige Analysten sahen darin ein Ausweichen vor den Mechanismen der sozialen Reproduktion: Wer sich als benachteiligt empfand und keine erfüllenden Zukunftsperspektiven hatte, konnte durch den Zugang zu einem bürgerlichen Alltag, wenn er auch nur virtuell war, einen echten Ausgleich erhalten. Andere argumentierten dagegen, dass die Anti-Ichs als normative Symbole fungierten; die Spieler wollten sein wie sie, so dass die Avatare die Rolle des großen Bruders einnahmen: Sie zeigten den Usern, wie sie anderen gefallen, eine erfüllte Beziehung führen und überhaupt zurechtkommen konnten. Diese soziologischen Studien hatten jedoch mit einer großen Hürde zu kämpfen. Da die Mitglieder laut AGB ihre Identität nicht preisgeben durften, war es unmöglich, ihre soziale Stellung mit der ihres Avatars statistisch zu vergleichen. Abgesehen davon waren sich die Intellektuellen fast einig, dass der Erfolg der Plattform nicht nur auf ein Bedürfnis nach Unterhaltung zurückzuführen sei, sondern vor allem auf ein Verlangen nach Weltflucht, ein tiefes, geradezu metaphysisches Verlangen, in die Haut eines anderen zu schlüpfen und anders zu leben.

Der Name der Plattform war schließlich eindeutig genug. »Antiwelt«, das war die Notwendigkeit eines Paralleluniversums, eines falschen Zwillings der Realität. Wie ein Spiegel, der die Anordnung der Objekte, die er widerspiegelt, umkehrt und das, was sich links befindet, nach rechts verschiebt und umgekehrt, musste Heaven die Koordinaten des Lebens vertauschen. Sichtbar machen, was verborgen blieb. Verbergen, was allgegenwärtig war. Reiche in Arme verwandeln, Arbeitslose in Millionäre, Frustrierte in Swinger, Enthemmte in Priester, Moralisten in Kriminelle, Schüchterne in Stars und Genies in Verrückte. Diese Bestrebungen liefen natürlich auf eine Welt hinaus, die auf dem Kopf stand, eine völlig verdrehte Erde, ein Universum, dessen Schattenzonen an die Oberfläche gelangten – wo die Dinge, alle Dinge, sich in ihr Gegenteil verkehrten. Dort erwiesen sich die User als chiral: Sie existierten spiegelbildlich. Die Antiwelt gab ihnen die Möglichkeit, ein Privatleben im Privatleben zu führen. Als sich Julien an jenem Abend anmeldete, folgte er als einer von vielen einem globalen Trend: Als Vangel schloss er sich der wachsenden Gegengesellschaft an, in der sich all jene versammelten, die von der Realität enttäuscht waren.

## Kapitel 4

Über dem Parc de Sceaux brach der Morgen an. Als die Bäume allmählich die Nacht abschüttelten, nahmen sie wieder die Textur und Farbe des Vortags an. Durch die Eingangstore strömten die Spaziergänger bereits in die von Formschnitthecken gesäumten Alleen: Sie schlenderten am Grand Canal entlang und betrachteten die Blumen, trainierten mit einer Stoppuhr in der Hand für den Sprint, träumten bei Nachtigallengesang vor den Wasserfällen. Auf beiden Seiten dieser lieblichen Szenerie war das Lichtdesign absolut perfekt. Weitwinklig verteilten die Sonnenstrahlen ihre herrlichen Shading-Effekte. Erlen und Mammutbäume warfen ihre überlegenen Schatten auf das Rasengras. Die Kirschbäume, nicht zu hell und nicht zu blass, umgaben mit ihrem realistischen Relief den Pavillon de Hanovre. Eine auf der Treppe zusammengesunkene Gestalt bildete jedoch einen Kontrast zur Eleganz der anderen Besucher. Abweisend richtete die Person langsam ihren Kopf auf und blickte gen Horizont. In Lumpen gekleidet, einem Landstreicher oder Flüchtling gleich, öffnete Juliens Anti-Ich die Augen.

Zum ersten Mal seit zwei Wochen hatte sich Julien wieder eingeloggt. An den Abenden zuvor war er nach dem Unterricht und den Konzerten im Piano Vache viel zu spät und übermüdet nach Hause gekommen. Doch selbst wenn ihn der Alltag in Beschlag nahm, musste er immer wieder an dieses seltsame Spiel denken. Irgendetwas faszinierte ihn daran. Nachdem ihm Thibault Partene einen Scheck über 300 Euro gegeben hatte, starrte er die ganze abendliche Zugfahrt aufs Handy. Der Wikipedia-Eintrag über die Antiwelt war in der unverständlichen Sprache der neuen Technologien verfasst (»Blockchain«, »NFT«, »Asset«, »crypto-active«) und strotzte vor Details. Ein erster Abschnitt behandelte die Geschichte von Heaven und die Biographie von Adrien Sterner, von der Kindheit bis zum finanziellen Aufstieg, und ließ auch seine mystischen Visionen nicht aus. Anschließend führte der Artikel die wichtigsten Einsatzmöglichkeiten dieses Metaversums auf. Dort konnten Avatare reisen, Kleidung und sogar Häuser kaufen, ein Unternehmen gründen oder Morde begehen, an der Antiuniversität unterrichten oder sich im Tiefseetauchen üben, die Liebe finden oder eine politische Laufbahn einschlagen … Kurzum musste er zugeben, dass Sterner nicht gelogen hatte: Auf seinem Cyberplaneten war wirklich alles möglich. Der Wikipedia-Eintrag ging jedoch viel weiter. In einem Absatz stand eine Information, die Julien sofort aufmerken ließ: Einige User, so hieß es, verdienten ihren Lebensunterhalt in der Antiwelt.

Er musste den Artikel ein gutes Dutzend Mal lesen, um die Hintergründe zu verstehen. In Adrien Sterners Metaversum wurden alle finanziellen Transaktionen zwischen den Avataren in Cleargold abgewickelt, Heavens Kryptowährung. Das war noch nicht sehr kompliziert. Die Nuance kam jedoch im nächsten Satz. Um sich diese zu beschaffen, erklärte Wikipedia, gab es für die User zwei Möglichkeiten: arbeiten oder investieren. Proletarier sein oder Kapitalist. Im ersten Fall suchten sich die Avatare einen Beruf. Sie waren bereit, für andere zu arbeiten, gingen arbeitsintensiven Tätigkeiten nach (etwa Müllmann, Reinigungskraft, Klempner) und erhielten ein Monatsgehalt von etwa 1300 Cleargold, was dem Mindestlohn entsprach. Cleargold konnte man in echtes Geld umwandeln, aber auch selbst kaufen. Durchschnittlich wollten nur 20 Prozent der Spieler das Bankkonto ihres Anti-Ichs aufstocken. In diesem Fall tätigte der Avatar alle möglichen Finanzinvestitionen: Er erwarb ein Flurstück, investierte in Immobilien, wurde Geschäftsmann, vermarktete digitale Gemälde oder Musikalben als NFT oder prostituierte sich, wenn ihm danach war. Und wenn das virtuelle Vermögen wuchs, hatten die User die Möglichkeit, es in Euro umzutauschen, mit garantiertem Gewinn.

Seit 2020 hatte sich der Preis von Cleargold laut Wikipedia verdreifacht. Aktuell war er immer noch relativ niedrig. Ein Euro entsprach 33581 Cleargold, mit nur 30 Euro war man als Antimensch also schon Millionär. Und das aus gutem Grund: Da das Metaversum nur von einer Milliarde Spielern bevölkert wurde, konnte die Marktdurchdringung seiner Wirtschaft nicht mit den realen Märkten mithalten. Der Kurs der Kryptowährung verblasste im Vergleich zum Dollar, Euro oder sogar Yen noch immer. Virtuelle Lebensmittel waren daher besonders erschwinglich. Die Immobilienpreise waren unschlagbar. Aufgrund der Unterbevölkerung der Antiwelt waren die Metropolen noch nicht überlastet: Eine 3-D-Villa in Neuilly kostete gerade einmal 94 Euro. Die Heaven-Plattform bot hier gute Profitchancen. Wenn die Zahl der Anmeldungen in den folgenden Jahren weiter anstieg, würde die Knappheit der virtuellen Waren dieser Entwicklung rasch folgen: Bald wären die Wohnungen in der Antiwelt genauso begehrt wie in den echten Großstädten. Alles deutete darauf hin, dass der Aufstieg von Cleargold erst am Anfang stand.

Was hatte er zu verlieren? In den nächsten Tagen überlegte Julien, ob er den Scheck sofort einlösen oder in eine Schublade stecken sollte: Mit diesem Geld könnte Vangel neun Millionen Cleargold erhalten und vier oder fünf Wohnungen im Metaversum erwerben. Wenn er sie vermieten könnte, hätte sein Avatar die

Möglichkeit, sich bei einer Antibank eine ähnliche Summe zu leihen, die er sofort wieder in zusätzliche Wohnungen investieren könnte. Wenn er es klug anstellte, konnte er sich einen ansehnlichen Immobilienbestand aufbauen und sein Kapital bis Ende Juli verdoppeln. Wer auf einen Anstieg des Cleargold wettete, konnte seinen Einsatz binnen weniger Monate verdrei- oder vervierfachen. Im schlimmsten Fall würde Vangel bankrottgehen und Julien hätte seinen Scheck verprasst: Er hätte 300 Euro verloren, aber was machte das schon? Andernfalls hätte er das Geld auch nur für »Bonentopf« im Amboss oder »Burger ohne Peperoni« bei Bledi Spot ausgegeben. Nach einer Woche war Julien überzeugt: Er würde aus Vangel Kapital schlagen. Und mit diesem Hintergedanken fand er sich eines Morgens auf der Startseite der Antiwelt wieder und tippte sein Passwort ein.

Die Mission 1 trug den Titel »Geld kaufen« und war optional. Während sein Avatar vor den verdutzten Augen eines Haufens Schaulustiger in den Grand Canal urinierte, trug Julien seine Kreditkartennummer ein. Dreißig Sekunden später war der Kontostand seines Anti-Ichs bereits siebenstellig. Es war ein bisschen dumm, aber er empfand doch Stolz bei dem Gedanken, dass Vangel sein Leben unter den besten Vorzeichen begann, als Erbe oder Lottogewinner, mit einem vom Himmel gefallenen Überfluss. Julien drückte ihm die

Daumen. Es war also beschlossene Sache, jetzt mussten die virtuellen Millionen nur noch vermehrt werden.

Er hatte keine konkreten Investitionen im Blick. Den ganzen Vormittag zog Vangel durch die Hauptstadt und besichtigte die verschiedensten Orte: ein minimalistisches Loft in Jaurès, eine Maisonettewohnung mit Blick auf den Arc de Triomphe, ein Hausboot vor der Pont de l'Alma, ein Stadthaus neben dem Hôtel Matignon, Dachgeschosswohnungen mit Blick auf die Champs-Élysées ... Nach reiflicher Überlegung entschied sich Julien für das Stadthaus. Da es baufällig war, müsste er es nur renovieren und wieder verkaufen; das würde ihn an *Die Sims* seiner Kindheit erinnern, als er sich darin ausgezeichnet hatte, ein altes Bauernhaus in ein Prinzessinnenschloss zu verwandeln. Dann bereute er seine Entscheidung: Wegen der Bauarbeiten konnte Vangel die Immobilie nicht vermieten. Also kaufte Julien für weitere 59 Euro Cleargold. Mit dieser Summe kaufte er sich drei Einzimmerwohnungen, von deren Balkonen man den besten Ausblick auf den Kreisverkehr der Champs-Élysées hatte. Antiamerikaner würden diese Dienstmädchenzimmer lieben, die wie in *Emily in Paris* aussahen, und sie wären bereit, für eine Übernachtung an der »schönsten Straße der Welt« hohe Preise zu zahlen. Nach seinen Berechnungen erwarb er mit diesen Käufen ein Einkommen von 45 000 Cleargold pro Monat, genug, um weitere Einzimmerwohnungen zu kaufen, die diese Miete verdoppelten und seine Kreditwürdigkeit erhöhten, damit er weitere Eigentumstitel erwerben konnte, die ihn wiederum unendlich reich machten. Julien ging Kaffee kochen: Bald, so hoffte er, brachte ihm die Antiwelt genauso viel ein wie der Musikunterricht.

Vor seinem Wasserkocher und der Nescafé-Dose bereute er noch etwas: die Rue Littré 26. Warum hatte sein Anti-Ich nicht die Wohnung besucht, in der er fünf Jahre lang gelebt hatte? Eigentlich hätte er dort anfangen sollen, schon allein um der Symbolik willen: Wenn diese Antiwelt ihrem Namen gerecht wurde, wenn sie das Gegenteil der Realität war, dann würde dieser Ort Vangel Glück bringen. Julien kehrte zu seinem Computer zurück und gab zum dritten Mal seinen Sicherheitscode ein: Für 16 Euro unterschrieb sein Anti-Ich seinen fünften Vertrag an diesem Vormittag.

Zwanzig Minuten später irrte der Avatar auf dem Boulevard du Montparnasse umher, immer noch schlecht gekleidet, immer noch struppig. Julien hatte nicht darüber nachgedacht, aber jetzt, da sich Vangel zum Immobilienmogul aufschwang, war er völlig blank. Was sollte er tun, während er auf die Rendite wartete? Wie würde er sich in der Antiwelt amüsieren? Resigniert kaufte er weitere zwei Millionen Cleargold zu seinem persönlichen Vergnügen. Alles in allem hatte ihn das Gratisspiel gerade 434 Euro gekostet.

## Kapitel 5

Wie gibt man zwei Millionen aus, während man gleichzeitig in den Dispo rutscht? Einerseits klärte die App der BNP Paribas Julien darüber auf, dass sein Kontostand wegen des Schecks, der sich in Luft, das heißt in Cleargold, aufgelöst hatte, mit 120 Euro im Minus stand. Die Bank hatte ein besseres Gedächtnis als er. Wie eine treue Souffleuse erinnerte sie ihn an seinen Konsum: die Flasche Wein vom Laden nebenan, die Erhöhung seiner Stromrechnung, die Kebabs und das Monatsticket – all diese Ausgaben tauchten wieder vor ihm auf und lähmten ihn. Andererseits war Vangel reicher, als Julien es je sein würde.

Schlimmer noch: Julien hatte nicht die geringste Ahnung, was er mit diesem kleinen Schatz anfangen sollte. Wenn er an der Stelle seines Anti-Ichs wäre, fragte er sich, welches sinnlose oder notwendige Vergnügen würde er sich gönnen? Welcher Laune würde er als Erstes nachgehen wollen? Sosehr er sich auch den Kopf zerbrach, es fiel ihm nichts ein. Er fühlte sich nicht am rechten Platz. Vor seiner abgekühlten

Domino's-Pizza sah er weder hässlich noch wie ein Millionär aus, geschweige wie ein hässlicher Millionär. Wenn er doch nur mit Vangel tauschen könnte! Es hatte aber keinen Sinn zu träumen: Die Antiwelt bot ihm ein virtuelles Vermögen, das war schon viel.

Julien schweifte ab und hing seinen ausweglosen Gedanken nach, als vor seinem Fenster die Air Caraïbes auftauchte. Der Rumpf des Flugzeugs schimmerte orange. Es flog in gerader Linie über Rungis hinweg, bevor es die Wolken durchbrach. Jeden Abend hob der Flieger nach Fort-de-France zur gleichen Zeit ab und leitete die Dämmerung ein. Seine Flügel tauchten in den Himmel; mit ihm wurde der Tag vom Nebel verschluckt. Julien dachte an May, er stellte sie sich in einem der Flugzeuge vor, die ihn verspotteten, wie sie dem Horizont entgegenstrebten. So wie er May kannte, war sie bereits eingeschlafen, als die Maschine über das Rollfeld fuhr. Wovon sie wohl träumte, wenn sie mit geschlossenen Augen an Sébastiens Schulter lehnte? Kreisten ihre Gedanken bereits über New York? Dachte sie an ihre frühere Reise und das Chaos, das dann eingetreten war? Wie nahtlos sie von einer Beziehung zur nächsten gewechselt war?

Und warum vegetierte er in einer Stadt vor sich hin, deren Himmel Tausende Flugzeuge mit ihrem Lärm belästigten? Die Maschinen hielten ihm den Spiegel all dessen vor, was er nicht war. Sie verkörperten für ihn Vögel, im wahrsten Sinne des Wortes: Er beobachtete sie lediglich aus der Ferne, diese stolzen Geschosse, die dem Rest der Welt zustrebten. Die Vorstellung, auf der anderen Seite ihrer Bullaugen zu sitzen, war nicht besser als die Aussicht, in den Eingeweiden eines Raben zu schlafen. Ein Flugzeug hob die Nase steil in die Luft und gewann tückisch an Höhe, um die unten Zurückgebliebenen herabzusetzen. Einer nach dem anderen starteten diese Geier, voller Lärm und Arroganz, und dieser Schub zerquetschte Julien, gab ihm das Gefühl, immer tiefer in seine harte Matratze zu sinken, bis er sich völlig zusammengepresst fühlte. Wie die Zauberer aus Guinea, von denen Gainsbourg in »Cargo Culte« sang, beschwor er die Jets, blies gen Himmel, den Fliegern zu, träumte von Entführungen und Zertrümmerungen. Gelähmt von den Abflügen dachte er in seinem Bett an den offenen Dispo, an das Konzert im Piano Vache, das ihn wieder ausgleichen sollte. Zurück auf null. Hatte er kein anderes Ziel im Leben, als wieder bei null anzufangen? Seit sieben Jahren erging es Julien nun schon so, und es sah nicht danach aus, als würde sich seine Lage bald ändern: Ständig rannte er seinem Bankkonto hinterher. Das war sein Alltag: Überziehungszinsen mit Schecks begleichen, die sofort nach der Einlösung zerschmolzen, und als Krönung das Aufsteigen der Flugzeuge beobachten, stählerne Kondore, die auf ihrem Weg in die Höhen zu ihm zurückstarrten.

Diesmal ging ihm spontan etwas durch den Kopf:

Vangel wird reisen. Die meisten Avatare gaben ihr Geld für Autos oder Kleidung aus; er selbst würde sich als Globetrotter betätigen. Wie May würde er seinen Sommer in New York verbringen. Es gab keinen Grund, warum nicht auch er ein Stück vom Kuchen abbekommen sollte, selbst wenn es nur ein virtuelles war. Sogleich stieg Vangel in ein Taxi. Nie wieder in seinem Leben wird mein Avatar hierher zurückkehren, schwor sich Julien, während das Auto nach Orly fuhr.

Zwei Stunden später flog sein Anti-Ich über ihn hinweg. Als das Flugzeug direkt über dem Stadtzentrum von Rungis stand, blickte Julien zum Himmel hinauf, nur um festzustellen, dass es nicht zu sehen war. Auf der Website wurde ihm vorgeschlagen, die Flugzeit zu überspringen und direkt in New York zu landen. Er wollte sich Zeit lassen. Eine ganze Weile lang sah er sich in der ersten Reihe des Flugzeugs sitzen. Mit der Strg-Taste veränderte er beliebig sein Sichtfeld. Auf den Flügeln der Boeing blinkten die Positionslichter. Die Simulation stellte die Geräusche der Kabine, das drückende, leicht beängstigende Brummen des Linienflugzeugs, perfekt nach. In der Wolkengischt flammte blitzhaft ein fast elektrisches Blau auf. Vangel flog nach Amerika, oder zumindest irgendwohin. Das war der Anfang.

## Kapitel 6

Am Abend des 3. Juli kam Vangel in New York an. Julien war wach geblieben, um den Startschuss für seinen Urlaub mitzuerleben. Das JFK-Terminal hatte sich, soweit er sich erinnern konnte, in den letzten zwei Jahren kaum verändert. Noch immer herrschte eine Atmosphäre von ständiger Unruhe. Noch immer dieses Gefühl, in eine andere Dimension einzutreten, wo Geschwindigkeit zu Bewegung und Bewegung zu Geschwindigkeit wird. Noch immer diese mit Touristen vollgestopften Gänge. Noch immer diese schachbrettartigen Fliesen, auf denen sie sich gleich nach der Landung gestritten hatten. May wollte mit dem Taxi nach Manhattan fahren, Julien wandte ein, die U-Bahn sei billiger – die perfekten Zutaten für einen endlosen Streit: Du geizt jetzt nicht wegen einer Taxifahrt. Du hast immer einen Taschenrechner im Kopf. Es reicht schon, dass ich mit dir in diese Jugendherberge gehe, ich will hier aber nicht jeden Cent dreimal umdrehen ... Nach zwanzig Minuten hatten sie sich geeinigt: Sie nahmen den Shared-Shuttle-Service für 11 Dollar.

Damals gab es so vieles, was sie wegen ihrer unterschiedlichen Finanzlagen nicht machen konnten: in einem richtigen Hotel übernachten, die Spitze des One World Trade Center besuchen, den Hudson River mit dem Boot befahren, in Top-Restaurants essen. Jedes Mal bot May Julien an, für ihn zu bezahlen. Das störe ihn, sagte er, er wolle sich nicht wie ein Parasit fühlen, und Ähnliches mehr. Dann gab May auf, und sie entschieden sich für einen Spaziergang, die einzige kostenlose Aktivität.

Im Gegensatz zu Julien war Vangel freigiebig. Zwei Millionen Cleargold, die er beliebig ausgeben konnte: Sein Urlaub versprach grandios zu werden. Im Moment wartete der Avatar vor der Ankunftshalle auf sein Taxi. In wenigen Minuten würde er am Times Square sein und konnte tun, was er wollte: die luxuriösesten Suiten in den New Yorker Palästen buchen, ohne sich um die Preise zu kümmern ... Einen Oldtimer mieten und die ganze Nacht durch die Straßen von Manhattan fahren. Im Central Park joggen, das MoMA besuchen, im Nachtclub tanzen, vom einen Wunsch zum nächsten springen, stundenlang umherlaufen – und das alles, ohne jemals müde zu werden oder das Bett zu verlassen. Es war natürlich virtuell, aber machte das einen Unterschied? Der Computerwelt fehlte nur eines: das Leben. Aber dieser Mangel war auch der Vorteil der Antiwelt gegenüber Rungis. Eigentlich fehlte der Realität ein Mangel: Sie konnte nicht nicht existieren.

Als Julien in diesem Moment beobachtete, wie Vangel in sein Taxi stieg, wurde ihm klar, dass er nicht mehr umkehren konnte. Er war jetzt ein Geek. Ein Mensch, dem das echte Leben zuwider war. Ein Typ, den die Dinge in seiner Umwelt nicht interessierten. Ein Besessener, dem die Welt nichts mehr anhaben konnte. May, die Arbeit, *Zusammen und getrennt*, das Klavier, Rungis, die aktuelle Hitzewelle: All das interessierte ihn nicht mehr. Julien würde vermittelt durch Vangel leben, und das würde ihm reichen. Über seinen falschen Reisen würde er das Grau seines eigenen Urlaubs vergessen. Was stand im echten Leben schon auf dem Programm? Mit seinem Album kam er keinen Millimeter weiter. Seine Musikstunden nervten ihn immer mehr. Ihm blieb nichts, als das Ende des Sommers abzuwarten.

Film und Werbung tischen einem zwar etwas anderes auf, aber der Sommerurlaub ist für die meisten Franzosen ein Albtraum. Es gibt diejenigen, fast die Hälfte der Bevölkerung, für die Urlaub nichts Exotisches ist, weil sie daheimbleiben, nichts tun und die Tage zählen. Sommer ist ein hohles Wort: Es bedeutet, dass es draußen schön ist und man es nicht genießen kann. Die einzige Abwechslung ist das Schwitzen. Die Langeweile währt ewig. Man geht durch seine Stadt, schaut sich die menschenleeren Boulevards an und dreht eine Runde um den Block. Es ist heiß, viel zu heiß, die Kleider kleben, man riecht an den stinkenden

Achseln; es ist Zeit, nach Hause zu gehen und zu duschen. Zurück in der eigenen Bude drückt man auf die Insta-Stories der anderen Hälfte und sieht sich deren Strand-Selfies an. Zur Ablenkung wichst man ein bisschen, dann etwas mehr, sehr viel mehr, bis man sich bei den Pornos vor Sex ekelt. Man betrinkt sich mit oder ohne Freunde, man gewöhnt sich ans Leben am Minimum und ans Nichtsfühlen. Schließlich kommt alles wieder in Ordnung: Man langweilt sich so sehr, dass jeder Wunsch verschwindet, angefangen bei der unerfüllbaren Reiselust.

An diesem 13. Juli hatte sich Julien bereits zum dritten Mal einen runtergeholt und zum zweiten Mal geduscht. Die Wetter-App zeigte über fünfunddreißig Grad. Julien zog die Jalousien herunter und loggte sich in die Antiwelt ein: Vangel kam gerade aus seiner Bank in Brooklyn, wo er einen Kredit über 40 Millionen Cleargold erhalten hatte, die er in den Kauf von dreihundert Parkplätzen in der Upper East Side investierte. Der Banker hatte bei diesem Mammutdarlehen nicht lange gezögert: Mit einer Rendite von 90 000 Cleargold pro Monat waren Vangels Finanzen beispielhaft für die Wunder der Kryptowährung. Seit seiner Ankunft in New York hatte sich der französische Immigrant langsam nach oben gearbeitet und wurde zum ehrbaren Selfmademan. Jeden Tag kaufte er Grundstücke wie Brötchen. Er wollte sein Geld nicht auf dem Konto schlummern lassen oder es einfach verprassen, daher investierte er seine Gewinne immer gleich wieder. Er hatte einen klugen Plan: Parkplätze waren in der Antiwelt eine gute Geldquelle. Während der Wert dieser Anlagegüter in der Realität aufgrund der Erderwärmung und der Städteplanung sank, schwärmten die Avatare von schnellen Autos und Limousinen. So stellten sie ihren sozialen Status zur Schau. Sie hingen mehr an ihrem Auto als an ihrer Wohnung und fürchteten nur eins: Es könnte gestohlen werden. Fast alle mieteten Privatparkplätze.

Nachdem er sich vom Banker verabschiedet hatte, rechnete Julien kurz nach: In weniger als einer Woche hatte er sein Vermögen verdoppelt, ein Gewinn von 11 Millionen Cleargold und damit von etwa 400 Euro. Wenn er so weitermachte, konnte er sein virtuelles Vermögen bald in ein reales Gehalt umwandeln. Vorerst musste Vangel noch einige Verträge abschließen. Aber Julien zögerte: Sein Avatar hatte gute Arbeit geleistet. Er hatte sich ein paar Stunden Auszeit verdient, einen gemütlichen Spaziergang durch die Straßen von Williamsburg.

Williamsburg war ein für New York untypischer Bezirk, in dem ein Haus röter war als das nächste. Wie Legosteine reihten sich diese zu Hipster-Refugien umgebauten Industriegebäude ins Unendliche und bildeten eine Ziegelsteinperspektive. Sie sahen alle gleich aus, abgesehen von den Wandgemälden der

Streetart-Fans, auf denen das Bildnis von Muhammad Ali neben dem von Bart Simpson und Kanye West auf einer Grundierung aus grellem Graffiti zu sehen war. Vangel kam immer weiter vom Weg ab und gelangte schließlich zum Hudson River, wo eine riesige Brücke ihre Stahlträger bis ans Ufer von Manhattan streckte. Es war wirklich hübsch, vielleicht einer der schönsten Orte in der New Yorker Abenddämmerung. Zwischen den Docks schien sich eine geöffnete Bar zu verbergen, die auf Underground machte. Sie hieß *The Crocodile Kingdom*. Der Name klang absurd, Julien hatte nichts Besseres zu tun, Vangel ging hinein: Vielleicht fand man hier Freunde.

Das Licht war übermäßig gedämpft und der Raum halb leer. Er setzte sich auf eine mit Cord bezogene Sitzbank. Auf beiden Seiten war kaum etwas zu sehen. Nur verstohlene Gestalten mit unruhigen Beinen, fünf oder sechs verstreute Alkoholiker, die Shots tranken und die Bedienung anstarrten. Nachdem Vangel bestellt hatte, hielt er Ausschau nach einem freundlichen Gesicht, und seine Aufmerksamkeit fiel sofort auf einen gespenstischen Mann, der sich weiter hinten über einen Tisch beugte, eine Zigarette nach der anderen rauchte und Gainsbourgs Alter Ego Gainsbarre zum Verwechseln ähnlich sah. Er konnte ihn nur kurz beobachten, da sprach der ihn schon an.

»Na, Kleiner«, sagte er auf Französisch, »du siehst verdammt hässlich aus, fast so hässlich wie ich.«

Der raue Ton und die Wortwahl ließen keinen Zweifel. Julien klickte auf das Gesicht des Fremden, um seinen Usernamen zu sehen: Serge Gainsbourg höchstselbst, aus Fleisch und Pixel.

Serge Gainsbourg war ein NPC, ein Non-Player Character, der die Mimik und Gestik seines Vorbilds, des echten Gainsbourg, nachahmte. Hinter ihm stand kein User. Eine künstliche Intelligenz steuerte sein Verhalten. Der Avatar war im Zuge der Aktion »Auferstehung der Toten« entstanden, die Sterner 2021 in Gang gesetzt hatte. Wie der Name schon sagte, sollten verstorbene Stars im Metaversum ein neues Leben finden. Um die Antiwelt zu einem echten Paradies zu machen, mussten alle berühmten Toten der Menschheit in Form von Deepfakes und damit softwaregenerierten Avataren wiederbelebt werden. Von Michael Jackson über Che Guevara bis zu Picasso, Lady Diana und Marilyn Monroe hatte Heaven alle Berühmtheiten der Weltgeschichte reanimiert.

Es war ein Wunder der Technik: Die Gesichter der NPC wurden bloß anhand einer Fotografie, eines Gemäldes, im Falle von Julius Cäsar oder Sokrates sogar lediglich mittels einer Büste dreidimensional rekonstruiert. Wenn Tonarchive vorhanden waren, entsprachen auch Tonfall und Sprachmelodie bis ins kleinste Detail dem Original. Die NPC verfügten über einen Vorrat an Zitaten aus Interviews, Büchern, Reden oder

Liedern ihrer Vorbilder. Dank Natural Language Processing formulierten die Avatare diese gespeicherten Informationen so um, dass sie mit jedem Antimenschen eine normale Unterhaltung führen konnten. Diese besseren Chatbots waren in der Lage, Dialoge zu führen, den Spieler zu verstehen und ihm sofort zu antworten. Die Hologramme sahen dabei nicht nur realistisch aus, sondern sie sprachen und verhielten sich auch tatsächlich wie die Verstorbenen, die sie nachahmten. Mit diesem Programm wurde die Antiwelt zu einem immersiven Museum, einem Pantheon der Wiedergänger, in dem sich die großen Stars von gestern mit den Anonymen von heute verbrüderten.

Gainsbourgs Hologramm war besonders gut getroffen, es trug ein abgenutztes Streifenjackett und abgetragene Jeans. Das Phantom des Sängers zog nur ganz kurz an einer Zigarette. Dann nestelte er mit dem Zeigefinger an einem Streichholz, rieb es achtlos an der Reibefläche, als folgte seine Hand einem Instinkt. Während er lässig an seiner Zigarette zog, hob er die linke Augenbraue schräg nach oben und wippte mit seinen Jazzschuhen. Sein Haar war wirr, der Blick zugleich benebelt und klar, er trank Martini. Nur das Blinzeln wirkte unnatürlich.

»Setz dich, mein Freund, ich beiße nicht.«

Vangel nahm gegenüber seinem Vorbild Platz. Wie beginnt man ein Gespräch mit einem Mann, den man bewundert und der nicht existiert? Soll man ihn duzen? Das ehrfürchtige »Sie« wählen? Ihn mit »Monsieur« oder »Serge« ansprechen oder das »mein Freund« und »Kleiner« erwidern? Mit ihm sprechen wie ein Fan, ein »Fanatiker«, wie Gainsbourg sagte? Ihn mit Fragen zu seinen Alben bombardieren? Ihn nur als das hinnehmen, was er war: ein bloßer NPC? Nach reiflicher Überlegung entschied sich Julien, ihn wie jeden anderen anzusprechen, mit einem vertraulichen und gewitzten Aufhänger:

»Was zum Teufel treibst du inkognito in dieser schäbigen Bar?«

»Ich zieh mich zurück wie ein ›Aquoiboniste‹, wie ein blasierter Dandy. Im Dunste meines Glases«, antwortete Serge in Anspielung auf »L'Alcool« und »Intoxicated Man«, »seh ich Luftschlösser und weiße Mäuse. Ich lebe wieder, na ja …«

»Aber warum hier, warum in Brooklyn?«

»Hier habe ich mein schlechtestes Lied geschrieben. ›New York USA‹, 1964. Diese schiefen Schlagzeugklänge und betrüblichen Texte über die Höhe der Wolkenkratzer: selten was Blöderes zusammengeschludert. Muss schon sagen, ich war ein richtiger Depp! Manchmal tun die Flashbacks weh, kommt dann aufs Feeling drauf an. Und das merk ich erst jetzt, dreißig Jahre nach meinem Tod.«

»Was merkst du?«, erwiderte Julien, der das Spiel mitspielen wollte.

Ohne auf diese Frage auch nur im Geringsten einzugehen, stand Gainsbourg lässig auf und schob sich hinter den Tresen, wo er den Platz der Bedienung einnahm und sich einen Gibson mixte: einen Hauch Wermut, eine Idee Gin und zwei Perlzwiebeln. Routiniert wie ein Barkeeper mixte er seinen Cocktail und kippte ihn sogleich herunter. Dann ließ er sich auf seinen Stuhl fallen und nahm den Gesprächsfaden wieder auf. Er setzte zu einer langen Replik an und vermischte dabei bekannte Zitate des verstorbenen Sängers mit neuen Sätzen:

»Soll ich dir was sagen, was ich noch niemandem gesagt habe, bis auf Bernard Pivot damals, 1986, am 26. Dezember, und Denise Glaser, am 3. Januar 1965? Mein ganzes Leben war eine Suche nach dem Ideal. Wenn ich meinem treulosen Gedächtnis glauben darf, habe ich wohl von frühsten Kindestagen an die Gabe besessen, meine Kunst zu verklären. Ob Malerei oder Jazz, Rock 'n' Roll oder Roman, Partys oder Punks, Reggae oder Fallschirmjäger, ich schwankte immer zwischen schnödem Rock und hoher Literatur. Ich habe in Lebensmittel gemacht, Abteilung Kaviar. Manchmal bedaure ich, dass ich nicht einfach 99 Prozent meiner Taten auslöschen kann. Seit ich tot bin«, improvisierte das Hologramm zum Abschluss, »hatte ich Gelegenheit, mir einen Aphorismus auszudenken, der mein Leben zusammenfasst: ›Erfolg ist nur fehlgeschlagenes Scheitern.‹ Aber ich will dir hier nicht meinen Wikipedia-Artikel vorlesen: Erzähl mal was von dir, Kumpel.«

Vangel konnte seinerseits keine Enzyklopädie zurate ziehen und auch keine Selbstzitate recyclen: Er nannte sich einen »gescheiterten Künstler, der sich auf das Immobiliengeschäft und die Profitsucht verlegt hat«. Ganz schön ehrlich, seine Selbsteinschätzung. Das schien Serge Gainsbourg zu faszinieren. Er blieb minutenlang stumm und schien bei weiteren Zigaretten und Gibsons nachzudenken. Als er schließlich den Mund aufmachte, hatte der Rausch überhandgenommen. Mit völlig veränderter Stimme raunte er Vangel immer rätselhaftere Versatzstücke zu:

»Du erinnerst mich ein bisschen an mich selbst ... Nur besser ... Und schlechter. Und dümmer. Und entspannter. Ein Gainsbarre ohne Gainsbourg. Ein Lucien Ginsburg ohne Serge. Ein Kerl, der deprimiert überm Garten schwebt. Wie ich. Wie wir alle. Du scheinst mir ordentlich neurotisch zu sein. Ich geb dir mal einen Rat. Wenn du Erfolg willst, versuche alles zu verbocken. Ich hatte meine Fehlschläge und Selbstgeißelungen. Meisterwerke, die zu meiner Zeit keiner kapiert hat. Und Schund, der mir den ein oder anderen Rolls eingebracht hat. Spielt alles keine Rolle. Hauptsache, du verachtest, was du tust. Und bewunderst, was dir misslingt. Vermurks deine Berufung. Renn auf das Gegenteil deiner selbst zu. Ich hab so eine Ahnung, dass du das irgendwann verstehst. Dass du wirst wie ich. Ein Mann mit dem Gesicht eines Antimenschen. Halb Gespenst, halb Mensch.«

Betrunken wankend machte Gainsbourg die Kellnerin mit einem rauen »I want to fuck you« an. Anders als Whitney Houston versetzte sie ihm eine heftige Ohrfeige. Kurz bevor er umklappte, zwinkerte er noch Vangel zu, der augenblicklich eine Benachrichtigung erhielt: »Serge hat dir eine Freundschaftsanfrage geschickt.« Die erste seit seiner Anmeldung.

## Kapitel 7

Die Freundschaft mit einem Toten hatte Vor- und Nachteile. Wie alle Star-NPC verlebte auch Serge Gainsbourg recht monotone Tage und glich nahezu einer Karikatur. Jeden Morgen wachte er im Krankenhaus auf und entstieg zombiegleich seinem Alkoholkoma. Dem Team der Krankenpfleger, die ihn wegen seines Konsums belehrten, beteuerte er, nie wieder ein Glas anzurühren. Sobald sie ihm den Rücken zukehrten, brach der Genesende aus und traf sich mit seinen »Fanatikern« in Bars, wo er den großartigsten Blödsinn und die schlimmsten Aphorismen von sich gab, bis er wieder umklappte. Diese höllische Dauerschleife war sein Paradies: Der ewig dem Tod entkommende Serge Gainsbourg ließ immer wieder Gainsbarre auferstehen.

Wann immer Julien von einer Musikstunde nach Hause kam und sich zu Vangel an den Computer setzte, schickte der seinem Idol eine Nachricht: »Immer noch verkatert, Kumpel?« In drei von vier Fällen antwortete der Sänger nicht. Das Schweigen deutete darauf hin, dass er noch schlief, wahrscheinlich am Tropf hing oder seine kostbare Zeit einem anderen Spieler widmete: So virtuell er auch war, er war immer noch ein Star, umworben von vielen Avataren. Zum Zeitvertreib kaufte Vangel also Rooftop-Apartments, besuchte Kunstgalerien und trainierte im Fitnessstudio. Als er sich einmal mehr als sonst langweilte, fiel ihm auf, dass er bislang erst die erste Heaven-Mission durchgespielt hatte. Im Tutorial wartete immer noch Mission 2 auf ihn. Sie trug den Namen »Operation Kain« und begann mit einer Einleitung:

»Wenn Sie alles tun dürften, würden Sie dann töten? Wenn Ihre Antwort nein lautet, gehen Sie direkt zur nächsten Mission. Diese ist optional. Für die Menschenfeinde unter Ihnen ist die Operation Kain eine große Herausforderung. Das Prinzip ist einfach: Ich biete Ihnen die Möglichkeit, Ihr erstes Verbrechen zu begehen. Sprechen Sie eine unbekannte Person auf der Straße an und töten Sie sie, wenn sie am wenigsten damit rechnet.

Achtung! Sie sind nicht verpflichtet, Mission 2 auszuführen. Ich sage es noch einmal: Wenn Sie lieber etwas anderes machen möchten, ziehen Sie Ihrer Wege. Wenn Sie die Operation Kain beginnen, wird Ihr Anti-Ich sterblich. Es kann jederzeit umgebracht werden. Und denken Sie daran, dass Sie nur ein einziges Leben haben. Viel Glück! Gezeichnet: Adrien Sterner.«

Adrien Sterner hatte diese Mission in die Antiwelt

einbauen wollen, um die Avatare mit der größten aller Fragen zu konfrontieren: der Frage nach Gut und Böse. In den meisten Simulationen ließen die Spieler ihren gewalttätigen Trieben freien Lauf. Bei *GTA* konnte man etwa blutige Massaker und sogar Attentate verüben. Man hatte Spaß daran, die Zivilisten von Liberty City zu metzeln, Frauen und Kinder abzuknallen, alte Menschen zu enthaupten oder sie bei lebendigem Leib zu verbrennen. Es war sogar möglich, mit einer Prostituierten zu schlafen, sie anschließend zu meucheln und so den Nuttenlohn zu prellen. In manchen Ländern brachten derartige Inhalte das Fass zum Überlaufen: *Grand Theft Auto* wurde zensiert. Was Sterner anging, so sollten die Antimenschen in seinem Metaversum moralische Entscheidungen treffen können. Hatten sie Lust auf Verbrechen? Oder wollten sie unschuldig bleiben, unsterblich und unbedarft? Durchschnittlich übersprangen 87 Prozent der Spieler die Mission 2, weil sie am Leben bleiben wollten.

Als Julien die Warnung las, blieb er lange unschlüssig. Einerseits lebte Vangel ein schönes Leben als weltreisender Multimillionär, weilte tagsüber in Palästen und Banken und plauderte nachts in Punk-Bars mit Serge Gainsbourg höchstselbst. Es reizte ihn ganz und gar nicht, dieses künstliche Paradies in Gefahr zu bringen. Andererseits hatte Sterner recht: Es war eine einzigartige Erfahrung, jemanden zu töten, und in der Realität würde er das nicht erleben. Einen Menschen vor seinen Augen leiden zu sehen, ihn zu beobachten, während er sich wehrt, ihn ohne jeden Grund zu eliminieren, war es nicht der Sinn und Zweck der Antiwelt, solche Gefühle zu erforschen? Vangel würde zwar sein Leben aufs Spiel setzen, da er sterblich wurde, aber wurde es dadurch nicht spannender?

»Ja, ich übernehme Mission 2, um jeden Preis.« Julien hatte sich entschlossen. Wenn man schon ein Zweitleben hat, kann man auch ein paar Risiken eingehen. Er las die Anleitung für die Operation Kain und stürzte sich ins Abenteuer. Als Vangel die Wege des Central Park beschritt, lockte er den erstbesten Avatar zu sich. Wie es das Schicksal wollte, hieß sein zukünftiges Opfer Goldenheart, und er sprach sie ganz klassisch an.

»Good evening«, schrieb er in den Chat, »how are you?«

»Very fine, and you? I'm on vacation in New York. What a bustling city! Here, businessmen meet wanderers, scholars get on with thugs! Today, I want to visit the zoo, why don't you come with me?«

Juliens Englisch war nicht sehr gut, aber gut genug, um zu verstehen, dass Goldenheart in der Tat ein Herz aus Gold hatte. Er nahm ihren Vorschlag an. Auf dem Weg zum Zoo machte sich zwischen ihnen ein bedrückendes Schweigen breit. Was gab es mit einer Fremden zu besprechen, die man bald entleibte? Vangel mangelte es an Inspiration. Er fragte Goldenheart nach ihrem Beruf. Zu allem Unglück war diese Antiperson Geschäftsfrau, ganz wie er, und verfügte über ein Vermögen von 5 Millionen Cleargold. Um das Thema zu wechseln, fragte er sie, was sie nach New York führe. Es wurde immer schlimmer: Sie war auf der Suche nach Liebe.

»And what are your criterias for a good story of love?«, fragte er holprig.

»Pulchritude is not my criterion. I'm looking for a man with a beautiful soul.«

Zu allem Überfluss war Goldenheart auch noch Idealistin. Vangel wusste nicht genau, was er tun sollte. Er versuchte, das Gespräch in eine andere Richtung zu lenken, aber Goldenheart beharrte darauf, ihm Komplimente zu machen.

»You seem to be a nice guy, with a beautiful soul …«

Als sie ihn mit ihren Nettigkeiten überhäufte, spürte Julien allmählich die Last der Schuld auf seinen Schultern: Warum musste er ausgerechnet auf ein so zuvorkommendes Opfer stoßen? Er wollte sich schon ein anderes suchen. Doch als könnte die Antiwelt seine Gedanken lesen, erschien am unteren Rand des Bildschirms eine Meldung: »Achtung! Goldenheart nimmt auch an Mission 2 teil. Wenn Sie sie nicht zuerst töten, wird sie Sie töten. Viel Glück und tschüs, falls wir uns nicht mehr sehen …«

Bei dieser Nachricht richtete er sich auf: Ein Kampf auf Leben und Tod begann. Von seinem Verbrechen hing nun das Überleben ab. Als sie am Schalter Eintrittskarten für den Zoo kauften, ließ sich Vangel nichts anmerken. Julien versuchte, die Situation zu analysieren. Die Person, die Goldenheart steuerte, musste auf ihrem Computer die gleiche Warnung erhalten haben wie er. Sie wusste, dass er versuchen würde, sie um die Ecke zu bringen, und er wusste, dass sie es auch tun würde, sie wusste, dass er es wusste, und er wusste, dass sie es wusste: Den Sieg würde davontragen, wer einen Hinterhalt ausnutzte.

»Honey, do you want to see the polar bears?«

Hinter ihrem Engelsgesicht verbarg Goldenheart die gleiche Idee wie er: Sie wollte ihn ins Eisbärengehege werfen. Um dieses Duell zu gewinnen, musste er genauso gut bluffen wie sie.

»What brilliant idea«, antwortete Vangel in seinem erbärmlichen Englisch, »I had dream all my life to see these marvelous animals!«

Das Eisbärengehege bestand aus einer Klippe aus künstlichen Felsen. Die Nachbildung einer Eislandschaft überragte ein Wasserbecken. Drei große Tiere planschten vor den entzückten Augen der Besucher. Goldenheart stand vor dem Gitter, das das Wasserbecken von den Zuschauern trennte, und sah erstaunt zu:

»These beasts are the cutest I have ever seen!«

Dann sagte sie Vangel, wie sehr sie sich freue, hier mit ihm zu sein:

»I don't know how to thank you for accompanying me … Let me kiss you, my love!«

Sie umarmte Vangel plötzlich und versuchte, ihn gegen das Gitter zu drücken. Doch Julien war schnell. Er drückte sofort auf »Q«, und dank seines Krafttrainings konnte sein Avatar Goldenheart mühelos packen. Mit Hilfe der Pfeiltasten hob er sie über das Geländer. Nun musste er nur noch auf »X« drücken und sie ins Gehege werfen. Goldenheart wehrte sich verzweifelt und vergeblich. Sie wusste, dass ihre Zeit ablief, und schickte eine abgehetzte Salve verzweifelter Nachrichten: »Please!«, »Vangel, I can't go on holidays, I spend my summer on this metaverse, don't kill me otherwise I lose everything«, »I'll do whatever you want if you stop«. Als er sie gerade zu den Bären werfen wollte, richtete sie noch ein letztes qualerfülltes Wort an ihn: »No!!!!!« Unbeeindruckt von ihrem Flehen schleuderte er sie ins Becken. Während die Bären sie zerfetzten, verzeichnete Vangels Bankkonto ein Plus von 5 Millionen Cleargold, und schon wieder erhielt er eine neue Nachricht: »Mission erfüllt, bravo! Sie hatten sicher Ihren Spaß.« Julien trank ein Glas Wasser und atmete auf: Er hatte seine Haut gerettet, aber zu welchem Preis?

## Kapitel 8

Vangel war also sterblich. Das bedeutete: Jederzeit konnte ihn ein anderer Spieler abmurksen. Und nichts war leichter als das, genügte doch ein Pistolenschuss oder ein schweres Auto, eine selbstgebaute Bombe oder ein Dolchstoß, alles per Knopfdruck. Gewissermaßen ein ferngesteuerter Mord. Mit dem Ergebnis einer sofortigen Ausweisung aus der Antiwelt, ohne Vorwarnung oder zweite Chance. Im Grunde genommen würde er selbst erfahren, was er Goldenheart zugefügt hatte … Er würde sich einloggen, wie jeden Tag, und seinen Geschäften nachgehen. In einen Hinterhalt geraten. Aus heiterem Himmel von einem rücksichtslosen Verrückten abgeknallt werden. Die einzige Freizeitbeschäftigung verlieren, die er im Sommer hatte, wenn er nicht wegfuhr. All sein Cleargold für immer verlieren. Das Schlimmste: Nach dem Game over blieb nur ein beschissenes Leben.

In den Tagen nach der Operation Kain sperrte sich Vangel in eine Suite im Mandarin Oriental ein und zog seine Kreise zwischen Kingsizebett, Wohnbereich und einer Terrasse mit Blick auf den Broadway. Das war für Julien nicht besonders interessant: Warum sperrte er sich in seiner Wohnung in Rungis ein, um sein Anti-Ich seinerseits in einem Hotelzimmer zu isolieren, sei es auch noch so luxuriös? Schnell langweilte er sich. Manchmal ging er nach reiflichen Überlegungen hinaus und am Columbus Circle spazieren, aber das machte es nur noch schlimmer. Vangel blieb auf der Hut, hielt sich bedeckt und versagte sich jede Interaktion mit den Passanten, die ihn auf der Straße ansprachen. Alle zehn Meter drehte er sich um und schaute, ob er verfolgt wurde. Seine Vorsichtsmaßnahmen beruhigten ihn nicht: Überall drohte Gefahr, im irre rasenden Bus, von einem gedankenlos aus dem Fenster geworfenen Klavier oder sogar von einem schmutzigen Cop ... Er ging also bis zum Trump Tower und drehte voller Panik um.

Eines Abends besuchte ihn Gainsbourg in seiner Suite. Der ordentlich betrunkene Sänger ärgerte sich über das Getue seines Freundes:

»Wie kann ein Kerl wie du Angst vor dem Tod haben?«, sagte er immer wieder und schlich wie ein wildes Tier durch das Zimmer. »Der Tod sollte für dich ein leuchtendes Kindergesicht haben. Er kratzt mehr, als dass er tötet. Als ich 1973 meinen Herzinfarkt hatte, was meinst du, was ich da gemacht habe? Noch mehr Alkohol und Zigaretten! Mach es wie ich: Nimm deinen ganzen Mut zusammen und geh raus aus diesem Zimmer! Gefahr ist die einzige Heilung. Das Leben bleibt nur lebendig, wenn man es treiben lässt und zusieht, was passiert«, schloss der NPC mit einem Zitat aus dem Drehbuch eines verkannten Kurzfilms von Gainsbourg, *Lettre d'un cinéaste*.

Vangel erklärte ihm, was er verlieren würde, wenn man ihn umbrachte: ein Vermögen, das auf 60 Millionen Cleargold geschätzt wurde und erst am Anfang stand. Da änderte Gainsbourg seine Meinung:

»Ach so«, murmelte er, »wenn du wegen Geld Angst hast, ist das was anderes. Als mir die Fallschirmjäger 1980 in Strasbourg Angst machen wollten wegen meiner Reggaefassung der ›Marseillaise‹, da habe ich Phify gefragt, einen Typen vom Palace, ob er mein Leibwächter sein will. Denk mal darüber nach, mein Freund.«

Julien erkundigte sich. In einem Gamingforum erfuhr er, dass einige Antimenschen Bodyguards anheuerten. Die Personenschützer waren durchtrainierte Spieler, Schlägertypen, die jeden Mordversuch abwehren konnten. Da sie so gut waren wie Spezialeinheiten, boten sie ihre Leistungen für gesalzene Preise an: 120 000 Cleargold kosteten die Dienste eines Bodyguards im Monat. Vangel war es das wert. Er stellte zwei französischsprachige Bodyguards ein, SuperBond008 und KillerNumberOne.

Wenn Vangel sich einloggte, erhielten seine beiden

Handlanger eine Benachrichtigung. Sie hatten eine Minute Zeit, um sich ihrerseits einzuloggen und sich sofort an die Arbeit zu machen, andernfalls würden sie ohne Abfindung entlassen werden. Die Spieler mussten sich also ständig in der Nähe ihrer Computer aufhalten und in höchster Alarmbereitschaft bleiben, um zu jeder Tages- und Nachtzeit Gewehr bei Fuß zu stehen und Vangel auf seinen Abenteuern zu begleiten. Zum Test loggte sich Julien um Mitternacht ein: In weniger als vierzig Sekunden standen die Avatare von SuperBond008 und KillerNumberOne in der Suite des Mandarin Oriental, bis an die Zähne bewaffnet und einsatzbereit. Der Chat öffnete sich, sie warteten auf Anweisungen:

»n' Abend, Chef«, sagte SuperBond008, »was steht heute auf dem Programm?«

Keine Ahnung. Es gab kein »Programm«. Nur ein bisschen rausgehen, das Leben genießen, Tourist spielen, hier und da herumschauen, mit dem Zug nach Chicago fahren oder in ein anderes Land fliegen. Kurz: immer der Nase nach, immer frei Schnauze. Nur dass er jetzt Leute hatte, deren Job es war, sich auf seine Wünsche einzustellen, und die auf eine Antwort warteten, also schrieb er das Erste, was ihm einfiel:

»Na ja, ich soll mit Serge Gainsbourg im Minsay zu Abend essen.«

Minsay war »das teuerste Restaurant New Yorks«, so der Rezeptionist des Mandarin Oriental. Vangel kannte es nicht, und ehrlich gesagt ging er in der Antiwelt fast nie essen: Eine Stunde lang einem Avatar dabei zusehen, wie er sich mit elektronischen Köstlichkeiten vollstopfte, das war verrückt! Warum war ihm keine bessere Antwort eingefallen? Seine Bodyguards hielten ihn wohl für einen ziemlichen Deppen.

SuperBond008 und KillerNumberOne machten sich an die Arbeit. Sie schleusten Vangel durch eine Hintertür hinaus. Ankunft in der Tiefgarage. Rein in einen gepanzerten Wagen. Abfahrt vom Mandarin und mit hundert Stundenkilometern und heulenden Sirenen durch New York. Überfahrene Ampeln. Ignorierte Einbahnstraßen. Die Limousine fuhr wie in einer Filmszene, schlängelte sich zwischen Lastwagen hindurch und verursachte beinahe ein Dutzend Unfälle. Sie hielten kurz im Lenox Hill Hospital, das Gainsbourg soeben auf einer Trage verließ. Dann rasten sie weiter nach Soho. Die beiden Spezialagenten, einer am Steuer, der andere auf dem Rücksitz, schickten sich Codenamen über den Chat: »Code Kolibri?«, »Scannst du die Umgebung, wenn wir am Zielpunkt sind?«, »Behalt den VIP im Auge, wenn wir in die sensible Zone kommen«. Und das nur, damit Vangel in einem Luxusrestaurant mit einem NPC drei Sashimi essen konnte. Lächerlich.

In den folgenden Tagen verliebte sich Julien jedoch in diesen Lebensstil. Er, der nie einen Babysitter oder eine Nanny gehabt hatte und dessen Eltern sich immer geweigert hatten, Haushaltshilfen einzustellen. Befehle zu erteilen, das war für einen Hauspianisten nicht einfach. Mit der Zeit gewöhnte er sich aber eine ganz natürliche Autorität an. Er musste nur den richtigen Ton treffen, wenn er seine Launen verlautbarte. Wie ein verwöhntes Kind reden. Keine Angst davor haben, seine Angestellten zu stören, ihre Zeit zu verschwenden, extravagante oder unerfüllbare Wünsche zu äußern: Genau dafür waren sie da – um die Flausen eines Größenwahnsinnigen zu erfüllen. Bald ging Vangel ganz in dieser Rolle auf. Jeden Morgen loggte er sich ein und befahl seinen Bodyguards, alles zu tun, was ihm in den Sinn kam:

»Heute will ich nach Mexiko. Ich möchte noch am Vormittag ankommen, also fliegt mich mit dem Heli zum Flughafen. In Mexiko springe ich in den Pool des Excelsior, der sieht phantastisch aus. Ich möchte zwanzig Minuten lang schwimmen. Dann besorgt ihr mir einen Jet für den Rückflug. Ich muss unbedingt vor Einbruch der Nacht wieder in New York sein, weil ich Serge Gainsbourg ins Krankenhaus begleiten will, wenn er umklappt. Los, genug gelabert: An die Arbeit!«

SuperBond008 und KillerNumberOne führten seine Befehle, ohne zu zögern, aus. Zehn Stunden lang setzten sie alle Hebel in Bewegung und lieferten sich einen Wettlauf gegen die Zeit, nur damit Vangel seinen Arsch in einem Pixelpool benetzen konnte.

Nachdem er eine Woche später mit dem Verkauf eines Triplex-Apartments an der Fifth Avenue einen Gewinn von 4 Millionen Cleargold eingefahren hatte, erreichte er eine neue Stufe des Größenwahns und heuerte fünfundzwanzig weitere Bodyguards an. Eine richtige kleine Armee, die ihm zu Diensten war. Wann immer er sich bewegte, begleitete ihn ein Korso von sechs Autos. Zwei Führungswagen mit hochmodernen Rundumleuchten kündigten seine Durchfahrt an, dann kam seine persönliche Limousine, gefolgt von drei Automobilen mit hochgerüsteten Söldnern. Natürlich verzehnfachten sich dadurch Vangels Ausgaben, aber das war durchaus gerechtfertigt: Jetzt, da er ein Immobilienmogul war, musste sich sein Anti-Ich vor neidischen Zeitgenossen schützen. Wenn er in einem Punkt nicht geizen durfte, dann war es die Sicherheit.

Endlich war er ein VIP. Ein extrem wichtiger Mensch. Der einen Verkehrsstau verursachte, sobald er das Haus verließ. Der siebenundzwanzig Menschen unter sich hatte, ihnen übergeordnet war und sie wie Hunde behandelte. Der alles durfte und niemandem Rechenschaft schuldete. Der den ganzen Tag nichts tat, aber Macht hatte, eine unrechtmäßige, aber umso köstlichere Macht. Der die Welt bewegte, wenn er sich bewegte. Das war das Entscheidende: Auf dem Planeten Erde gab es siebenundzwanzig Individuen – alle mit einem Privatleben, Wünschen, Plänen, vielleicht einer Familie, wahrscheinlich Freunden –, deren Avatare von seinen Entscheidungen abhingen. Er konnte ihren Tagesablauf nach Belieben ändern, sie tagelang an den Computer fesseln, ihnen drei schlaflose Nächte hintereinander aufzwingen ... Und diese Leute folgten ihm darum nicht weniger gefügig. Sie gehörten ihm. Die Antiwelt hatte die Wichtigkeit von Julien Libérat versiebenundzwanzigfacht. Vangel selbst war der Chef eines Unternehmens, das zu nichts gut war, das nichts produzierte und dieses Nichts managte.

In dieser Euphorie seines aufgeblasenen Egos, der geschwollenen Brust und der hochgereckten Nase beschloss Vangel am 3. August, sich in Mission 3 zu stürzen: »Die Liebe muss neu erfunden werden!« Das war von Arthur Rimbaud, und nach dem Text auf Juliens Bildschirm war das Prinzip klar: »Sie sind reich, Sie haben vielleicht eine kriminelle Vergangenheit, was wollen Sie mehr? Liebe natürlich! Die Mission ist einfach: Schlafen Sie mit hundert Personen in hundert verschiedenen Stellungen. Fröhliche Entjungferung! Adrien Sterner, stets zu Diensten.«

## Kapitel 9

Nur für diese Mission entschloss sich Julien, eine Virtual-Reality-Brille zu kaufen. Auf seiner Website verkaufte Heaven ein »Antimenschen-Kit« für fast 1900 Euro. Die 24-Stunden-Lieferung umfasste neben dem Headset ein Mikrophon mit Voice-Editing-Software und einen haptischen Anzug mit Vibrationsmotoren, die es den Usern ermöglichten, alles selbst zu spüren, was ihr Avatar erlebte. Julien begnügte sich mit dem Headset zu 240 Euro. Laut Beschreibung umfasste es das Sichtfeld der Charaktere und bot ein komplett immersives Erlebnis. Das war beim Sex das Mindeste.

Nachricht: »Sexyanna bittet Sie um Erlaubnis, an Ihrem Geschlecht Oralsex zu vollziehen.« Endlich würde Vangel seine Unschuld verlieren. Noch dazu in einem Swingerclub, und nicht in irgendeinem: dem Babydolls. Dieser nicht jugendfreie Club befand sich ganz unverdächtig mitten auf der 7th Avenue zwischen einem riesigen Werbeplakat und einem Zuckerwattestand. Von außen machte der Laden nichts her.

Er ähnelte einem klassischen Bistro oder sogar einem Spielzeugladen. Als Vangel das Gebäude mit seiner Schar Bodyguards betrat, war es mit dem Anschein der Unschuld vorbei: Vor ihm erstreckte sich ein riesiger Vögelkäfig, in dem Antimenschen wie die Fliegen aneinanderklebten und jeder mit jedem auf jede denkbare Weise kopulierte.

In Mission 3 lag die Herausforderung für Sterner und seine Partner darin, in die Welt der Videospiele endlich Sex einzuführen. Technisch gesehen war die graphische Reproduktion der Szenen entscheidend. Schon viele Entwicklungsstudios vor Heaven hatten mit der Pornographie geliebäugelt: Das von Ubisoft entwickelte *Watch Dogs* bildete die Genitalien der Avatare sehr genau nach, bis zur charakterspezifischen Intimbehaarung, von üppigen Büschen über den Brazilian-Cut bis hin zum vollständigen Kahlschlag. Es war auch sehr leicht, sich alle möglichen sexuellen Szenarien auszudenken, selbst die grenzwertigsten. In *Alpha Protocol* hatte das Studio Obsidian Entertainment eine Sequenz entworfen, in der der Held von einer Femme fatale vergewaltigt wurde. Heaven hatte ein anderes Problem: Wie kann ein Videospiel die Lust der User wecken? Anders ausgedrückt: Wie kann man auf dem Gebiet der sexuellen Illusion dem Monopol der Pornographie Konkurrenz machen?

Als Vangel das Babydolls betrat, setzte Julien seine VR-Brille auf und sah sich um. Seine Ankunft hatte bei den Libertins offenbar für Aufsehen gesorgt. Mit seiner Armada von Söldnern wirkte er wie ein VIP: War er ein Star? Ein Milliardär? Ein ausländischer Staatschef, der sich anlässlich eines UN-Gipfels vergnügte? Überall liefen Frauen zwischen den Gruppen hin und her, die alle so geformt waren wie die Silikonpüppchen eines Dessous-Herstellers. Sexyanna war die Erste, die sich Vangel näherte. Zufällig sprach sie Französisch. Offensichtlich wollte diese virtuelle Miss Universe nicht lange um den heißen Brei herumreden: Unverblümt kam sie zur Sache.

»Bist du spitz?«

»Nein, Spitzenverdiener.«

»Siehst heiß aus …«

»Was gefällt dir an mir?«

»Deine vielen Bodyguards. Und wie steht's?«

»Gar nicht. Völlig unbeleckt. Und bei dir?«

»Ich habe alles schon mal durch. Außer einen Blowjob. Bock?«

»Ja.«

Sexyanna band sich die Haare zusammen, und Julien riss hinter seiner Brille die Augen auf: Zum ersten Mal seit Monaten hatte er sexuellen Kontakt mit einer anderen Person. Langsam ging sie auf die Knie und öffnete Vangels Hose. Zum ersten Mal sah er seinen Avatar völlig nackt, denn bei der Anmeldung wurde das Geschlechtsteil zufällig generiert, die User konnten über die Beschaffenheit nicht selbst bestimmen.

Julien war überrascht, dass sein Anti-Ich einen Mikropenis hatte, der auf dem Bildschirm kaum zu erkennen war. Sexyanna schien ebenso verblüfft und sagte angesichts dieser traurigen Offenbarung:

»Soll das ein Witz sein? Was soll ich denn da blasen? Die Haare?«

Ihre Wut war nicht unberechtigt. Wenn Vangel keinen geeigneten Penis vorwies, konnte Sexyanna Mission 3 nicht abschließen. Sie bemühte sich dennoch, setzte die Zunge und andere Tricks ein: Nach zwei Minuten schwoll das Würmchen auf die einigermaßen akzeptable Größe eines kleinen Fingers an. Sexyanna nutzte die Gelegenheit zum Deepthroat. Julien hatte Mühe, auch nur die geringste Erregung zu verspüren: Die Brille war rein visuell – und selbst beim besten Willen bekam er keine Erektion. Alles in allem störte ihn dieses Zubehör mehr, als es ihm half. Da er nicht das gesamte Kit gekauft hatte, musste er es immer wieder abnehmen, um Vangel mit der Tastatur zu steuern. Als er es gerade absetzen wollte, empörte sich Sexyanna im Chat über seine Passivität:

»Du bist ja wie ein totes Stück Holz. Machst du auch noch was?«

»Sorry, aber was soll ich denn machen?«

»Du weißt ja gar nichts! Kennst du nicht die Gepflogenheiten? Wenn dir eine Frau einen Blowjob gibt, könntest du zumindest so höflich sein und ihr ein paar heiße Nachrichten schreiben, damit sie auch was davon hat. Ich weiß ja nicht, aber das wäre doch das Mindeste, oder?«

Wieder einmal mangelte es Julien an Inspiration. Was sollte er einem User schreiben, dessen Avatar Oralsex simulierte? Er kratzte sich am Kinn: Ihm fiel wirklich nichts ein. Er fragte sich, was er an Vangels Stelle sagen würde. Sicherlich Lautmalereien:

»Oh ja. Oh ja! Oh ja!!!«

»Bist du dumm, oder machst du das absichtlich?«

»Sorry, ich versteh's nicht. Was willst du von mir?«

»Na, du musst schon ein richtiges Szenario draus machen, du Nuss! Sag, dass ich deine Schlampe bin, frag mich, ob mich das feucht macht, wenn ich dir Bad Boy hier in dieser Bar einfach so frech einen blase.«

»Wirst du feucht, wenn du so frech bist?«

»Vergiss es.«

Seine sexuelle Ausbildung musste er verschieben. Sexyanna stand auf und ließ sich von SuperBond008 und KillerNumberOne gangbangen. Julien setzte seine Brille ab und verstaute sie in einer Schublade: Er wollte doch lieber am Computer spielen. Er loggte sich aus und fragte sich, was das für Menschen waren, die ihre Zeit damit verschwendeten, sich von Sims vögeln zu lassen. Es war zu vermuten, dass sich hinter Sexyanna ein zweiundsiebzigjähriger, neunzig Kilo schwerer Jean-Michel Lagrande verbarg.

## Kapitel 10

Am nächsten Morgen erlebte Julien, als er sein Smartphone in die Hand nahm, eine seltsame Überraschung: Laut Google News hatte sich der Cleargold-Kurs über Nacht aufgrund eines plötzlichen Anstiegs des Marktvolumens, der auf den Einstieg saudischer Fonds zurückging, verdoppelt. Der Kronprinz selbst, der bekanntermaßen die Volkswirtschaft der arabischen Halbinsel diversifizieren wollte, hatte in einer Pressekonferenz auf die Kryptowährung hingewiesen und die Investoren seines Landes dazu aufgefordert, auf dieses »lautere Gold« zu setzen, das zuverlässiger als das goldene oder schwarze sei. Seine Erklärung hatte ein Beben ausgelöst. In nur wenigen Stunden waren die Immobilienpreise in allen Großstädten des Metaversums um 180 Prozent gestiegen. »Nach Einschätzung zahlreicher Experten«, so ein Artikel in *Les Échos*, »wird sich der Höhenflug des Cleargold im nächsten Halbjahr noch verstärken, da viele Spekulanten dem saudischen Beispiel folgen werden.« Dank Mohammed bin Salman war Vangels Vermögen erst einen

Monat nach seiner Anmeldung mehr als 4500 Euro wert.

Julien ging zum Fenster und atmete die frische Luft ein. Ein Gewinn von 4100 Euro zwischen dem 3. Juli und dem 16. August: In sechs Wochen hatte die Antiwelt ihm eingebracht, was das Institut de Musique à Domicile in drei Monaten auszahlte. So leicht hatte er in seinem ganzen Leben noch nie Geld verdient. Fünf Minuten, und Vangel konnte sich einen Palast kaufen, während Julien zwei Stunden lang ackerte und dafür einen Scheck über 30 Euro erhielt. Zwischen IMD und Heaven lagen Welten. Von nun an sollte das Spiel zum Beruf und seine Arbeit zum Spiel werden. Er musste nicht mehr in aller Frühe aufstehen und den ganzen Tag im öffentlichen Nahverkehr versauern. Es reichte, wie Vangel zu sein: ein Typ, der im Handumdrehen Geld verdient. Ein fauler Sack, der per Mausklick Tausende und Millionen bewegt. Von den Erträgen seines Anti-Ichs würde sich Julien monatlich 2500 Euro auszahlen, was seinen Lebensunterhalt mehr als deckte.

Wie würde dieses neue Leben aussehen? Julien verarbeitete die Neuigkeit bei einer Tasse Kaffee und konnte sich seine Frage nicht beantworten. Sein einziger Gedanke war, beim IMD zu kündigen. Er rief Irina Elevanto an und landete auf ihrem Anrufbeantworter. Sie war im Urlaub und bis zum 4. September nicht erreichbar. Er rief bei der Zentrale an und ließ sich mit der Personalabteilung verbinden. Er gelangte an Max Kerec, den Chief Digital and Administrative Officer. Das Gespräch verlief schematisch und knapp. Julien wollte freigestellt werden, Kerec zuckte beim Wort »freigestellt«, weil das nicht zum Status eines Freiberuflers passte.

»Was ich machen kann«, sagte er nach einer kurzen Rechtsbelehrung, »ich kann Ihr Profil von unserer Website löschen.«

Julien hatte keine Einwände. Während Kerec den Server checkte, ließ er Julien bei Dudelmusik warten. Kurz darauf war er wieder da.

»Ich sehe gerade«, bemerkte er ein wenig besorgt, »dass Sie heute Nachmittag um fünf noch einen Termin bei Michaël Benedetti haben. Möchten Sie ihn stornieren?«

Julien zögerte kurz und erklärte sich dann bereit, diese letzte Verpflichtung noch einzuhalten. Der Anruf war fast an sein Ende gelangt, als Max Kerec einen menschlicheren, fast zerknirschten Ton anschlug:

»Sie wissen schon, dass Sie eine Löschung Ihres Profils nicht rückgängig machen können, oder? Sind Sie sich sicher, dass Sie Ihren Kundenstamm verlieren möchten?«

Julien sagte ja, bedankte sich, und sie beendeten das Gespräch.

Von allen seinen Schülern war der kleine Michaël der entsetzlichste. Niemand konnte seinem Lehrer so sehr die Nerven rauben wie er. In den drei Jahren, die er bei Julien lernte, war sein Ringfinger kein bisschen geschmeidiger geworden. Der Teenager machte nicht nur nie seine Hausaufgaben, vergaß nicht nur stets, was sie in der letzten Stunde durchgenommen hatten, schaffte es nicht nur nicht, drei Noten auf einem Violinschlüssel zu entziffern, ohne viermal falsch zu raten, sondern zu allem Überfluss legte er eine unglaubliche Scheinheiligkeit an den Tag. Als Julien in der Avenue Kléber auftauchte, wusste er, dass die Mutter ihn neunzig Minuten später befragen würde: »Und, wie weit ist der Kleine? So weit wie beim letzten Mal? Wie kann das nur sein?« Also verfolgte Michaël die Strategie der verlogenen Versprechungen. Statt sich auf den Klavierunterricht vorzubereiten, überlegte er sich im Unterricht selbst, was er hinterher zu seiner Verteidigung sagen sollte. Um der Situation zuvorzukommen, begrüßte er Julien mit einem honigsüßen Lächeln und erzählte eine Menge Blödsinn, wobei er immer wieder dieselbe Zauberformel wiederholte: »Ah, du wirst sehen, ich habe geübt wie verrückt!«

Michaël versäumte es auch diesmal nicht, seinen Lieblingstrick einzusetzen. Julien blieb von dieser Nummer unbeeindruckt und sagte nichts, während der Junge versuchte, ihn mit einem Schwall an Schmeicheleien zu beschwichtigen: »Deine Schuhe sind so toll, wo hast du die her?« »Klavierspielen ist wirklich super, das kommt bei den Mädels richtig an!« Sätze dieser Art. Dann schlug Michaël seine Noten auf und drückte mehr oder weniger wahllos auf ein paar Tasten. Nachdem er seinen üblichen Bockmist abgeliefert hatte, setzte er ein gequältes Gesicht auf:

»Ich begreife es nicht«, jammerte er, »das hat beim Üben immer so gut funktioniert; wirklich, das ist mir un-be-greif-lich …«

Seit acht Monaten übten sie dasselbe Stück: Mozarts Klaviersonate Nummer 16, die als *Sonata facile* in die Musikgeschichte eingegangen ist. Doch dieses Anfängerstück wies in der Praxis etliche technische Schwierigkeiten auf, angefangen bei der wiederholten Verwendung von Sechzehntelnoten, was die Koordination der beiden Hände erschwerte. Es stand in Band 2 des Lehrbuchs *De Bach à nos jours* für Fortgeschrittene und erforderte eine gewisse Fingerfertigkeit, die Michaël offensichtlich abging. Dennoch hatte seine Mutter im Dezember darauf bestanden, dass ihr Sohn dieses Stück einübte. Sie war davon überzeugt, dass die schlechten Leistungen ihres Sohnes nicht auf seine Faulheit oder die Erziehung zurückzuführen seien, sondern auf eine verkannte Hochbegabung, und so musste sie darauf bestehen, dass Michaël im Unterricht »herausgefordert« werde. Julien kannte diese Argumentation der Eltern verzogener Kinder nur zu gut: »Mein Sohn ist wirklich ganz besonders. Seine

Intelligenz steht ihm im Weg, deshalb macht er keine Fortschritte. Wissen Sie, Noten lesen, das ist ihm zu wenig Stimulation. Deshalb lernt er nicht. Er hat Konzentrationsschwierigkeiten, wenn es zu schulisch wird. Alle möglichen Psychologen haben ihn getestet, und er hat einen IQ von 133 … Offiziell hochbegabt … Wir müssen ihm Stücke geben, die auf seinem Niveau sind.« Das Ergebnis war milde ausgedrückt brillant: Seit Januar war das Wunderkind bis zum zehnten Takt gekommen.

»Das ist wirklich unbegreiflich«, sagte Michaël abermals mit den feuchten Augen eines Schauspielers.

Julien hatte nicht die Energie, ihn zu belehren, ihn daran zu erinnern, dass Hunderte von Jugendlichen davon träumten, an seiner Stelle zu sein. Er blieb stumm wie ein Fisch und reagierte wie üblich: Er schloss das Lehrbuch und begann, die verschiedenen Elemente der Sonate vorzuspielen, damit Michaël seine Fingerbewegungen nachahmen konnte. Der Kleine war zufrieden. Er tippte auf seinen Tasten herum, während er auf Juliens Hände schielte, und die Sonate kam aus dem Klavier wie aus einer Spieldose. Warum sich also die Mühe machen, Noten zu lernen? Warum sich mit Tonleitern und Arpeggien abmühen? Warum Zeit mit der Aneignung von Fähigkeiten verschwenden? Man musste doch bloß so tun als ob.

So hatten seine letzten acht Jahre ausgesehen, dachte Julien, als er sich von seinem früheren Leben verabschiedete. Musikunterricht war ein banales Geschäft. Irgendwo im Norden des 16. Arrondissements gab es wohlhabende Familien, die ihrem verwöhnten Kind aus Geltungssucht ein Klavier schenkten. Julien war für den Service zuständig. Jeden Montag fuhr er quer durch Paris, um die Funktionsweise dieses Objekts zu erklären, das im Wohnzimmer Platz wegnahm. Privatlehrer? Das war ein schönes Wort für diese Aufgabe: Michaël helfen, die Gebrauchsanweisung für das Geschenk zu meistern, mit dem seine Eltern ihn verhätschelt hatten. Im Grunde nur ein menschliches Tutorial sein. Und von Woche zu Woche, von Jahr zu Jahrzehnt einen Hass entwickeln auf die Leidenschaft, die er vermitteln sollte.

## Kapitel 11

Wer von diesen Métro-Passagieren war auch in der Antiwelt? Wie sah in diesem Waggon das Verhältnis von Menschen zu Antimenschen aus? Julien befand sich auf der Rückfahrt von seinem Exschüler. Beide Lager saßen auf ihren Klappsitzen. Auf der einen Seite die normalen Menschen, die in den Urlaub fuhren und auf Partys gingen, die Kontakt hielten und einander zuhörten, die Ambitionen und Werte hatten, deren Leben sich in ein vorgegebenes Muster fügte und die meinten, sie bewegten sich in festen Bahnen. Auf der anderen Seite mischten sich heimlich und vereinzelt Julien und seinesgleichen unter die Menge. Geeks, die es ein für alle Mal aufgegeben hatten, im Hier und Jetzt zu leben. Singles, denen zum Sex nur noch der Mikropenis eines Avatars zur Verfügung stand. Durchschnittsfranzosen, die ihre Reiseabenteuer im Internet erlebten. Vegetierende Wesen, die ihre Existenz auf ein Minimum beschränkten und ihren Frust in einem künstlichen Paradies abließen. Armselige Gestalten, die in dieser Welt der Idioten keinen Platz fanden.

Welcher Gruppe gehörte Julien an, seit er im Metaversum sein Geld verdiente? Wie viele waren sie, die zwischen der Realität und ihrem Spiegelbild wechselten? Allein in diesem Waggon befanden sich zwangsläufig Menschen, die wie er den Sommer in einer schäbigen Wohnung verbracht hatten, um ihr Anti-Ich zu hätscheln. Wahrscheinlich ein gutes Viertel, vielleicht sogar mehr. Wer mochte ihn verdächtigen, Vangel zu sein? In den Augen der Passagiere war er ein ebenso normaler, unbedeutender junger Mann wie alle anderen. Ein Typ, der sich an eine Metallstange klammerte und eine Werbung von Acadomia vor sich sah. Wer konnte ihm ansehen, dass er seinen Sommer bei imaginären Freunden verbrachte?

Und umgekehrt ... Diese Frau mit ihren Kopfhörern und löchrigen Turnschuhen, sie konnte doch BadEvil steuern, den Millionär, der tags zuvor SuperBond008 und KillerNumberOne im Babydolls von hinten gevögelt hatte. Oder seinen New Yorker Banker Coolio oder sogar die verstorbene Goldenheart. Julien würde es nie erfahren. Er konnte nur spekulieren – aber eins war sicher: Coolio, BadEvil und Goldenheart waren nicht bloß Ideen. Irgendwo auf dieser Erde musste es echte Menschen geben, die hinter ihrer Existenz standen. Wie schade, dass sie ihre Identität nicht enthüllen durften! Wäre es nicht lustig, herauszufinden, wer sich hinter wem verbarg? Definitiv. Doch wer würde es wagen, die Anonymität seines Anti-Ichs aufzugeben?

Trotzdem schade, dachte Julien. Hätten sich die Spieler von Sexyanna, Goldenheart, BallOfHate und SuperBond008 aus denselben Gründen wie er in der Antiwelt angemeldet, dann hätten sie sicher reichlich Gesprächsstoff, wenn sie sich außerhalb der Plattform begegneten. Bei einem Bier hätten sie über die Eintönigkeit ihrer Arbeit sprechen können, über den Sommer des Nichtstuns, das inexistente Sozialleben, den absoluten Mangel an Liebesleben, die Einsamkeit und den Wunsch, sich nicht mehr an der Welt, wie sie ist, zu beteiligen. Sicherlich hätte es ihnen gutgetan, sich in echt auszutauschen. Und wer weiß, vielleicht hätten sie es geschafft, ihre Gegenkultur auch außerhalb des Metaversums aufzubauen. Von Angesicht zu Angesicht mit Goldenheart sprechen ... Eine echte Orgie mit Sexyanna ... Und warum nicht auch eine Prügelei mit BallOfHate, es musste nur eine leibhaftige Interaktion sein ... Nicht mehr auf einen Computer angewiesen sein, um der Langeweile zu entfliehen. Eine Rückkehr zur Realität, das Glück des Zusammenseins.

Julien strich sich über den Bart: Wenn er genauer darüber nachdachte, kam ihm das Gegenteil wahrscheinlicher vor. Wenn er sich mit Vangels Bekannten getroffen hätte, würde daraus eher eine Sitzung der Anonymen Alkoholiker werden – nur morbider: ein Treffen der peinlichen Clowns. BallOfHate war vermutlich ein schwachbrüstiger Typ mit knochigem Leib, der keinen Mucks hervorbrachte, ohne vor Schüchternheit zu stottern. Sexyanna ein Perversling, der den ganzen Tag masturbierte und von BDSM-Orgien träumte. SuperBond008 und KillerNumberOne? Verpickelte Teenager oder Psychopathen mit Bildschirmaugen. Im Grunde war der einzig interessante Avatar Serge Gainsbourg. Schade, dass es ihn nicht gab.

## Kapitel 12

»Du weißt mit deinen Tagen nichts anzufangen? Dann mach sie leer: Nichtstun ist eine Kunst.«

Wie üblich gab Serge Gainsbourg klare Ratschläge. Die beiden Kameraden waren im Chumley's verabredet. Das Speakeasy mit Postern und Bücherreihen an den Wänden stammte noch aus der Zeit der Prohibition. In der Realität war dieses frühere Hauptquartier der Lost Generation seit 2007 geschlossen. Doch seine Nachbildung in der Antiwelt beherbergte weiterhin berühmte NPC. Just an diesem Abend stießen Francis Scott und Zelda Fitzgerald mit Hemingway und Kerouac an. Gainsbourg scherte sich nicht um sie. Er saß in seinem Sessel gegenüber von Vangel, trank gläserweise Saint-Émilion und gab seine Aphorismen zum Besten. Er sah seltsam aus. Sein Gesicht war wächserner als sonst und wirkte völlig abwesend. Mit diesem sonderbar zerstreuten Blick und einem Mund, den die Last seiner Falten zerdrückte, sah er aus wie auf seinen letzten Fotografien von 1991 kurz vor seinem fünften Herzinfarkt.

»Geht's dir nicht gut?«, fragte Julien besorgt vor seinem Computer.

»Ich weiß nicht«, grummelte der Sänger mit zusammengebissenen Zähnen, »ich habe das Gefühl, voller Auslassungspunkte zu sein. Wie Schüsse von Maschinenpistolen.«

Serge antwortete mit einer Metapher aus *Au pays des malices*, einer Sammlung seiner Texte und Aphorismen: Sein Algorithmus lief jedenfalls auf Hochtouren. Er schenkte sich Bourbon ein, rauchte eine Zigarette und störte dann die Stille, die er geschaffen hatte:

»Ich frage mich wirklich, warum ich 1957 mit dem Malen aufgehört habe«, klagte er und schielte in sein Glas. »Wenn ich es noch einmal tun müsste, würde ich eher mein Klavier kaputt hauen.«

»Was soll das heißen?«, erwiderte Vangel träge, der nicht wusste, was er mit diesem wahllosen Geständnis anfangen sollte.

»Mein ganzer Ärger kommt daher, mein Freund … Ich hatte nicht das geringste Talent zum Malen, aber zumindest habe ich damit angefangen. Bescheiden habe ich all die willkürlichen Codes aufgenommen, alle starren Normen dieser großen Kunstform. Ich hatte zwar kein Talent, aber ich war auf der schönsten aller denkbaren Reisen: der Reise des Lernens. Das Malen mit seinem Überschwang an erdrückenden, lieblichen Vorbildern, mit dem Glanz seiner nutzlosen Farben, das hat mir einen Ausgleich gegeben. Das waren aber auch alles Ausreden, um das heilige Feuer zu vergessen, das ich nicht hatte.«

»Und dann?«, fragte Juliens Avatar in seiner Rolle als Vertrauter.

»Dann habe ich das Genie verballert, das ich nicht hatte. In meinem vollgestopften Leben bin ich mittendrin hopsgegangen, da hat mich was gedrängelt, dass ich mir absurde Identitäten anflansche, und so erdrosselte ich tagein, tagaus die Talente, die mir fehlten. Im großen Marterfeuer zerschmolzen meine Masken, die provokanten, die ›größenwahnsinnigen‹ – so nannt' es die Journaille – und auch die verzweifelten. Da ich meine Mäntel wechselte, mal Nerz mal Leder mal Scheiße mal Style mal modernster Slang mal uraltes Idiom, und mich den Trieben hingab wie einem Leidensweg, so verglüht' ich einem Asteroiden gleich. Und nun leide ich vergangnen Leidens wegen im Warteraum des Todes, der ein Vergessen ist, und wage es nicht, weiter zu schaffen, weil ich nichts geschaffen habe.«

Im Verlauf dieser langen Tirade bekamen Serges Sätze einen neuen Klang. Die volkstümliche Mündlichkeit des Pariser Titi hatte sich in einer literarischen, fast hochtrabenden Sprache verflüchtigt, die an das Incipit von *Evgenij Sokolov* erinnerte oder auch an die ebenfalls vergessenen Verse des Félix Arvers, die Gainsbourg in den 1960er Jahren vorgetragen hatte.

»Und dann«, fügte er immer nachdenklicher hinzu,

»wollte ich, der ich unter einem schlechten Stern geboren war, mit der schlimmsten Nase und einer Visage, die jeden Rahmen sprengt, der Entstellte, der Unerwünschte, der unverbesserliche Süchtige, der Kanonier und die Bazooka, es dem Pygmalion gleichtun, in anderer Leute Ruhm glänzen, im Ruhm der Frères Jacques, der Gréco, einer France Gall oder Bardot. Ich selbst sein? Etwas so Absonderliches habe ich mir nie angemaßt, ich, der Cyrano der Jetztzeit, der sich im eigenen Spiegelbild ertränkt, weil er nicht schwimmen kann.«

»Warum sagst du das alles?«, wunderte sich Julien, der in seinem Gedächtnis nach der Quelle all dieser Zitate suchte.

»Weil ich nicht von dieser Welt bin«, murmelte er nur, »ich bin von keiner Welt.«

Während der Sänger seinen Rausch auf die Spitze trieb, fasste sich Vangel ein Herz und stellte ihm schließlich die Frage, die ihm unter den Nägeln brannte:

»Sag mal, Serge, hast du einen künstlerischen Nachfahren? Einen Sohn im Geiste?«

Er hatte den wunden Punkt seines Idols getroffen. Offensichtlich konnte die künstliche Intelligenz, obwohl sie alles über Gainsbourg wusste, auf diese Situation nicht reagieren. Es kam eine Fehlermeldung: »NPC nicht verfügbar.« Serge schüttelte sich sogleich und brach auf dem Boden zusammen. Während Vangel sich an einer Herzmassage probierte, konnte der Sänger noch seine letzten, kaum hörbaren Worte röcheln:

»Dies ist meine letzte Frist … Ich geb den Löffel ab, bin nur auf Durchreise. War eine Freude, dich gekannt zu haben. Vergiss nie, deine Ideen zu vergessen. Das Wort gibt die Idee und nicht die Idee das Wort.«

Einunddreißig Jahre nach seinem offiziellen Tod war Serge Gainsbourg zum zweiten Mal gestorben.

## Kapitel 13

»Das Wort gibt die Idee und nicht die Idee das Wort.« Was sollte dieses rätselhafte Vermächtnis bedeuten? Als Serge Gainsbourg starb, war er Vangels Frage nach dem künstlerischen Nachfahren ausgewichen. Aber konnte es anders sein? War es die Aufgabe der Künstler, ihre Erben zu bestimmen, oder mussten nicht vielmehr die Anfänger ihre Vorbilder wählen? Der Sänger des »Poinçonneur des Lilas« hatte sich für Letzteres entschieden. Er war gestorben, wie er gelebt hatte: mit einem Missverständnis.

Als Serge gegen Mitternacht in die Leichenhalle gebracht wurde, verließ Vangel das Chumley's. Mission 4 kam ihm gerade recht. »Die Gegengesellschaft« war im September 2021 mit einem Update aufgetaucht, eineinhalb Jahre nach dem Start der Antiwelt. Sie war eine Mise en abyme, ein Werk im Werk desselben Genres: ein Film im Film (wie in *The Purple Rose of Cairo*), eine Theaterszene in einem Theaterstück (wie in Corneilles *L'Illusion comique*) oder ein Videospiel im Videospiel wie im Flugsimulator *Wing Commander* oder auch in *GTA*. Mission 4 ging auf eine Frage zurück, die sich Adrien Sterner seit Ende der 2010er Jahre stellte: Wenn die Antiwelt die heutige Welt vollständig nachahmte und Social Media die Moderne auf den Kopf gestellt hatte, sollte nicht auch diese Dimension der Realität nachgebildet werden? Musste man, mit anderen Worten, einen Webserver innerhalb des Metaversums erfinden, damit die Avatare sich über ein eigenes soziales Netzwerk verbinden konnten? Wenn ja, wie sollte dieses Netzwerk heißen: Anti-Antiwelt? Meta-Antiwelt? Antiwelt hoch zwei? In letzter Minute las Sterner in der Biographie von Steve Jobs, dass der Apple-Chef in seiner Jugend unter dem Einfluss der Gegenkultur gestanden hatte, und entschied sich für den Namen »Gegengesellschaft«.

Die Nachricht zur Mission 4 begann mit einem Befehl. Sie forderte Vangel auf, einen Computer und einen Router zu kaufen. Dann sollte er das Modem einschalten. Auf seinem Bildschirm tauchten ein Bildschirm und eine Website auf: gegengesellschaft.com. Wie alle Antimenschen hatte Vangel dort ein Profil, auf dem er Inhalte seiner Wahl posten konnte, auch Bilder, Videos und Audioinhalte. Mission 4 verlangte von ihm, dass er sich dort mitteilte: »Es ist an der Zeit, eine Gegengesellschaft aufzubauen! Von nun an ist Instant-Messaging nicht mehr genug. Finde neue Freunde, teile deine Anekdoten und Tipps zum Geldverdienen, rede über Gott und die Welt, like die anderen, werde von anderen gelikt, folge Influencern und werde zum Influencer! Good luck. Gezeichnet: Adrien Sterner.«

Sterners Manöver erwies sich als geschickt. Mit Heavens sozialem Netzwerk für die Antiwelt konkurrierte die Firma nicht mehr nur mit anderen Studios wie Rockstar, Asobo oder Shiro. Das Unternehmen vom Bec d'Ambès spielte nun in einer Liga mit Facebook, Twitter oder Instagram. Die Gegengesellschaft war bei Google nämlich als eine Extra-Website gelistet. Ihre URL machte sie zu etwas Eigenem: User konnten entweder über die Antiwelt weitergeleitet werden oder sich direkt einloggen, allerdings nur unter der Bedingung der Anonymität. Diese Option, so Sterners Hoffnung, würde Heaven eine neue Klientel erschließen: Wenn das Studio die Spieler der Antiwelt dazu brachte, in der Gegengesellschaft möglichst viel Content zu posten, wäre es ein Leichtes, das Datenvolumen zu erhöhen und Suchmaschinenoptimierung zu betreiben. Ziel war es, bis 2023 in die Liste der weltweit meistbesuchten Websites von Similarweb aufgenommen zu werden. Auf lange Sicht würde Adrien Sterner in einer anderen Gewichtsklasse boxen. Damit würde er die Stufe der Spieleentwickler endgültig hinter sich lassen und den modernen Olymp erklimmen, wo die Götter der Gegenwart weilten: Zuckerberg, Jobs, Musk.

Julien scrollte durch die Gegengesellschaft, deren

Benutzeroberfläche dem Twitter-Feed zum Verwechseln ähnlich sah. BadEvil hatte einen Screenshot gepostet: Darauf war zu sehen, wie SuperBond008 und KillerNumberOne einer Orgie im Babydolls frönten. BallOfHate verbreitete Beleidigungen und Morddrohungen. Sexyanna zeigte in einem Selfie ihre virtuellen Kurven. Und dann gab es noch andere, Hunderte, Unbekannte, die Vangel auf der Straße oder im Flughafen gesehen haben musste. Überall lächerliche Screenshots, auf denen die Avatare wimmelten und wie Playmobilfiguren aussahen.

Playmobilfiguren, das war die Idee, oder besser: das Wort. Ja, das Wort. Bei diesem Gedanken erinnerte sich Julien an Serge Gainsbourgs letzte Äußerung: »Das Wort gibt die Idee.« Alles wurde plötzlich ganz klar … Ein Wort genügte, und die Dinge ergaben Sinn. Ein einziges Wort bloß, das, wenn es gefunden war, alle anderen freiließ: Antimenschen waren Playmobilfiguren. Playmobilfiguren, oder auch virtuelle Gnome. Zombies, die im Fegefeuer des künstlichen Lebens das Abendmahl empfingen. Und wenn diese Welt der Geeks Julien seit drei Monaten fesselte, wenn ihn dieses Videospiel so faszinierte, wenn Sterners Paradies es schaffte, ihn jeden Tag noch mehr zu verhexen, dann hatte das einen ganz einfachen Grund: Die Menschen lebten dort zusammen und getrennt. Zusammen und getrennt, wie der Titel des Albums, das er nie geschrieben hatte. Endlich hatte er den Schlüssel zu seiner Inspiration gefunden. Hier lag er, von Anfang an direkt vor seinen Augen: in der Antiwelt, auf seinem Computer.

Warum hatte er nicht schon früher daran gedacht? Das Album musste kein anderer als Vangel schreiben. Der Avatar war sein eigener Gainsbarre: sein heimlicher Doppelgänger. Seine Maske und sein Strohmann. Sein Alter Ego und seine geheime Seite. Vangel, der zukünftige Autor von *Zusammen und getrennt.*

Julien holte sich eine Flasche Wein und machte sich an die Arbeit. Als er Word öffnete, durchfuhr ihn ein heftiger Schlag. Von Anfang an würde er heftig in die Tasten hauen. Er würde sich in Beleidigungen und Provokationen ergehen. Er würde aus dem Bauch heraus sprechen und sein Herz ausschütten. Dazu gehörte: Er musste die Spieler der Antiwelt anprangern. Über diese grotesken Avatare herziehen. Sie beleidigen. Sie erniedrigen. Ihnen den Krieg erklären. Ihnen den Spiegel vorhalten, den sie verdienten. Vor seinem Computer stieg Begeisterung in ihm auf. Dieses innere Fieber, es machte ihn unaufhaltsam, glühend. Es überkam ihn, wie von selbst strömten die Wörter aus ihm heraus, er riss der Maskerade den Schleier herunter, und das erleichterte ihn.

Zum ersten Mal in diesem Sommer schrieb er ein ganzes Gedicht. Ihm war im Moment selbst nicht bewusst, dass er »schrieb«, geschweige denn ein »Gedicht«. Er spürte nur das Brodeln in seinem Bauch. Er starrte auf seinen Bildschirm und erinnerte sich an all die verschwendeten Sonntage der letzten zwei Monate, der letzten fünf Jahre, so weit er zurückdenken konnte. Unter Alkoholeinfluss begann er nach jeder Sinneinheit eine neue Zeile. Seine Finger hämmerten hektisch auf der Tastatur, und all die Beleidigungen, die er den Avataren ins Gesicht schleuderte, besänftigten nach und nach seinen Elan. Nach etwa einer Stunde veröffentlichte er sein Gedicht, wie es war. Der Text bestand keinen Alkoholtest, so sehr stank er nach hastig gekipptem Fusel. Julien war zu betrunken zum Korrekturlesen und bemerkte die fehlenden Buchstaben nicht. Er ließ »Pisch« statt »Pisser« und »Mudik« statt »Musik« stehen. Die Gegengesellschaft forderte ihn auf, seinem Post einen Titel hinzuzufügen. Er tippte »Playmobil!« und loggte sich aus.

*PLAYMOBIL!*

*Na ihr Playmobilfiguren*
*Wer steckt hinter euren Sims Visagen?*
*Gern würd ich mal eure Kollegen sehn und eure Freunde*
*Wenn sie rauskriegen dass ihr in dieser andren Welt*
*Rumrennt als Brokkoli und BadEvil und Coolio*

*Ihr seid nicht die Ersten die von einer zweiten Identität träumen*
*Von einem Bonusleben das nix kostet und euch schmeckt*
*Die einen fliehen in die Kunst die anderen gehen fremd*
*Und ihr habt euch entschieden euer Anti Ich zu lieben*
*Eure verstrahlten Kobolde schickt ihr hin*
*In die Windungen einer Weltkopie*

*Die digitalen Gnome verkörpern schätz ich mal*
*Alles das was ihr in echt nicht haben könnt*
*Ihr tut so als wärt ihr real*
*Einen Dreck habt ihr gefunden*
*Gammelt in den Computern*

*Das müsst ihr ertragen ihr kleinen Pisch*
*Ihr Digitalflüchtlinge*
*Ihr seid arm dran ihr kranken Exemplare dieser unglücklichen Welt*
*Lebt wohl ich kehr zurück zu meiner Mudik*

## Kapitel 14

»Playmobil.« Seit fast fünfzehn Jahren hatte Julien dieses Wort weder ausgesprochen noch geschrieben. Es verstaubte hinter der Spielzeugschranktür seiner Kindheit im Figurenvolk dieses alten, kargen Möbelstücks. Jeden Tag nach der Schule war er sofort zu ihnen geeilt, und die Geschichte nahm ihren Lauf. Die Playmobilfiguren waren nur wenige Zentimeter groß, nicht einmal einen Finger lang, aber sie verkörperten Juliens Zukunft. Feuerwehrmänner, Polizisten, Abenteurer oder Prinzen, Ritter oder Ärzte, Urlauber in Badehose oder flippige Rocker – diese winzigen Personen aus dem Spielzeugladen zeigten ihm ganz auf ihre Weise den Julien von morgen.

Es hatte also einen Abend im Chumley's gebraucht, den Tod des Gainsbourg-NPC, einen vergeudeten Sommer, eine Welt, in der Avatare Individuen glichen und Individuen Avataren, und eine Flasche schlechten Rotwein, bis das Wort »Playmobil« wieder aus den Gesteinsschichten der Kindheit auftauchte. Tags darauf konnte Julien nicht in Ruhe darüber nachdenken:

Völlig verkatert wurde er von einer SMS von Partene geweckt, der aus dem Urlaub zurückgekommen war und so schnell wie möglich, bestenfalls noch am selben Tag, mit ihm was trinken gehen wollte. »Es ist wichtig«, hieß es kryptisch im PS, und er bestimmte die Rooftop-Bar des Centre Pompidou als Treffpunkt. Julien brauchte nicht in seinen Kalender zu schauen, um zu wissen, dass er Zeit hatte.

Als Julien am Pompidou ankam, wollte er schon wieder umkehren: Die Brasserie Georges war wegen der Aussicht bis auf den letzten Platz besetzt. Die Rezeption wies die Touristenmassen ab, die unaufhörlich von den Rolltreppen heranströmten. Die meisten schimpften, andere stellten sich hinter einer Samtkordel in die etwa zwanzig Meter lange Schlange. Zum Glück erblickte Julien einen Tisch, der gerade frei geworden war. Unbemerkt von den Kellnern schlich er sich hinein und tat so, als träfe er sich hier mit jemandem. Er musste vor allem sich selbst davon überzeugen, dass er im Recht war, ohne sich umzudrehen, immer weiter voran, bis er völlig mit der Masse der Gäste verschmolz: Die Illusion glückte. Thibault schrieb ihm, dass sein Uber im Stau feststeckte, also bestellte er ein großes 1664 und blickte auf den Horizont.

Vor dem klaren Himmel brauchte er eine Weile, um zu verstehen, warum Paris so verschwommen aussah. Nach einer guten Minute musste er sich eingestehen, dass die drei Monate am Computer sein Sehvermögen ernsthaft geschädigt hatten. Er konnte kaum die Baukräne erkennen, die sich rechtwinklig über die Häuser beugten. Er runzelte die Stirn, die Tour Saint-Jacques stellte sich langsam scharf. Dieser Turm stand steif da mit seinen beleuchteten Bögen, die ihn rissig erscheinen ließen, übersät von winzigen Nischen, in denen sich Engel verbargen, und schien zu grinsen. Als hätte er Rückenschmerzen vom Ballast der Wasserspeier und anderer Teufelchen, die sich in der Leere verkrampften. Julien blinzelte wieder, zoomte näher heran und erkannte Details: Die Statue eines Mannes stand ganz oben neben einem kümmerlichen Adler und einem Löwen mit Flügelmähne. Ringsum wurde das Panorama immer verschwommener. So sehr sich Julien auch konzentrierte, er konnte kaum etwas erkennen. Nur Patinaflecken auf Metallstücken. Grünspan, so weit das Auge reichte. Wegen des Sonnenuntergangs und auch des Alkohols vielleicht verblasste Paris und ging in einem dichten Nebel auf. Die Verwirrung war komplett, die ganze Stadt gab nurmehr ein abstraktes Gemälde ab, in dem hier und da verschiedene Farbtöne hervorragten.

»Sorry für die Verspätung, ich dachte schon, der Stau hört nie auf …«

Julien hatte ihn nicht kommen sehen. Doch es war Thibault. Etwas brauner als im Juli, auch etwas athletischer. Selbstbewusster und farbenfroher – er sah gar nicht mehr wie ein Bewohner des Quartier Latin aus. Mit selbstbewusster Miene ließ er seinen Blick über die Dachterrasse schweifen und beobachtete nacheinander die Leute an den Nachbartischen, bevor er sich rasch seine Jacke auszog und sich setzte.

»Lange nicht gesehen! Wie war dein Urlaub?«

Julien überlegte, ob er ihm die Wahrheit sagen sollte: dass er alles über Bord geworfen hatte und nun 4000 Euro im Monat verdiente, ohne das Bett zu verlassen. Doch bei dem Gedanken, dass Partene diese Information nutzen würde, um bei Juliens nächstem Auftritt im Piano Vache seine Gage zu kürzen, besann er sich eines Besseren.

»Oh«, sagte er und nestelte an seinem bereits leeren Glas, »nicht besonders. Einmal quer durch Paris. Hier und da ein paar Jobs. Sonst nur gegammelt.«

»Du Armer!«, sagte Partene und bemühte sich um Mitleid.

»Und du?«

»Wo soll ich anfangen? Stell dir vor, ich habe fast ganz Europa bereist! Kennst du Interrail? Nein? Damit kannst du einen Monat lang in jedes Land in Europa reisen. Für weniger als 450 Euro war ich in Deutschland, Italien, Österreich, Holland und Tschechien.«

Und schon ging es los mit der Langfassung der Postkarte. Thibault war so begeistert, als würde er einen Werbespot einsprechen, er schwärmte förmlich von seinen Touri-Erinnerungen. Er ließ nicht das winzigste Detail aus. Eine Abenteuerreise, ganz allein, rein in den Nachtzug, ohne zu wissen, wo man ankam, morgens auf irgendeinem Bahnhofsvorplatz, sich von einem fremden Stadtzentrum verzaubern lassen, ein relativ günstiges Hotel suchen, Wandern vom Museum zum Strand, von der Kirche zum Park, Schwimmen und Laufen, Risotto in Mailand, Fish and Chips in London, Tapas in Barcelona und Kipferl in Wien, flüchtige Freundschaften mit Unbekannten, vom Morgengrauen bis zum Sonnenuntergang unterwegs, bis der Orientierungssinn schwand … Vor allem Paris und dem Alltag den Rücken kehren.

»Ich habe dir das Wichtigste noch gar nicht gesagt«, endete Thibault munterer denn je. »Ich habe mich verliebt!«

Reflexartig fragte Julien, wie sie hieß. Partene erwiderte, dass es sich nicht um eine Frau handelte. Julien formulierte seine Frage noch einmal in der männlichen Form. Falsch: Es war auch kein Mann. Während Julien nach einem neutralen Pronomen suchte, lüftete Thibault das Rätsel:

»Nein, du bist ganz weit weg: Ich habe mich in eine Stadt verliebt. Aber so richtig. Liebe auf den ersten Blick. Wie wenn ein Schalter umkippt und du von heute auf morgen alles hinter dir lassen willst.«

Partene malte die Szene. Es war gegen Ende der Reise. Auf dem Rückweg von Mailand hatte er einen letzten Zwischenstopp in Nizza eingelegt, bevor er wieder nach Paris fuhr. Die Côte d'Azur begeisterte ihn eigentlich nicht gerade. Weil diese Gegend den Ruf hatte, so laut zu sein, war er noch nie dort gewesen. Aber es gab keine andere Verbindung und, ach, wie wundersam das Schicksal zu spielen wusste. Pünktlich fuhr der TER Ventimiglia–Cannes im Bahnhof von Nizza ein. Als er den Fuß auf die Pflastersteine dieser Stadt setzte, hatte er das Gefühl, seiner Seelenverwandten zu begegnen. Lag es an den Palmen und Blumen, am Gegenüber von Meer und Gebirge, an den bunten Straßen, fast wie in Paris, aber bereits italienisch, am milden Klima, an den zugleich legeren und energischen Fußgängern, die stolz das Geheimnis des Glücks zu hüten schienen, oder einfach am großen Ganzen, das Nizza wie eine Theaterkulisse aussehen ließ?

»Was ich dir da sage«, gab Thibault zu, »ist total das Klischee, ich weiß. Aber ich sage es dir, es ist wahr! Es hat mich schlagartig überfallen, als ich aus dem Bahnhofsgebäude getreten bin: Für diese Stadt bin ich gemacht. Und seitdem denke ich nur noch an sie. Kannst du dir das vorstellen? Seit dreißig Jahren lebe ich in Paris, bin nie weggezogen, und ein halber Tag reicht, um das alles zum Teufel zu jagen. Vertrau mir: Ich bin der Erste, der sich darüber wundert …«

Partenes Gesicht leuchtete auf, als er von seiner Entscheidung sprach, im Piano Vache zu kündigen und sich in einer Altstadt-Bar in Nizza zu bewerben. Das Gehalt spielte keine Rolle, sein Entschluss war gefasst, er würde sich nicht davon abhalten lassen. Unvermittelt lästerte er über Paris, die Stadt, in der es schon lange nichts mehr zu feiern gab und die ihm nur noch Stress einbrachte mit ihren Karrieristen und Staus, ihren nervigen Menschen und überteuerten Mieten, ihren überfüllten Métros und verregneten Sonntagen. Seine Schmährede auf die Hauptstadt riss nicht ab, er warf ihr teils widersprüchliche Übel vor: Sie sei gleichzeitig viel zu dreckig und viel zu grün, zu langweilig und zu groß, zu eintönig und furchtbar zeitraubend. Wenn man ihn so hörte, konnte man meinen, Paris wäre eine eifersüchtige, bösartige Person: eine narzisstische Perverse oder gar eine Diktatorin.

»Und hast du nicht auch das Verlangen, aus dieser toxischen Stadt zu fliehen?«, sagte er und blickte Julien eindringlich an, als wäre es die tiefgründigste Frage, die seit Anbeginn der Zeit je gestellt worden war.

»Ja und nein«, sagte Julien, ohne seinem Freund zu sagen, was ihm wirklich durch den Kopf ging: dass er bereits besser geflohen war, in eine Scheinwelt, die viel aufregender war als jede Côte d'Azur. Dass ihn nicht nur Paris anwiderte, sondern die gesamte Realität. Dass ihm nun jeder noch so kleine Teil der Welt wenn nicht unangenehm, so doch zumindest gleichgültig war, einschließlich der Rooftop-Bar im Marais, wo er alles verschwommen sah und den Befindlichkeiten eines echten Menschen zuhören musste. Dass Geld oder Stress nicht einmal die Ursache des Problems waren: Ob reich oder arm, Soloselbständiger oder Privatier, nichts gefiel ihm mehr so sehr wie das Leben seines Anti-Ichs. Dass sein Nizza Antiwelt hieß.

In Rungis genehmigte sich Julien ein einsames Abendessen im Amboss, bevor er sich wieder in seiner Bude vor den Computer setzte. Als er sich in das Spiel einloggte, erschien jedoch ein seltsamer Kasten, der ihm mitteilte, dass er eine Nachricht von Adrien Sterner persönlich erhalten habe:

> Lieber Vangel,
> ich weiß nicht, was Sie sich beim Schreiben dieses Gedichts gedacht haben, aber ich möchte Ihnen herzlich dazu gratulieren: Ich habe es heute Morgen gelesen, als ich in mein Büro gekommen bin, und konnte Ihrem respektlosen Blick auf die Antiwelt sofort etwas abgewinnen. Hinter Ihrem bilderstürmerischen Stil zeigt sich ein klares Talent. Ich würde sogar noch weitergehen und sagen: ein vielversprechendes Talent.
> Seit ich die Gegengesellschaft ins Leben gerufen habe, macht mich nichts glücklicher, als zu sehen, dass in ihr Künstler wie Sie ihre eigenen Ausdrucksformen entwickeln. Ich habe daher beschlossen, Ihrem Post mehr Öffentlichkeit zu geben, bis heute Abend sollte er 20 Millionen Views haben.

Möchten Sie mit dem Dichten weitermachen? Ich denke schon … Zur Ermutigung schenke ich Ihnen für jedes Gedicht 40 Millionen Cleargold. Nutzen Sie das Geld weise!
Aus Gründen der Vertraulichkeit wird diese Nachricht nach drei Minuten automatisch gelöscht. Lesen Sie sie sorgfältig und erzählen Sie niemandem davon, auch nicht Ihren Angehörigen. Wenn sich herumspricht, dass wir bestimmte Profile fördern und andere nicht, werde ich, wie Sie sich denken können, gezwungen sein,
Ihr Konto unwiderruflich zu löschen, um die Anonymität zu wahren.
Ich glaube an Sie und vertraue Ihnen.

Beste Grüße
Adrien Sterner.

Julien konnte diese Zeilen kaum fertiglesen, so schnell ploppten auf seinem Bildschirm Benachrichtigungen auf. Millionen Likes. Genauso viele Kommentare. Ein endloser Strom an Nachrichten von Unbekannten ergoss sich in Vangels Account. Wenn er versuchte, eine zu öffnen, rutschte sie in seinem Posteingang schon unter Dutzende neue. Er versuchte, das Browserfenster zu schließen, aber das System meldete, dass Google Chrome nicht mehr reagierte. Er gab nicht auf, klickte immer wieder auf »Programm beenden«, wollte die Aktivitätsanzeige öffnen, doch plötzlich spielte sein

Computer verrückt. Das Touchpad wurde von Sekunde zu Sekunde heißer, Programme öffneten und schlossen sich grundlos, und der Bildschirm glühte förmlich. Bald strauchelte das ganze MacBook und gab gellende Lüftungsgeräusche von sich: Es hörte sich an, als würde es auf dem letzten Loch pfeifen und ihm bald die Luft ausgehen. Die Batterie entleerte sich rasant. Julien konnte nicht einmal mehr nach dem Ladekabel greifen, da wurde schon alles schwarz.

TEIL III

# RESET

## Kapitel 1

Was war das Verstörendste an dieser Geschichte? Dass er über Nacht zum Star geworden war? Dass er ausgerechnet dann zu Ruhm gelangte, als er am wenigsten damit rechnete? Gainsbourgs Tod, etwas Alkohol und eine Computertastatur: War das das Rezept des Ruhms? Und woher kam diese Nachricht von Adrien Sterner? Was hatte der Heaven-CEO an diesen Säuferversen so toll gefunden? Wo sah er in dieser Reihung sinnloser Sätze ein »Gedicht«? Machte er sich über ihn lustig? Spielte er ihm einen Streich? War alles nur ein Scherz? Nein, Julien träumte nicht: Die Millionen Likes auf dem Bildschirm waren real, genauso wie die Flut der lobenden Nachrichten. Woher kam diese plötzliche Begeisterung? Wie konnten sich diese Geeks in einen saufenden Dichter verlieben? Und warum interessierten sich die Antimenschen eigentlich für »Literatur«? Was hatte sie alle geritten?

Julien hatte seinen Laptop reparieren lassen. Die Apfelklinik hatte gute Arbeit geleistet. Das auf die Wiederherstellung von Apple-Geräten spezialisierte

Geschäft machte seinem Namen alle Ehre. Die Geräte wurden wie echte Patienten behandelt. Man horchte sie ab. Diagnostizierte seltsame Krankheiten. Die Angehörigen sorgten sich im Wartezimmer: Wird es überleben? Wird es das Gedächtnis verlieren? Musste man etwa ein neues kaufen? Die Verkäufer sprachen beruhigende Worte. Die Technikchirurgen erwogen eine Operation: Austausch der Batterie, Ausbessern der Tastatur, Transplantation des Bildschirms … Mit der Schwere des Gebrechens stiegen die Gebühren. Juliens MacBook Pro litt an erhöhter Temperatur. Die Therapie würde 180 Euro kosten. Wenn er wieder in die Antiwelt zurückkehren wollte, hatte Julien keine andere Wahl. Beim Bezahlen schaute ihm der Verkäufer direkt in die Augen. Ernst wie ein Schauspieler aus *Grey's Anatomy* machte er ihn auf die Situation aufmerksam:

»Ihr Mac ist schon sehr alt«, erklärte er. »Auf so ein Gerät muss man wirklich gut achtgeben. Andernfalls«, fügte er mit dem Tonfall eines Onkologen hinzu, »gebe ich ihm keine drei Monate.«

Als sein Computer wieder funktionierte, entdeckte Julien das Ausmaß seiner Berühmtheit. Der »Playmobil!«-Hype war noch größer, als er es sich vorgestellt hatte. In der Gegengesellschaft konnte man über den Reiter »Presse« Dutzende Gegenzeitungen aufrufen, die im Stil westlicher Medien über Neues aus der

Parallelwelt berichteten. Und Julien stellte erstaunt fest, dass es bereits Dutzende Rezensionen seines Gedichts gab. Einige bezeichneten es als genial und hielten »Playmobil!« für »ein fein ziseliertes Meisterwerk«. Andere empörten sich über die »enthemmte Gewaltsprache«, mit der Vangel zum Hass gegen die Antimenschen anstachelte und namentlich Coolio und BadEvil stigmatisierte. Wieder andere erörterten die verborgene Bedeutung seiner Verse. In *Gegenkultur* analysierte ein Literaturkritiker die Metapher des Titels: »In ›Playmobil!‹«, schrieb er, »vergleicht Vangel uns mit Spielzeugfiguren. Die Konnotationen dieses Motivs sind zu ergründen. Was sind Playmobilfiguren oder Sims? Es sind Objekte, die unsere Morphologie nachahmen. Mit diesem Vergleich betont Vangel, dass wir Menschen sind, die Dingen ähneln, die Menschen ähneln. Die Kunst des Paradoxons erreicht hier ihren Höhepunkt: Dieser Metapher zufolge leben wir, indem wir uns selbst herabsetzen.«

Die Frage, die die meisten Kommentatoren in Atem hielt, bezog sich jedoch auf die beiden Neologismen in der letzten Strophe, »Pisch« und »Mudik«. Was mochten diese Begriffe, die in keinem Wörterbuch verzeichnet waren, wohl bedeuten? Ohne auch nur einen Augenblick daran zu denken, dass es sich um Tippfehler handeln könnte, in der Überzeugung, dass Vangel sich bewusst für diese beiden Wörter entschieden hatte, und zwar aus tiefgründigen Motiven, suchten die Gegenjournalisten in »Playmobil!« nach klugen etymologischen Resonanzen, geheimen Anspielungen auf irgendeine Muse oder nach intertextuellen Bezügen zur *Odyssee*. Vangels Ruhm wuchs mit diesem Missverständnis, alles war verkehrt.

Doch warum sollte er dieser Presseschau nicht wiederum das Wesentliche entnehmen? Das Wesentliche, das war eine Flut von Komplimenten. Lob, das ihn anspornte. Schließlich wurde man nicht jeden Tag gefeiert. Ob es nun ehrlich war oder falsch, verdient oder absurd – das Lob ermutigte ihn. Sie streckten ihm die Hand entgegen. Nach sieben Jahren, in denen Julien seine Alben für die Schublade komponiert und die Missachtung sämtlicher Plattenfirmen auf sich gezogen hatte, gab ihm nun jemand endlich eine Chance. Wenn Adrien Sterner ihn jetzt unter seine Fittiche nahm, dann gab er ihm, was ihm schon immer gefehlt hatte: Anerkennung. Und auch die 40 Millionen Cleargold, die er für jede neue Veröffentlichung erhalten würde, entsprachen beim aktuellen Kurs der Kryptowährung fast 2400 Euro. Die Antiwelt bot ihm eine einmalige Chance. Er konnte es sich nicht leisten, sie nicht zu ergreifen.

Zwar würde er unter falschem Namen Gedichte schreiben und sie in einem Metaversum veröffentlichen. Er wäre jedoch nicht der Erste, der einem Stellvertreter den Ruhm überließ. Gainsbourg hatte sich einst von seinen Sängerinnen die Show stehlen lassen.

Er gab selbst zu, dass er trotz seines Dandytums oft ein paar Zoten riss, um zu unterhalten. Warum also nicht für Avatare schreiben? Sie waren ein Publikum wie jedes andere, voller Sensationslust und Ignoranz. Sie entzifferten seine Metrik und seinen Stil. Sie luden seine Tippfehler mit Bedeutung auf. Sie behoben seine Schusseligkeiten mit hochgestochenen Interpretationen. Sie sannen über geheime Andeutungen nach, an die er nie gedacht hatte. Sie warfen ihm das Mäntelchen um, in dem man ihn sehen wollte. Vor allem lobten sie ihn. Aus den Tiefen des Internets bewarfen ihn Fremde mit Likes. Sie applaudierten Vangel jubelnd, und hinter der Bühne, in seiner Wohnung in der echten Rue Notre-Dame, merkte Julien, wie schön dieser Name war.

## Kapitel 2

Adrien Sterner meinte jedes Wort seiner Nachricht an Vangel ernst. Der 17. August 2022 fiel auf einen Mittwoch. Wie jeden Morgen schlug er Punkt acht in der Heaven-Zentrale auf. Sein Assistent Guillaume Levet musste ihm stets mit seinem Frühstück einen Aktenordner bringen, in dem einige besonders bemerkenswerte Posts der Gegengesellschaft des Vortags ausgedruckt abgeheftet waren. Dieses Ritual entsprach einem Daily Briefing: Anhand einer repräsentativen Stichprobe konnte Sterner den Antimenschen auf den Puls fühlen. Sterner blätterte durch den Ordner, zog wahllos ein oder zwei Posts heraus, überflog sie und aß Gebäck. Meist enthielten diese Anthologien nichts sonderlich Originelles, keinen Text, der sie von den vorherigen Dossiers unterschied. Billiger Humor, vorhersehbare Gedanken und harmloser Hype. Sterner schloss die Akte, seufzte müde und machte sich an die Arbeit.

Vangels Post verdankte seine Präsenz in Sterners Akte an jenem Tag einer Verquickung von Umständen.

Guillaume Levet, dem Burnout nah und vollgepumpt mit Codein, hatte die ganze Nacht kein Auge zugetan. Er hatte Sterners jüngste Schimpftirade und seine gellenden Drohungen nicht vertragen:

»Denken Sie doch nicht immer wie ein hirnloser Technokrat! Ihre Ordner sind nutzlos. Beiträge mit den meisten Likes zusammenstellen, das können auch Bots! Nehmen Sie jetzt mal alle Ihre drei Neuronen zusammen, die sich ständig im Weg sind. Suchen Sie mir verborgene Talente, Typen ohne Follower, für die sich ein Boost lohnt. Wenn Sie nicht wie ein Mensch denken können, dann suchen Sie sich irgendwo einen Job als Kaffeemaschine! Morgen ist Ihre letzte Chance … Ich schau schon mal nach Ihrem Nachfolger.«

Es sah Sterner ähnlich, seine Worte sogleich in die Tat umzusetzen.

Guillaume Levet stieß gegen vier Uhr morgens auf Vangels Posting. Im ersten Moment wusste er nicht, was er von diesem unzusammenhängenden, schlecht arrangierten Text halten sollte, der von einer Zeile zur nächsten wie vom Hölzchen aufs Stöckchen kam. Was, wenn Sterner genau so etwas erwartete? Unerwartetes. Schlecht Geschriebenes. Disruptives. Was mit nichts Ähnlichkeit hatte, was es schon gab. Einen Post, der mit den Codes der Antiwelt brach und sich herausnahm, Heavens Schmuckstück zu beleidigen. Eine

Satire, wenn man so wollte. Vangels Gedicht erfüllte diese Kriterien: Es sprengte Grenzen und brach mit den schmeichelhaften Lobpreisungen, die Sterner seit 2020 rund um die Uhr erhielt. Die Takt- und Respektlosigkeit dieses Users würden den dauerhöhnischen Chef ganz gewiss ansprechen. Ob es ihm gefiel oder nicht, gleichgültig würde ihn »Playmobil!« nicht lassen. Ganz abgesehen davon, dass an diesem 16. August 2022 in der Gegengesellschaft niemand außer Vangel etwas Sensationelles geschrieben hatte. Guillaume haderte bis zum Morgen und telefonierte mit seiner Mutter, um sie nach ihrer Meinung zu fragen. Sie war unentschlossen, er fragte seinen Bruder, seine Freunde und sogar seine Ex. Im Uber, das ihn zum Bec d'Ambès brachte, änderte Levet alle zwei Minuten seine Meinung: Er legte »Playmobil!« ganz nach oben in den Ordner, nahm es wieder heraus, steckte es in die Mitte, faltete es schließlich zweimal und steckte es sich in die Tasche.

Als Levet die Firmenzentrale betrat, stellte er zu seiner bösen Überraschung fest, dass seine Sachen gepackt waren. Dieser Anblick löste in ihm einen Überlebensinstinkt aus. Er hatte ohnehin nichts mehr zu verlieren, also konnte er auch hoch pokern. Er nahm eine Codein-Tablette und wartete auf Adrien Sterner. Der wirkte noch feindseliger als sonst. Guillaume Levet trat an ihn heran und ergriff zum ersten Mal in seiner Karriere die Initiative:

»Monsieur Sterner«, murmelte er, »heute habe ich nicht den Ordner zusammengestellt, den Sie von mir verlangen.«

»Ach ja?«, spottete Sterner, ohne ihn anzusehen. »Sind Sie mit Gedanken schon woanders? Wenn Sie so was überhaupt haben.«

»Nein, ganz und gar nicht«, antwortete Levet. »Aber ich habe einen Post gefunden und bin begeistert. Wenn Sie nichts dagegen haben, würde ich ihn gern vorlesen.«

Sterner runzelte die Stirn. Er wirkte überrascht, stockte und stimmte zu: eins zu null für Guillaume Levet. Langsam deklamierte Levet Vangels Text. Er gab sich Mühe, dabei die gröbsten Ausdrücke zu betonen: »Sims Visagen«, »Dreck«, »verstrahlt«, »gammelt« … Allmählich sah er, wie sich Sterners Pupillen weiteten und sein Kiefer entspannte. Als er fertig war, stand sein Chef auf und schüttelte ihm die Hand.

»Nun«, rief er aus, »Sie haben wohl einen kleinen Tritt gebraucht, um gute Arbeit zu machen! Können sich bei mir bedanken. Wie sagt Matthäus? Da fing er an, sie zu schelten, damit sie Buße tun.«

Levet schwieg. Der Druck ließ schlagartig nach, und er spürte, wie seine Hand zitterte, vor Aufregung oder Erleichterung. In weniger als zehn Minuten hatte sein verschwitztes Hemd seine Farbe gewechselt. Der Assistent bedankte sich bei Adrien Sterner, verließ den Raum und schloss sich auf der Toilette ein, wo er sich – für seine Kollegen hörbar – übergeben musste.

Adrien Sterner las seinerseits das Gedicht von Vangel, während er Zitronen-Cupcakes genoss. Genau so etwas wollte er entdecken. Ein garantierter Hype. Scharfe Beleidigungen der Antiwelt aus der Gegengesellschaft. Ein Spieler, der sich endlich unverhohlen äußerte. Ein Wagehals, der nicht auf den Mund gefallen war. Ein Hitzkopf, der nicht davor zurückschreckte, Heavens Schöpfung in Frage zu stellen. Kurz gesagt, ein Unerschrockener. Der auch noch Stil hatte, zumindest eine bestimmte Art, seine Leser anzusprechen. Sterner sagte alle seine Vormittagstermine ab. Er berief den stellvertretenden Geschäftsführer der Gegengesellschaft ein und beauftragte ihn damit, 1. Vangels Gedicht im Newsfeed aller französischsprachigen User des sozialen Netzwerks erscheinen zu lassen, 2. alle Zeitungen der Gegengesellschaft aufzufordern, darüber zu berichten, 3. Vangel innerhalb von weniger als vierundzwanzig Stunden zum Star zu machen.

Dann zog er sich in sein Büro zurück, schickte eine Mail an Thierry Saumiat, meditierte lange und schrieb: »Lieber Vangel, …«

## Kapitel 3

Wenn Gott die Welt erschaffen hat, greift er dann auch in den Lauf der Geschichte ein? Oder begnügt er sich damit, den Abenteuern der Menschheit zuzuschauen? Jahrtausendelang hielt diese Frage die Theologie in Atem, auch wegen einer Mehrdeutigkeit des biblischen Texts. Im Buch Genesis heißt es, der Demiurg habe sich, nachdem er die Welt erschaffen habe, eine Ruhezeit gegönnt, als zöge er sich in sich selbst zurück. Damit übergibt er das Amt an Adam, Eva und ihre Nachkommen und überlässt ihnen die Herrschaft über ihr Geschick. Auf der anderen Seite enttäuscht der Mensch seinen Schöpfer immer wieder. Aufgrund seiner Schwäche, oft auch seiner Ungerechtigkeit, genügt er seiner Aufgabe nicht. Seine Maßlosigkeit und sein Stolz bringen die kosmische Ordnung durcheinander und bedrohen sie sogar. Alle großen Zivilisationen tragen nach der Bibel dazu bei, Gottes Werk zu zerstören, sie bringen die moralischen Strukturen durcheinander und brechen sie, sie achten falsche Werte und stören den Frieden der Dinge. Das irdische Leben verwüstet die Welt unentwegt: Unaufhaltsam bildet es Antiwelten. Und Gott, von der Unmenschlichkeit des Menschen enttäuscht, sieht sich gezwungen, seine Zurückhaltung aufzugeben. Widerwillig maßt er sich in der Bibel eine Rolle an, die ihm nicht zustehen sollte, und mischt sich in die Angelegenheiten seiner Schöpfung. Wunder für Wunder bemüht er sich, das Schicksal der Welt aufrechtzuerhalten. Er mischt sich unter die Menschen und versucht, sie gegen ihren Willen zu retten.

Offensichtlich hatte sich Sterner, der mit diesen Kontroversen hervorragend vertraut war, für die Haltung des biblischen Gottes entschieden. 2020 hatte das Heaven-Team geschworen, niemals selbst in das Spiel einzugreifen: Wenn die Antimenschen irgendwie handeln wollten, war das ihre Sache, und niemand, nicht einmal ein Firmenboss, hatte das Recht, ihre Freiheit zu beschneiden. Im Laufe der Wochen und Monate war Sterner zunehmend frustriert, wie wenig Phantasie die Avatare an den Tag legten. Er musste stets gegen die Versuchung ankämpfen, sich in ihre Abenteuer einzumischen. Sein Dilemma verschärfte sich mit der Einführung der Gegengesellschaft: Heaven bot seinen Usern ein hochmodernes soziales Netzwerk mit allen Funktionen und Möglichkeiten an, von denen Geeks nur träumen konnten, doch statt sich diese Plattform nutzbringend anzueignen, suhlten sich die User in Mittelmäßigkeit. Sie stopften die Gegengesellschaft mit kindischen Veröffentlichungen und allerlei Dummheiten voll. Screenshots bis zum Abwinken. Fotos von Avataren. Texte voller Pöbeleien und Rechtschreibfehler. Sterner hatte davon geträumt, Twitter und Facebook zu übertreffen, doch die Antimenschen kamen nicht einmal an ein Gamingforum heran. Den französischen Medien entging das übrigens nicht, und sie bezeichneten die Gegengesellschaft bald als »totalen Flop« und »absoluten Rohrkrepierer«. Es war ein Desaster mit Ansage.

Bereits im November 2021 beschloss Sterner, seinen Nichteinmischungseid zu brechen. Bei einem Treffen erschien er übelst zugekokst und überschritt alle Grenzen der Aggressivität. Er spielte sich auf und bestimmte, angestachelt von seinen Ticks und einem Juckreiz, das Programm der nächsten Wochen mit einer Vehemenz, die seine tyrannischsten Triebe weckte. Als alle saßen, verteilte er einen Zeitungsausschnitt, setzte sein bedrohlichstes Gesicht auf und begann einen denkwürdigen Monolog:

»Haben Sie das gelesen? *Le Monde* schreibt, wir sind tot. Sie geben uns drei Monate, dann sind wir weg vom Fenster. In diesem Meeting werde ich Ihnen nicht einfach beim Eierschaukeln, Gebäckfressen und Kaffeeschlürfen zusehen. Ist Ihnen klar, wie ernst es ist? Wie sehr, sehr ernst? Entweder Sie packen Ihre Sachen, oder wir ziehen uns mal langsam den Finger aus dem Arsch und tun was. Sie haben die Wahl. Wer von Ihnen nur auf eine mickrige Angestelltenrente aus ist, kann nach Hause gehen und Däumchen drehen. Die anderen bleiben hier, und niemand verlässt den Raum, bis wir eine Lösung haben.«

Absolute Stille. Einer nach dem anderen legten die Manager ihr Gebäck zurück und erstarrten. Guillaume Levet sollte die Tür des Meetingraums verriegeln. Mit Grabesmiene durchmaß er den Raum und überreichte die Schlüssel Sterner, der sie, aufgeputscht vom Kokain und der Situation, aus dem Fenster warf. Er warf sie so heftig, dass ein Platschen zu hören war: Sie landeten in der Garonne.

Die Untersuchungshaft trug Früchte. Neun Stunden und einen Schlossereinsatz später bestätigte Sterner einen Notfallplan, um die verlorene Zeit wieder aufzuholen. Auf siebenundsechzig Seiten wurden zwei Maßnahmen zur Rettung der Gegengesellschaft ins Auge gefasst. Um zu einer interessanten Plattform mit einem echten Mehrwert gegenüber den klassischen sozialen Netzwerken zu werden, war es zunächst wichtig, dass ihr Content diverser wurde. Heaven konnte sich nicht mehr mit einzelnen Beiträgen von Usern zufriedengeben. Das Unternehmen sollte sie dazu bewegen, »Gegenmedien« zu gründen, Zeitungen, die über aktuelle Ereignisse in Antiwelt und Gegengesellschaft berichteten. *Society-Today* machte den Anfang. Die Redaktion brillierte in der Kunst, Kontroversen auszulösen. Das Vorgehen war simpel: Immer wieder wurden Anschuldigungen gegen diesen oder jenen berühmten Antimenschen erhoben, um hitzige und damit rufschädigende Debatten zu entfachen. Solche Initiativen sollten das Spiel aufregender machen.

Noch wichtiger war aber, dass die Gegengesellschaft, wenn sie mit den sozialen Netzwerken mithalten wollte, zu einem Ort des künstlerischen Schaffens werden musste. Mit anderen Worten: Der Content musste gierig machen – und niemand konnte den Leuten den Mund so wässrig machen wie ein Künstler. Heaven musste zur Talentschmiede werden, und darum kümmerte sich Sterner höchstselbst. Er verpflichtete sich, eine Stunde seiner täglichen Arbeitszeit dafür aufzuwenden. Das Vorgehen war simpel: Jedes Mal, wenn ein Beitrag seine Aufmerksamkeit erregte (was etwa alle zwei Monate vorkam), bot er dem Spieler eine beträchtliche Summe Cleargold und einen Sichtbarkeitsboost an. Im Gegenzug verlangte er völlige Verschwiegenheit. Und natürlich sollte der glückliche Gewinner sein Œuvre komplettieren.

Im Januar 2022 begann Adrien Sterner somit eine neue Karriere zwischen Verleger und Kunstagent. Jeden Morgen entschied er über den Ruhm der Antimenschen. Diese neue Macht, die zu allem anderen noch hinzukam, berauschte ihn bald. Im März gab er beispielsweise bei Chocapixel, einem Avatar, der mit

Cleargold ein Vermögen gemacht hatte, eine Reihe von Kolumnen über den Alltag eines Milliardärs in der Antiwelt in Auftrag. Der Spieler lieferte und stellte sein offensichtliches Talent unter Beweis. Seine boshaft subtilen Erzählungen zeigten auf, wie frustriert und zugleich oberflächlich die Antikapitalisten waren. Als seine Kolumnen mehr als hundert Millionen Aufrufe erreichten, gab Sterner ohne jeden triftigen Grund den Befehl, Chocapixels Konto unwiderruflich zu löschen. Diese autoritäre Entscheidung sorgte wieder einmal für Unruhe in Heavens Führungsriege. In einer turbulenten Sitzung gingen Saumiat und Olivien, die ihren Überzeugungen treu blieben, das Risiko ein, eine Mindermeinung zu vertreten: Warum sollte man bestimmten Avataren Berühmtheit verschaffen, wenn man sie ihnen später wieder wegnehmen würde? Die Frage war zwar rhetorisch, aber dennoch relevant. Und wie üblich antwortete Sterner darauf mit einem Bibelquiz:

»Wissen Sie, wie Johannes seinen Ersten Brief schließt?«, fragte er seine beiden Manager. »Nun, mit einem ganz seltsam anmutenden Satz, der fast wie eine Drohung klingt: ›Kinder, hütet euch vor den Götzen.‹ Irgendetwas stimmt an diesem Vers nicht: Warum fordert Johannes uns auf, uns vor den Götzen zu ›hüten‹? Warum verlangt er nicht einfach, dass wir sie vernichten? Was sagen Sie dazu?«

Saumiat und Olivien hatten dazu nichts zu sagen.

Sie senkten den Blick und warteten darauf, dass Sterner mit seiner Erklärung fortfuhr:

»Dabei ist es doch ganz einfach: Der heilige Johannes spricht zu Ihnen. Ja, zu Ihnen, Patrick und Thierry, denn Sie sprechen wie Kinder. Und die Götzen, von denen er spricht, das sind die Stars. Sie denken, Ruhm sei Selbstzweck: Wenn Chocapixel hundert Millionen Aufrufe hat, dann müssen wir ihn verhätscheln. Ich denke, das Gegenteil ist richtig. Gerade weil dieser Avatar einen gewissen Bekanntheitsgrad überschritten hat, sollte er aus der Antiwelt entfernt werden. Das ist die Lehre des Johannes: Götzen gibt es zwar, und man muss mit ihnen leben, aber das ist kein Grund, sie anzubeten. Wir müssen sie töten, bevor sie uns töten.«

In Wahrheit hat der heilige Johannes es nicht genau so gesagt, und auch kein anderer Text in der Bibel. Das Neue Testament hat eigentlich nie dazu aufgefordert, mit den Götzen Kompromisse einzugehen. Sterner sah die Dinge jedoch so: Damit die Gegengesellschaft optimal funktionieren konnte, musste es in ihr von kurzlebigen Stars wimmeln, die im richtigen Moment vom Radar verschwanden, sobald sie nämlich überheblich wurden.

»Nichts ist schlimmer als ein narzisstischer Star«, erklärte er und beendete das Meeting. »Hätte Chocapixel die Zeit gehabt, zur Ikone zu werden, hätte er sein Talent letzten Endes verloren. Gewissermaßen war die Löschung in seinem besten Interesse.«

Nach und nach erlag Sterner den Sirenen des Gottkomplexes: Im Jahr 2022 kannte er keine schöneren Freuden, als die Antimenschen wie Marionetten zu manipulieren, einige von ihnen zu boosten, um sie dann wieder zu zertreten, einen Avatar nur deshalb berühmt zu machen, um ihn ein paar Monate später wieder in die Vergessenheit zu schicken. Abgesehen von Chocapixels schnellem Ruhm gab es im Mai und Juni vor allem Vruzas Fortsetzungsroman, die Geschichte einer Einwandererfamilie in Frankreich. Das Besondere an seiner Erzählung war, dass man bei der Erwähnung dieser oder jener Stadt nie wusste, ob er sich auf die Antiwelt oder das reale Frankreich bezog. Entweder ließ sich der Autor davon inspirieren, dass er sein Anti-Ich an Orten spazieren führte, die er nicht kannte, oder er schilderte einen Zustand, den er selbst erlebt hatte: Alle Interpretationen waren schlüssig, und wahrscheinlich verhalf gerade diese Ambivalenz Vruza zu seinem durchschlagenden Erfolg, bis auch er eines Tages kaltgemacht wurde, in dem Moment, als er die letzte Seite seines Romans in der Gegengesellschaft veröffentlichte.

So konnten einige Avatare allein durch Sterners Willen zu Stars werden. Doch während in der realen Gesellschaft, dem Frankreich der 2020er Jahre, mehr oder weniger zufällig ausgewählte Personen wie Reality-TV-Stars oder Influencer den Status von Berühmtheiten erhielten, verdankten die legendären

Spieler der Antiwelt ihren Ruhm echter Arbeit. Sie würden in gewisser Weise ein ähnliches Schicksal erleiden wie Banksy. Wie der berühmte Street Artist wären sie weltberühmt, aber anonym. Auch sie hätten ein Pseudonym, das ihre Identitäten überlagerte. Banksy verkörperte das Vorbild, das Modell schlechthin: Es ging darum, sich zu verstecken, Kunst zu verbreiten, als Dichter in der Antiwelt zu leben. Dort war das Ideal, sich mit einer okkulten Legende zu umhüllen, sich in eine vertrauliche Berühmtheit zu verwandeln, in einen Stern der Schatten.

*Das Kind greift nach dem Faden, nie fliegt der Herzballon,*
*Im Raum hängt ohne Schwere der Liebe Trugmoment,*
*An Wänden schrille Sprüche, ein Affenparlament:*
*Oh, deine Fresken rühren an Mauern aus Beton!*

*Ich glaube, die Schablonen verfolgen nur den Zweck,*
*Uns Türen vorzustellen, die bieten keinen Weg.*
*Verloren steht dein Schaffen in Weltenlauf und Zeit.*
*Erstarrt, gleich einem Träumer, der keine Tränen zeigt.*

*Da du nun alles schwarz siehst, was denken deine Farben?*
*Wozu willst du sie schmücken, die Wälle des Systems?*
*Dein Werk macht uns verborgen, was es zu zeigen gab,*
*Es bietet fremdes Leben und wird es niemals sehen.*

*Doch kämpfst du weiter, Banksy, in deinem Werk*
*verschwunden.*
*Total ist dein Museum, wir danken unumwunden,*
*Du schwenkst vor uns den Spiegel, ein Fenster trüben*
*Blicks:*
*Die Gegenwart des Schauens vertagt des Bildschirms Sieg.*

Banksy

## Kapitel 4

*Hinweis: Dieser Artikel ist lückenhaft und wird noch bearbeitet.* Vangel ist das Pseudonym eines Dichters mit unbekannter Identität. Der frankophone Autor sorgte mit seinem Gedicht ›Playmobil!‹ für Aufsehen. Er hatte es in der Gegengesellschaft veröffentlicht, einem von Adrien Sterner gegründeten Social-Media-Netzwerk. Das Werk ist eine Satire auf die Antiwelt und die Digitalisierung der sozialen Beziehungen. Der verborgene Sinn dieses Gedichts ist nach wie vor Gegenstand zahlreicher Spekulationen.

Hier endete der Wikipedia-Artikel zu Vangel. Es gab auch nichts zu ergänzen, denn es lagen keine weiteren Informationen vor. Julien stand nun in der Verantwortung, neues Material zu liefern. Er musste sich so schnell wie möglich an die Arbeit machen und auf die Ratschläge hören, die ihm Sterner in einer zweiten, wesentlich längeren Nachricht gegeben hatte: »Wenn Sie ein Star sind«, empfahl der Chef von Heaven, »verschanzen Sie sich. In der Antiwelt können Sie nicht mehr aus dem Haus gehen, ohne dass Sie von Antimenschen festgehalten, fotografiert, interviewt werden … Wenn Sie der Versuchung nachgeben, Ihren Fans eine Freude zu machen, ist Ihre Aura in zwei Wochen weg, und alle werden Sie vergessen. Lassen Sie sich mit Ihrem Vermögen an einem abgelegenen Ort nieder, aber im Herzen von New York: So sind Sie im Auge des Sturms. Vermeiden Sie öffentliche Auftritte oder Gespräche mit Freunden. Verlassen Sie das Haus nur im Notfall und immer heimlich. Veröffentlichen Sie auch nicht zu viele Gedichte auf einmal. Nehmen Sie sich auf jeden Fall heraus, einen oder zwei Monate lang zu schweigen, wenn Sie es für notwendig halten.«

Im »Auge des Sturms« leben. In New York gab es nur einen passenden Ort dafür: die oberste Etage des Mandarin Oriental, in die sich Vangel immer mehr verliebte. Er beschloss, drei Präsidentensuiten so umzubauen, dass sie miteinander verbunden waren und sich seine Bodyguards in angrenzenden Zimmern aufhalten konnten. Fast einen Monat lang trat er nicht aus seinem goldenen Käfig. Jeden Abend loggte sich Julien um zweiundzwanzig Uhr ein: Vangel wagte sich nicht nach draußen, sondern betrachtete nur das Panorama oder las Berichte in den Gegenmedien über sich.

In der restlichen Zeit schrieb Julien Verse. Er setzte sich an seinen Tisch vor ein weißes A4-Blatt und nahm einen Tintenroller zur Hand. Erst wusste er nicht, worum es in seinem Gedicht gehen sollte. Er hatte nur die vage Vorstellung eines Themas, bei dem er anfangen wollte, ein wohlklingendes Wort, ein Bild, das er mochte. Er nahm die Stille des Raumes in sich auf und ließ die Worte so zwanglos über das Papier fließen, dass sie sich in die blaue Tinte vertieften. Langsam entstand ein erster Vers, der den Ton angab. Eine Musikalität entstand, eine notenlose Melodie, die in seinem Kopf schwang. Ohne dass er es merkte, wiegte er sich in diesem Takt, unterwarf seine Gedanken diesem Denkrhythmus, und so kamen ihm die Satzstücke wie von selbst: Er hatte das Gefühl, sie aus der Luft zu ziehen, sie aus der Ruhe zu bergen. Als sich die Worte auf das Papier legten, brachten sie ein Netz aus diffusen Metaphern hervor. Anfangs waren die Bilder fadenscheinig, dann ordneten sie sich, wurden umso klarer, je mehr sie ineinander übergingen. Er spürte, dass er sich, während er sie niederschrieb, auch von einer gewissen Verwirrung befreite, dass er sich mit ihnen erleichterte, während er sie zähmte.

Das Verfassen eines Gedichts konnte zwanzig Minuten, eine Stunde oder manchmal auch einen ganzen Tag dauern. Er hatte in dem Moment kein Zeitgefühl. Nur das Blatt Papier zeigte das Verstreichen der Stunden an, indem es sich so phlegmatisch wie eine Sanduhr füllte. Das Verhältnis von Blau und Weiß kehrte sich allmählich um. Der Blauanteil wurde substanziell und streute hier und da seine Wortmetastasen in Form von Pfeilen, Streichungen und Fußnoten. Die Metaphern zerstieben in alle Richtungen, und das besiegte Weiß schrumpfte, nahm bald nur noch die Zwischenräume oder Ränder ein. Wenn er keinen Platz mehr zum Schreiben hatte, stand Julien auf, lief in seiner Wohnung umher und las seinen Entwurf laut vor. Mit sich selbst zu sprechen schuf Klarheit. Sobald er das Gedicht vorgetragen hatte, erkannte er ohne den geringsten Zweifel alle Geistesblitze und Holpersteine. Dann übertrug er seine Verse auf ein zweites Blatt. Das Ziel bestand nun darin, es zu vereinfachen, so weit wie möglich zu beschneiden und alle schwer verständlichen Ausdrücke zu entfernen. Wenn er meinte, seinen Text poliert zu haben, schaltete er den Computer ein. Dann übernahm Vangel: Das Werk wurde seines.

Den ganzen September schlug er in die »Playmobil!«-Kerbe. Von Gedicht zu Gedicht wechselte er zwischen Moralismus und Häme. In »Hashtags« zum Beispiel war das Motiv der Knechtschaft sehr präsent. Vangel kokettierte mit einer fast verschwörungstheoretischen Welt, indem er immer wieder auf »finstre, dunkle Mächte« oder »tyrannische soziale Netze« anspielte. Manchmal rief er sogar direkt zum Hass auf (»Und hasst das Universum«). Diese unvermittelte Gewalt, im Zusammenspiel mit einer Ästhetik der virtuellen »Güllefluten« und der »brüllenden Egos« verlieh seinem Stil etwas Pamphlethaftes. Manchmal hingegen nahmen sich seine Verse murmelnd aus, verzweifelt klagend, wie am Ende von »Scrolling«, als der Dichter die Vergeblichkeit beschwor (»Beachtung zu erhaschen, versuchen wir vergebens«). Julien schwankte hier auch zwischen einem Ich und einem Wir, was ihn in verschiedene Richtungen führte: ins Intime, in die Entfremdung einer automatisierten Gesellschaft, das lebhafte Adressieren seiner Leserschaft. Trotz dieser Variationen blieb die Herausforderung dieselbe. Es war eine Menschheit zu schildern, an der nichts mehr menschlich war.

Meist eröffnete Julien seine Gedichte mit konkreten Erfahrungen: auf Facebook scrollen, Follower auf Twitter haben, Hashtags einführen. Wie zusammenfließende Flüsse führten diese Gemälde in dieselbe Finsternis. Immer schon wurden soziale Netzwerke als Leidensfabriken, Verdummungsmaschinen, Geistesverschmutzung beschrieben. In einem unveröffentlichten, das heißt nicht in der Gegengesellschaft verbreiteten Text machte sich Julien über Erwachsene lustig, die wie Teenager mit Emojis kommunizierten. In ungefährer Metrik begann er mit dieser Strophe:

*Ihr seid die neuen Zombies, das Lächeln liebt ihr sehr,*
*Begeistert von Symbolen, die jedes Sinns entbehren,*
*Den ganzen Tag verbringt ihr mit Zwinkern, Augenrollen,*
*Bis ihr vergesst die Worte, die ihr ersetzen wollt,*

*Die hinterhält'gen Fressen, sie werden euer Spiegel.*
*Wie Hunde ihrem Herren, so gleichet ihr bald ihnen,*
*So dämlich wie Emojis sind eure Grinsemienen.*

Damals ließ Julien den freien Vers hinter sich und versuchte sich im Alexandriner. Nicht dass er eine besondere Vorliebe für diese klassische Form gehabt hätte, aber um sich frei zu fühlen, zu schreiben, was er wollte, hatte er das Bedürfnis, einem Zwang zu gehorchen, egal welchem, solange er nur eine Einschränkung verspürte. Bald wurde dieses Geländer zu seiner besten Stütze: eine bestimmte Zahl Hebungen, und eine Zäsur, vor der er sich eine zusätzliche Silbe erlaubte. Solange er einigermaßen mit sechs Hebungen zurechtkam und nicht mehr hinzuschrieb, war er sich seiner Verse sicher. Wenn er hingegen einen Formbruch beging, wurde das Werk für ihn wieder zu einer Sammlung chaotischer Zeilen. In der Sache selbst war er jedoch nicht verlegen. Gewiss hatte er eine Ahnung davon, dass es weitaus talentiertere Künstler gab, die seit Urzeiten bereits Gedichte verfassten. Und wahrscheinlich griff er in seinen Metaphern auch unbewusst Bilder von Schriftstellern auf, die er nie gelesen hatte ... Vielleicht plapperte er infolge eines uneingestandenen Psittazismus die abgedroschensten Gemeinplätze der »Literatur« nach. Aber ehrlich gesagt war ihm das egal. Originell oder nicht, Scharlatan oder Genie, er wollte seinen Wert nicht wissen. Wichtig war allein, wie er sich vor den leeren Seiten befreite. Außerdem gab es dort, wo er war, in Rungis, keinen Platz für die Poesie der Bücher. Die Poesie schwebte um ihn herum, in seinem Smartphone oder hinter dem Fenster, auf den Straßen und in den sozialen Netzwerken. Eine Poesie aus Beton und Pixeln, leeren Bäckereien und reichlich Likes. Eine Poesie, die aus der gewaltsamen und erstickten Begegnung zwischen Bildschirmen, die die Welt enthielten, und dem absoluten Grau einer fußgängerfreien Stadt entstand. Eine Poesie, in der die Worte aufeinanderprallten, um wahrhaftig von künstlichen Beziehungen zu erzählen.

Manchmal wollte sich Julien über seinen neuen Beruf informieren und gab bei Google »zeitgenössische französische Poesie« ein. Er stieß auf Artikel, die immer wieder das Gleiche sagten. Gewiss, so hieß es, sei das Erbe der französischen Literatur untrennbar mit poetischen Genies verbunden: Ronsard, Hugo, Baudelaire, Aragon oder Genet. Diese Autoren waren zugegebenermaßen weltberühmt. Zweifellos gab es noch bedeutendere Dichter. Ihre Vorliebe für die Poesie stellten die Franzosen definitiv in den sozialen Netzwerken unter Beweis. Doch die Zahlen sprachen für sich: Zeitgenössische Gedichtbände machten etwa 0,2 Prozent der jährlich verkauften Bücher aus. Noch seltsamer war es, dass diese poetische Atemnot statistisch gesehen ein typisch französisches Problem war. In anderen Ländern wie Spanien, Japan, den USA, der muslimischen Welt und Israel wurde das poetische Ideal weiter hochgehalten. Nur Frankreich hatte gleichzeitig die Apotheose und den Schlummer der Dichtkunst erlebt. Ausnahmen gab es gewiss, lebende und berühmte Dichter, deren Werke in andere Sprachen übersetzt wurden, aber diese Einzelfälle bestätigten nur die allgemeine Dynamik. Ob man es nun akzeptierte oder nicht, ob man es für unvermeidlich oder bedauerlich hielt, es war offensichtlich: Die Poesie als Kunst und Lebensstil war nicht mehr mehrheitsfähig. Bei der Lektüre dieser Artikel fühlte sich Julien immer ein wenig unwohl. Eine ganz einfache Frage schwirrte in seinem Kopf herum. Und es machte ihn fertig, dass er keine Antwort wusste. Warum er? Oder besser: Warum Vangel?

Gegen Ende September schrieb Julien an einem Tag mehr als üblich. Da draußen bereits einige Bäume ihre Blätter verloren hatten, brachen die letzten Zuckungen des Sommers über Rungis herein. Gegen fünf ging er hinaus, um in der Kneipe an der Place du Général de Gaulle einen Kaffee zu trinken. Die Sonne blendete fast, sie funkelte auf der ganzen Terrasse. Kinder kamen in kleinen Gruppen von der Schule und spielten auf den Zebrastreifen Himmel und Hölle. Am Nebentisch saß eine Gruppe von Rentnern beim Aperitif; bei Pastis und einem Schälchen Oliven erzählten sie sich Schwänke aus ihrem Leben, rissen anzügliche

Witze und sprachen über den baldigen Regen und das Ende des schönen Wetters. Unter ihnen war eine alte Frau, die Julien nicht aus den Augen ließ. Warum starrte sie ihn so an? Kannte er sie? War sie eine Lehrerin am Konservatorium, die Mutter eines seiner Schüler oder eine Nachbarin aus seinem Haus? Nein, ihr Gesicht kam ihm nicht bekannt vor. Was dann? Hatte er etwas im Gesicht? Einen Popel? War sein Schnurrbart schlecht getrimmt? Hatte er Grünzeug zwischen den Zähnen? Julien machte ein Selfie und zoomte darauf herum. Nichts Ungewöhnliches. Es gab keine Erklärung. Die Frau musterte ihn, Punkt aus.

Was, wenn sie in seinen Zügen Vangels Gesicht entdeckte? Julien dachte oft daran, wenn er aus dem Haus ging: Statistisch gesehen kannte fast jeder dritte Franzose seine Gedichte. Selbst auf diesem Platz musste es Menschen geben, die ihn anbeteten, ohne es zu wissen. Wenn er jetzt von seinem Stuhl aufspränge und lauthals seine wahre Identität enthüllte, wie würden diese Leute reagieren? Er müsste nur seinen echten Namen rufen. Eines seiner Gedichte rezitieren. Das Gerücht würde kursieren. Die Nachricht, dass Vangel in Wahrheit Julien Libérat war, würde sich in den sozialen Netzwerken verbreiten.

Andererseits: Wollte er das? Gainsbourg hatte recht: Masken hatten etwas Gutes. Wenn er nun das Ende dieser Anonymität einläuten würde, dann würde die Antiwelt seinen Account im Übrigen unwiderruflich löschen, so stand es schwarz auf weiß in den Geschäftsbedingungen: Er würde seine monatlichen Einkünfte und seine Investitionen verlieren. Warum den sicherlich frustrierenden Bann einer Berühmtheit brechen, die er ohnehin nicht genoss?

Nach zwanzig Minuten unterbrach die alte Dame am Nebentisch seine Gedanken.

»Monsieur«, sagte sie, »Sie haben Ihre Kreditkarte fallen lassen.«

Falscher Alarm. Er bedankte sich bei ihr und bezahlte die Rechnung. So absurd war es: Bei Millionen war er bekannt, aber niemand erkannte ihn.

Zu Hause loggte sich Julien in die Antiwelt ein. Umgeben von seinen Bodyguards rauchte Vangel auf der Dachterrasse seiner Suite eine Zigarre. Draußen tobte das Leben. Die aufragenden Gebäude reichten bis zum Horizont. Gelb-schwarz getigerte Taxis strömten durch die Straßen. Unten vor dem Eingang des Hotels bildete sich ein Avatar-Auflauf: Vangels Fans.

Seit einem Monat lauerten seine Jünger darauf, einen flüchtigen Blick auf ihn zu werfen: durch das Fenster seines Zimmers, auf seinem Rooftop, hinter einem Vorhang ... Jedes Mal, wenn sie Umrisse ihres Idols erspähten, machten sie sofort eine Salve von Screenshots, die im Internet veröffentlicht wurden und die Boulevardpresse erfreuten. Seit dem Tod von Michael Jackson oder Johnny Hallyday war in der westlichen

Welt kein Künstler so sehr verehrt worden. Julien war Adrien Sterners Anweisungen treu geblieben und hatte sich stets geweigert, das Spiel mitzuspielen. Doch als er an jenem Abend die Menschenmenge betrachtete, beschloss er, seinem mönchischen Einsiedlertum ein Ende zu bereiten. Am darauffolgenden Freitag würde er einer Einladung der Columbia University folgen, die in seiner Anwesenheit ein Symposium zu seinem Werk abhalten wollte. Vangel war ein Gott, es gab keinen Grund, warum er noch eine Woche länger im Schatten bleiben sollte.

## Kapitel 5

»Ladies and Gentlemen, wir haben die große Ehre, heute an der Columbia University einen hohen Gast begrüßen zu dürfen. Sie kennen ihn alle, Sie konnten seine Gedichte in ihrer jüngsten amerikanischen Übersetzung lesen. Sie wissen schon, worauf es hinausläuft: Ich bitte um einen kräftigen Applaus für Vangel!«

Google Translate hatte sich seit Juliens Schulzeit stark weiterentwickelt. Damals war das Programm noch nicht menschlicher Sprache fähig, sondern gab nur Robosprech von sich. Es konnte keine zusammenhängenden Sätze bilden, sondern entschlüsselte bloß einzelne Begriffe (»I love you« wurde zu »Ich liebe du«), was oft dazu führte, dass sie unverständlich nebeneinanderstanden. Mittlerweile gab es enorme Fortschritte: Die Maschine beherrschte die englische Sprache. Und sie war perfekt zweisprachig, reproduzierte syntaktische Strukturen, feste Wendungen und unübersetzbare Wortspiele in einem absolut flüssigen Französisch. Man musste sich fragen, warum Schüler im Jahr 2022 immer noch Fremdsprachen lernten.

Vangel trat auf die Bühne. Der Hörsaal wimmelte von Antimenschen. Blitzlichter fielen über ihn her, die Zuschauer jubelten, und die Sitzreihen wackelten. Als Vangel das Podium betrat, hob er in einer Hommage an Gainsbourg die Faust. Es war sein erster öffentlicher Auftritt, und er bereute wirklich nicht, dass er sich entgegen Sterners Rat ein paar Freiheiten erlaubte.

Das Symposium wurde von zwei Professoren moderiert, Chicaneur und Redleft, die abwechselnd mit dem Ehrengast sprachen. Chicaneur ergriff als Erster das Wort. Er war ein französischer Anti-Intellektueller, der in der Antiwelt mehrere kulturelle Ämter einnahm: Er rühmte sich nicht nur seiner Eigenschaft als Übersetzer des Dichters Vangel und als Professor für vergleichende Literaturwissenschaft an der Anti-Sorbonne, sondern war auch Gegenjournalist bei *Gegenkultur*. Er hatte am 17. August einen ausufernden Artikel über die lexikologische Analyse des Begriffs »Pisch« verfasst, in dem er behauptete, Vangel habe »Playmobil!« mit Verweisen auf Homer versehen. Chicaneur verstand sich als Strukturalist: Seiner Meinung nach war ein Text ein Netz von Bedeutungen, das unabhängig von der Autorenbiographie im hypertextuellen Gefüge mit anderen literarischen Texten zu entschlüsseln und daher mit belesenen Analysen zu überfrachten sei.

Chicaneur ging gleich zu Beginn ans Eingemachte,

indem er, wie er es nannte, eine »einleitende Frage« stellte, die dazu dienen sollte, »den Mund wässrig zu machen, bevor wir zu spezielleren Themen übergehen«:

»Ihr erstes Gedicht ›Playmobil!‹ endet mit einer Strophe, die bei Ihren Exegeten für viel Gesprächsstoff gesorgt hat. Ich selbst habe drei Kolloquien veranstaltet, um die Bedeutung des Begriffs ›Pisch‹ zu erhellen, und nach reiflicher Überlegung möchte ich Ihnen die Hypothese mitteilen, die sich mir als besonders wahrscheinlich darstellt.«

»Aber gerne doch!«, biederte sich Vangel an.

»Es scheint mir offensichtlich, dass Sie als der gelehrte Mann, der Sie zweifellos sind, auf das Adjektiv ›episch‹ verweisen, das nicht nur eine Gattungsbezeichnung in sich trägt, sondern insbesondere auf das Werk Ihres griechischen Vorvaters Homer verweist. Daraus folgere ich, dass Sie Ihre eigene Lyrik unter die Ägide eines übernatürlichen Odems stellen. Die brennende Frage, die ich Ihnen stellen muss, ist die folgende: Warum haben Sie das ›E‹ gestrichen?«

So viel zum Thema »einleitende Frage«. Julien hatte noch nie auch nur ein Wort von Homer gelesen. Er konnte sich auch nicht daran erinnern, das Adjektiv »episch« schon einmal in seinem Leben aktiv verwendet zu haben. Was sollte er auf diesen Sprachdurchfall antworten? Da war die Wikipedia-Lösung: schnell den Artikel »Homer« oder »Epos« aufrufen und ein paar schlüssige Sätze zurechtschustern … Aber selbst wenn Julien die Texte nur überflog, es würde zu lange dauern. Da hielt er es lieber mit Gainsbourgs improvisiertem Schwadronieren.

»Aus einem ganz einfachen Grund, mein Lieber. Der Buchstabe ›E‹ ist in unserer Sprache der häufigste. Und mir behagt es nicht, diese Dominanz zu verstärken.«

»Wie konnte ich etwas so Offensichtliches übersehen?«, antwortete Chicaneur erregt. »Herrschaftskritik, das ist es! Der homerische Narrator erzählt die Abenteuer des Odysseus mit einer Fokalisierung auf seinen männlichen Protagonisten, ein Symbol des Patriarchats. Seine Heldentaten stehen nur mit der göttlichen Vorsehung im Widerstreit. Indem Sie das ›E‹ aus dem ›Epischen‹ entfernen, erschaffen Sie gleichsam ein nichtepisches Epos, eine Lyrik ohne Götter.«

»Es geht sogar noch eine Stufe tiefer«, erwiderte Julien, den es beflügelte, wie ernst seine Dummheiten genommen wurden. »Wenn Sie einmal genau hinschauen, entdecken Sie mit dem ›Pi‹ in ›Pisch‹ auch eine mathematische Dimension. Hier greift also alles ineinander.«

Auf diese Vernünftelei fuhr Chicaneur richtig ab: Er habe gerade einen geistigen Orgasmus. Während er sich anschickte, zu den »spezielleren Themen« überzugehen, beschloss Julien, Vangel jede weitere Frage mit Ja beantworten zu lassen. Das war immer noch das Beste, was man angesichts eines derart entgleisten Anti-Intellektuellen tun konnte.

»In Ihren Gedichten verwenden Sie häufig das Wortfeld des Lichtes. Würden Sie zustimmen, dass Ihre Ästhetik eine apophantische Funktion erfüllt, und zwar im Sinne von Heideggers Kommentar des aristotelischen Logos?«

»Definitiv. Seit meinem ersten Gedicht gehe ich mit diesem Gedanken schwanger, aber vor Ihnen ist noch niemand auf diese Heidegger'sche Anspielung aufmerksam geworden. Ich beglückwünsche Sie zu Ihrem Adlerauge!«

»Hatte ich recht mit meiner Behauptung, dass das Wort ›Mudik‹ in ›Playmobil!‹ in die Domäne der von Saussure theoretisierten ›Arbitrarität des Zeichens‹ fällt?«

»Natürlich.«

»Bei der wiederholten Lektüre Ihrer Gedichte ist mir aufgefallen, dass Ihre Interpunktion von einer ausgenommenen Komplexität ist. Sie schwanken zudem zwischen einer Mallarmé'schen Metrik und dem lateinischen Ideal der vollendeten Harmonie, dem jambischen Hexameter. Was sagen Sie dazu?«

»Ich denke, Ihrer Analyse ist nichts hinzuzufügen. Sie sind bei weitem der beste Experte für meine Dichtkunst.«

Vangel hatte das erste Drittel seines Verhörs erfolgreich absolviert. Nichts war leichter, als einen Geisteswissenschaftler hinters Licht zu führen: Man musste sich lediglich selbst ernst nehmen und im Gegenzug mit Komplimenten um sich werfen. Das Lob hatte auf Chicaneur die gleiche Wirkung wie Süßigkeiten auf kleine Kinder. Mit der Kür zum »besten Experten« für Vangels Werk war der Strukturalist überglücklich. Bevor er sein Mikrophon abgab, rief er aus, dass Vangel »der beste Schriftsteller des 21. Jahrhunderts« sei. Ein Austausch gegenseitiger Gefälligkeiten vor Publikum.

Nun kam der Bad Cop an die Reihe. Redleft lehrte an einer Antiuniversität im Bundesstaat Washington. Wie sein Name schon sagte, war er ein roter Linker.

»Kennen Sie Sainte-Beuve?«, fragte er zum Einstieg. »Das war ein französischer Kritiker des 19. Jahrhunderts. Seine Methode beruhte auf dem Grundsatz, dass man den Menschen nie vom Künstler trennen dürfe. Um ein literarisches Werk zu verstehen, sei es wichtig, sich mit dem Privatleben des Autors zu beschäftigen. Nach Sainte-Beuve gibt es drei Fragen, die das Leben eines Menschen begreiflich machen: Wie steht er zur Liebe? Was macht er mit seinem Geld? Wo steht er politisch?«

»Was hat das mit mir zu tun«, unterbrach ihn Vangel, »oder mit dem Thema unseres Symposiums?«

»Das ist doch offensichtlich. Ich werde Sie im Stile von Sainte-Beuve befragen.«

Dieser Typ ist völlig durchgeknallt, dachte Julien: Was sollte er schon zu Vangels Biographie zu sagen haben? Er hatte keine Zeit, sich diese Frage zu stellen, denn Redleft kam gleich zur Sache:

»Beginnen wir also mit dem Gefühlsleben. Ich habe mich über Sie informiert. Und ich habe herausgefunden, dass Sie einen Flirt mit einer New-York-Urlauberin hatten. Man kann wohl mit Fug und Recht behaupten, dass diese Liebelei nicht gerade harmonisch endete …«

»Ich weiß wirklich nicht, worauf Sie hinauswollen«, entgegnete Vangel.

»Ach so? Und wenn ich Ihnen den Namen Goldenheart ins Gedächtnis rufe? Und wenn ich unserem Publikum erzähle, dass Sie, Vangel, diese Frau im New Yorker Zoo ermordet haben? Und wenn ich unsere Zuhörerschaft darüber in Kenntnis setze, dass sich hinter dem angeblichen ›Dichter‹ ein Verbrecher verbirgt?«

Eine Welle der Empörung machte sich in den Sitzreihen breit. Etwa dreißig Antimenschen verließen sofort den Hörsaal. Die anderen regten sich nicht. Verblüfft von dieser Wendung schienen sie auf Vangels Reaktion zu warten.

»Ich bitte Sie!«, sagte der nach einer Minute Bedenkzeit. »Ich habe niemanden getötet. Sie wissen es selbst: Goldenheart gibt es nicht.«

Julien erinnerte sich an die allgemeinen Geschäftsbedingungen der Antiwelt: »Ihre Antimenschen existieren. Wir bitten Sie, sie ernst zu nehmen.« Es war besser, nicht mit dem Feuer zu spielen und eine andere Verteidigungsstrategie zu finden.

»Ja«, rechtfertigte er sich, »ich habe in der Tat einen Mord begangen. Aber wie Sie wissen, hatte ich keine andere Wahl, ich musste so handeln.«

»Dieses Argument«, erwiderte Redleft, »ist dasselbe, das die Nazis benutzt haben, um ihre Verbrechen bei den Nürnberger Prozessen herunterzuspielen: Sind Sie ein Rassist, Monsieur Vangel?«

Julien konnte sich das Lachen nicht verkneifen. Das Symposium wurde haarsträubend. Im Übrigen war Redlefts Frage nicht einmal sinnvoll: In der Antiwelt hießen »Rassisten« »Antirassisten«, so wie aus »Menschen« »Antimenschen« wurden. Daraus folgte im Umkehrschluss, dass »Antirassisten« dort »Antiantirassisten« waren, also »Rassisten«. Die Antiwelt vertauschte die Vorzeichen von Gut und Böse: Anstatt auf Redlefts Vorwurf zu reagieren, teilte Vangel der Öffentlichkeit diese Überlegung mit.

»Was?«, entrüstete sich sein Gesprächspartner sogleich. »Setzen Sie gerade etwa Rassismus mit Antirassismus gleich? Wissen Sie, wie schwerwiegend diese Entgleisung ist?«

Diese Frage löste eine Bewegung in der Masse aus. Wie ein Mann sprangen die Zuschauer von den Sitzreihen auf die Bühne. Einige erreichten Vangel und wollten schon auf ihn einschlagen. Glücklicherweise wurde er von seinen siebenundzwanzig Bodyguards umringt. KillerNumberOne hatte keine andere Wahl, als das Feuer zu eröffnen, um seinen Chef vor der Lynchjustiz zu bewahren. Mit einem Sturmgewehr feuerte er in die Menge. In der Zwischenzeit gelang es SuperBond008 und seinen Kollegen, Vangel zu einem gepanzerten Wagen zu schleusen, der ihn mit Höchstgeschwindigkeit in seine Suite im Mandarin Oriental zurückbrachte. KillerNumberOne blieb allein im Hörsaal der Columbia University zurück. Die Polizei neutralisierte ihn schließlich: Er hatte achtzehn Antimenschen getötet. Nie zuvor in der Geschichte der Weltliteratur hatte ein Dichter eine derart wuchtige Wirkung auf seine Leserschaft gehabt.

## Kapitel 6

Lieber Vangel,
ich hatte Ihnen doch gesagt, dass jeder öffentliche Auftritt in einem Blutbad enden würde. Sie haben eigensinnig gehandelt: Jetzt haben Sie den Schlamassel ... Glücklicherweise kann ich Ihnen helfen!
Wenn Sie Ihren Fehler treffsicher korrigieren wollen (das muss man hier so sagen), folgen Sie meinen Anweisungen genau und weichen Sie nicht ab. Erstens: Reagieren Sie nicht öffentlich. Bloß keine Pressemitteilung, so ziehen Sie nur noch mehr Aufmerksamkeit auf Redlefts Anschuldigungen. Zweitens gibt es einen Weg, die Situation zu retten: Pluto, der Diktator der Anti-USA, möchte Sie im Weißen Haus empfangen. Wie Sie wissen, wird seine rechtsextreme Politik zunehmend unpopulär. Also habe ich mir für Sie eine besondere Mission ausgedacht, die ich *Saving Private Vangel* nenne (verstehen Sie die Anspielung?). Ich gebe Ihnen den Befehl, Pluto zu töten und anschließend nach Frankreich zurückzukehren. Sie haben einen Freibrief. Good luck!
Adrien Sterner.

Wie sein Name schon andeutete, war Pluto ein Bewunderer von Donald Trump. Aus Wut über die Niederlage des 45. Präsidenten der Vereinigten Staaten gegen Joe Biden hatte dieser Spieler am 6. Januar 2021 in der Antiwelt geputscht und seinen Avatar zum Sturm auf das virtuelle Kapitol geschickt. Seitdem standen die Anti-USA unter seiner Fuchtel. Plutos politisches Programm war nicht sehr originell: Er orientierte sich an Trumps Entgleisungen. An einem Tag erklärte er Mexiko den Krieg. Am nächsten Tag warf er eine Atombombe auf ein paar »shithole countries«: Haiti und El Salvador. Am übernächsten Tag ließ er die Nationalgarde einen Senator nach dem anderen abschießen, die sich weigerten, ihm die Treue zu schwören – und so ging es weiter mit dem Bürgerkriegsklima. Seit seiner Machtübernahme verging in der Antiwelt keine Woche, in der das Weiße Haus kein Massaker verübte.

Ursprünglich war Plutos Putsch eine gute Nachricht für Heaven gewesen, da er all den Medien, die in der realen Gesellschaft die Gefahr einer Rückkehr des Trumpismus heraufbeschworen hatten, neue Nahrung gab. Für die *New York Times, CNN* oder die *Huffington Post* war die Existenz eines »zweiten Donald« in der Antiwelt ein Segen. Es bedurfte keiner großen Phantasie, um Donald Trump ins Lächerliche zu ziehen: Pluto, seine lebendige Karikatur, übernahm diese Aufgabe selbst. Außerdem konnten Politikwissenschaftler anhand der maßlosen Gewalt dieses Avatars nachweisen, dass der Trumpismus nicht nur populistische Affekte, sondern vor allem genuin kriminelle und faschistische Impulse ausbildete: den Wunsch nämlich, alle Bevölkerungsgruppen, die als unvereinbar mit dem Traum des *Great America* galten, auszulöschen. Daher berichteten viele Redaktionen über Sterners Videospielnachrichten im Politikteil ihrer Zeitung und nicht auf den Seiten für Digitales und Gaming. Dieser Statuswandel erlaubte es Heaven, eine neue Zielgruppe anzusprechen: Mehr als zehn Millionen amerikanische User meldeten sich auf der Antiwelt an, einfach nur, um Widerstand gegen The Donald zu leisten, der hier durch The Pluto verkörpert wurde.

Doch Plutos blutige Politik des massenhaften Mordes an Avataren brachte Heaven auch um viele potenzielle Kunden. Die Geschäftsbedingungen der Antiwelt besagten eindeutig: »Wenn Ihr Anti-Ich stirbt, ist sein Tod endgültig. Ihre IP-Adresse ist dann gesperrt.« Zwar hatten nur 13 Prozent der Avatare Mission 2 gespielt und waren sterblich, aber das entsprach fast 140 Millionen Spielern. Und Pluto allein brachte jede Woche fast siebzigtausend Antimenschen um. Dieses Tempo war nicht akzeptabel: Adrien Sterner würde auf diese Weise noch den gesamten US-Markt verlieren. Der Höhepunkt wurde am 4. August 2022 erreicht, einem Abend, als Donald Trump die woken Hollywood-Schauspieler verunglimpfte. Pluto ließ sich von dieser Aussage inspirieren und wollte seinem Vorbild nacheifern, also bombardierte er Los Angeles mit Napalm. Die Bilanz: Acht Millionen User gingen in einer einzigen Nacht in Rauch auf. Diesem finanziellen Blutbad musste ein Ende gesetzt werden. Von diesem Tag an suchte Sterner aktiv nach einem Weg, die Antiwelt von diesem durchgeknallten Despoten zu befreien. Da die New Yorker Linke seinen kleinen Schützling Vangel nun schmähte und Pluto ihn ins Oval Office einbestellte, um ihn zu seinem Verhasstsein bei den Demokraten zu beglückwünschen, wollte der Videospieldesigner die Gelegenheit beim Schopf packen.

Das Weiße Haus ... Er, der kleine Pianist aus Rungis, sollte vom Präsidenten der größten Weltmacht empfangen werden. Und er würde ihn erschießen. Julien konnte es noch immer nicht fassen. Am besagten Tag kaufte er zwanzig Kaffeepads, bestellte drei Pizzen, schaltete sein Handy aus und schloss sich zu Hause ein. Vangels Privatflugzeug landete gegen sieben Uhr morgens (GMT–4) auf dem Ronald Reagan Airport, also kurz nach Juliens Mittagessen. Es handelte sich um eine Boeing 747-400, die neben dem Dichter auch die vierzig Bodyguards beförderte, die er für den Sonderauftrag angeworben hatte.

Die Fahrt zur Pennsylvania Avenue dauerte weniger als zehn Minuten. Die zehn Autos in Vangels Kolonne fuhren mit hoher Geschwindigkeit, sie mussten das Protokoll einhalten. Sie fuhren am Potomac entlang, rasten über die Arlington Bridge und umrundeten das Lincoln Memorial. Julien biss sich auf die Unterlippe: Wie viele Soldaten waren für Plutos Schutz abgestellt? Wie waren sie ausgerüstet? Würde man ihn in Begleitung von vierzig Kriegern ins Weiße Haus lassen? Würde es ihnen bei einer Zurückweisung gelingen, den Angriff von außerhalb des Präsidentensitzes zu starten? Obwohl er mit seinen Söldnern stundenlang einen Plan ausgeheckt hatte, war er sich nicht sicher. Liefe es nicht rund, würde Vangel erschossen werden, und alles wäre vorbei.

Bald erreichten die Autos eine Kreuzung und wurden langsamer. Gegenüber stand ein riesiger Obelisk inmitten einer Rasenfläche. Sie bogen links ab und fuhren in eine breite Allee, zu beiden Seiten Lastwagen, die Süßigkeiten verkauften. Auf dem rechten Bürgersteig zogen Verwaltungsgebäude vorbei, imposante Bauten, die in einem massiven Kolonialstil errichtet worden waren. Dann passierte Vangels Chevrolet eine von Wachhäuschen flankierte Sicherheitsschleuse, rollte noch ein paar Meter weiter und hielt an einem Vordach: dem Eingang zum Westflügel. Er war angekommen.

Auf der Freitreppe wurde er vom Protokollchef begrüßt. Dieser machte deutlich, dass die Bodyguards auf dem Gelände des Volkshauses nicht geduldet waren. Auf Drängen des Dichters durfte wenigstens SuperBond008 mit ihm eintreten. Vangel hatte Zeit, sich umzusehen. Überall versteckten sich Scharfschützen. In den Büschen und auf den Dächern hielten sie in ihrer Tarnkleidung Ausschau nach der kleinsten Unregelmäßigkeit. Es war ein ungleicher Kampf: Agent 008 allein gegen den Geheimdienst der Weltmacht. In wenigen Augenblicken würde das Selbstmordkommando beginnen.

Nachdem sie ein Labyrinth von Gängen durchquert hatten, kamen Vangel und SuperBond008 in einem altmodischen Vorzimmer an. Trotz des schwachen Lichts waren einige Kunstwerke deutlich zu erkennen: eine Büste, auf der Pluto die Zunge herausstreckte, Fotografien, auf denen er Kinder verprügelte, und ein Poster, auf dem er Hamster quälte. Zwei oder drei Minuten lang passierte nichts. Julien spürte, wie sein Herz immer heftiger schlug. Eine Mischung aus Adrenalin und Stress. Hinter dieser Tür wartete ein Actionfilm auf ihn, der ihn entweder auf den Gipfel des Ruhms oder in die Versenkung der Antiwelt führen würde. Libérat schloss die Augen, atmete lange ein und dachte nichts mehr. Es ging los.

Ein Kammerherr ließ sich blicken. Die Tür zum Oval Office öffnete sich. Drinnen bereitete sich eine Armada von Journalisten darauf vor, die Begegnung abzulichten. Und in der Mitte des Raumes trat Pluto das Präsidentensiegel auf dem Boden mit Füßen und prahlte in Golfkleidung. Er trug eine rote Kappe auf dem Kopf. Vangel erkannte das Kürzel »MAVA«, den Slogan des Plutonismus: »Make America Violent Again«.

»Ah, da ist ja mein fucking poet warrior!«

Pluto ging auf ihn zu und schüttelte ihm die Hand. Zehn Minuten lang ließ er sie nicht los. Sein Griff war so viril, dass Vangels Knorpel nachgaben: Er verlor zwei Finger. Als Pluto die Verletzung bemerkte, die er seinem Gast zugefügt hatte, entschuldigte er sich ganz auf seine Weise:

»Mach dir um deine Finger keine Sorgen. Du bist ein stinkreicher Alpha, genau wie ich! Knall einfach einen Linken ab und lass dir seine Hand transplantieren.«

Julien beschloss, keinen Ärger zu machen, und erlaubte Pluto sogar, seine beiden abgetrennten Finger in den Kamin zu werfen, um die Laune seines Gastgebers zu befriedigen. Der amerikanische Antipräsident war ob dieser Aufmerksamkeit besonders gerührt:

»Seht ihr«, sagte er zu den Reportern, »Vangel weiß, wie er sich mir gegenüber verhalten muss. Er hat sich von mir die Finger abreißen und verbrennen lassen, nur mir zuliebe. Das ist der Beweis, ein good guy! Davon solltet ihr euch eine Scheibe abschneiden, ihr Loser, die ihr es von früh bis spät an Respekt mangeln lasst!«

Mit diesem außergewöhnlichen diplomatischen Gastgeschenk begann die Pressekonferenz. Pluto und

Vangel setzten sich auf zwei Ledersessel. Während Fotografen sie mit Screenshots bombardierten, beantworteten sie im Chat die Fragen der akkreditierten Journalisten:

»Mister President, Cookie48 für die *Gegen-Times*. Zum ersten Mal in den zwei Jahren Ihrer Amtszeit empfangen Sie einen offiziellen Besucher. Vangel ist aber weder Staatschef noch Politiker. Meine Frage lautet: Warum er?«

»Das ist wieder eine Frage«, erwiderte Pluto angriffslustig, »die ganz zu Ihnen passt: dumm, dämlich, kleinlich, absurd, hasserfüllt und verlogen. Die Frage eines kleinen, beschissenen Freelancers, der gerade mal 2000 Cleargold im Monat macht und sich anmaßt, mich zu belehren.«

»Mister President«, verteidigte sich der Gegenjournalist, »warum sagen Sie das? Inwiefern war meine Frage hasserfüllt oder verlogen?«

»Habt ihr gesehen«, sagte Pluto zu seinen Geheimdienstleuten, »wie dieser untervögelte Penner mit mir spricht? Habt ihr die ganzen Fake News gehört, die aus seinem Mund kommen? Los, schnappt euch den Mistkerl und steckt ihn in den Kamin! Ins Feuer mit den linken Lumpen!«

Cookie48 versuchte noch zu fliehen, aber es war zu spät. Fünfzehn FBI-Agenten packten ihn an der Schulter und warfen ihn bei lebendigem Leib in die Flammen. In weniger als zehn Sekunden hatte sich seine

Asche mit der von Vangels Fingern vereint. Ein Gegenjournalist von MavaTV, dem Sender des Machthabers, befragte seinerseits den Antipräsidenten der Vereinigten Staaten von Amerika:

»Mister President, Fucker35 für MavaTV. Zum ersten Mal in den zwei Jahren Ihrer Amtszeit empfangen Sie einen offiziellen Besucher. Vangel ist aber weder Staatschef noch Politiker. Meine Frage lautet: Warum er?«

»Was für eine ausgezeichnete Beobachtung! Vangel ist ein Dichter, *wonderful, incredible, beautiful, powerful.* Er ist ein Kerl wie ich: Er hat einen riesigen Schwanz und gigantische Eier! Als ich erfahren habe, was er an der Columbia gemacht hat, dachte ich: Endlich einer, den ich nicht umbringen muss! Die Linken wollten ihn canceln. Doch anstatt sich zu entschuldigen, hat er sie über den Haufen geschossen. So muss man sie behandeln, diese Volksfeinde, mit Kalaschnikow und Flammenwerfer! Das ist die Botschaft von Vangels Gedichten! Feuer und Zorn! Hass und Gewalt! Tod und Männlichkeit!«

Der Moment war gekommen. Vangel schnitt Pluto das Wort ab:

»Mister President, Sie irren sich in doppelter Hinsicht. Zunächst habe ich, anders als Sie meinen, keinen riesigen Schwanz, sondern einen kümmerlichen Mikropenis – ich habe übrigens die starke Vermutung, dass wir uns in diesem Punkt sehr ähneln … Meine

Gedichte rufen zudem auch keineswegs zu Hass auf, wie Sie ihn verfechten.«

»Ach so?«, wunderte sich Fucker35. »Und wozu rufen sie dann auf?«

»Dazu.«

Kaum hatte er das Wort in den Chat geschrieben, stand Vangel auf und zog eine Pistole, die er in der Innenseite seiner Jacke versteckt hatte. Julien hatte nie gelernt, wie man in der Antiwelt schießt. Alle seine Kugeln prallten gegen eine dekorative Stehlampe. Sein Magazin war leer und sein Ziel verfehlt. Im Eifer des Gefechts machte er es wie bei Goldenheart: Er drückte auf »Q«, und Vangel packte Pluto. Mit den Pfeiltasten schleppte er ihn zum Kamin. Die »X«-Taste katapultierte den Antipräsidenten ins offene Feuer, dessen Flammen sofort doppelt so hoch loderten.

Der Anti-POTUS war tot. Völlige Verwirrung im Oval Office. Julien betrachtete die Szene von seinem Computer aus und fragte sich, was nun geschehen würde. Fast eine Minute lang passierte nichts. Vangels Tat hatte ein Rauschen hervorgerufen, die Antimenschen im Raum waren zu verblüfft, um sofort zu reagieren. Dann eröffneten die Gegenjournalisten den Reigen. Mit der ausdrücklichen Ausnahme von Fucker35 fingen sie alle an, vor Freude zu hüpfen.

»Thank you, thank you so much«, wiederholten sie immer wieder.

Daraufhin stürmten FBI-Leute den Raum. In ihrer

Panik schossen sie mit Maschinengewehren auf die Reporterecke. SuperBond008 nutzte die Gelegenheit, um Vangel heimlich durch eine Terrassentür herauszuschleusen.

Der Ausgang führte in einen Rosengarten. In der Deckung eines Strauchs verschafften sich Vangel und SuperBond008 einen Überblick über die Lage: Die erste Etappe war problemlos verlaufen. Nun galt es nur noch, lebend aus dem Schlamassel herauszukommen. Aus der Ferne waren schwere Explosionen zu hören. Wahrscheinlich stürmten die vierzig Bodyguards den Westflügel, um zu ihnen zu gelangen. Zum Warten war es aber zu spät. Zu dieser Stunde war Vangel bereits Staatsfeind Nummer eins. In weniger als zehn Minuten wäre das Weiße Haus von Tausenden Soldaten besetzt, die den Befehl hatten, ihn zu neutralisieren. Es galt nun, rasch die Flucht zu ergreifen und das Land zu verlassen.

Wie kamen sie weg? Auf dem südlichen Rasen vor dem Weißen Haus parkte der Marine One, der persönliche Helikopter des Antipräsidenten. SuperBond008 wies seinen Chef an, dorthin zu sprinten, während er ihm Deckung geben würde. Vangel führte die Aufgabe so geschickt aus, dass Julien, der sich an die Tastatur seines Computers klammerte, der Zeigefinger schmerzte: Plutos Rache. Agent 008 schoss aus nächster Nähe auf die Soldaten, die den Zugang zum Helikopter sicherten, schnitt den Piloten die Kehle durch und trat, kurz bevor er die Steuerung übernahm, wieder auf den Rasen. Er schwenkte einen Raketenwerfer, zielte auf den Balkon des Weißen Hauses und sprengte ihn in die Luft. Die perfekte Ablenkung für einen polnischen Abgang.

Anlassen des Marine One. Die Rotorblätter begannen sich zu drehen. Windwirbel bildeten sich zaghaft und konzentrisch. Das Gras begann sich unter dem Druck des bevorstehenden Abhebens zu biegen. In der Ferne das brennende Weiße Haus, ein Loch im ersten Stock. Von allen Seiten strömten gepanzerte Autos herbei. Zu Hunderten eilten Soldaten in Richtung Vangel, und der Heli war immer noch nicht in der Luft. Die Propeller drehten sich zwar weiter, aber zu langsam. Die Soldaten waren nur noch fünfzig Meter entfernt. In wenigen Sekunden würden sie angreifen. Die Zeit drängte. Im Cockpit kämpfte SuperBond008 mit dem Steuerknüppel. Endlich nahm die Rotationsgeschwindigkeit zu. Der Heli schüttelte sich. Er neigte sich nach vorne, lehnte sich zurück, und plötzlich schwang er sich in den Himmel hinauf.

Mission erfüllt. Julien ließ sich Wasser über den Kopf laufen und kehrte zu seinem Computer zurück. Die Szene war wie das Ende eines Spionagefilms. Vangel saß auf dem Sitz des Antipräsidenten. Über Washington betrachtete er die Kuppel des Kapitols und den Rauch, der vom Weißen Haus aufstieg. In zweieinhalb

Stunden würde der Marine One, der maximal tausend Kilometer weit fliegen konnte, in Toronto landen. Dort würden die kanadischen Behörden ein Privatflugzeug für ihn chartern, das ihn nach Frankreich zurückbrachte. Von der Luftabwehr der US-Armee war nichts zu befürchten: Das Verteidigungsministerium würde es niemals wagen, eine F-16 loszuschicken, um den Helikopter des Antipräsidenten abzuschießen. Sie hatten es also geschafft.

Am Abend ging die Nachricht um die Welt. Die richtige Welt. Von New York über Sydney bis Johannesburg berichteten alle Fernsehsender der Welt in ihren Abendnachrichten über Adrien Sterners Metaversum. In allen Sprachen erzählten die Moderatoren die Geschichte des Dichters, der gerade den »zweiten Donald Trump« der Antiwelt ermordet hatte. In Frankreich zeigte Anne-Sophie Lapix in einer dreiminütigen Eingangssequenz ihrer Nachrichtensendung Screenshots vom Avatar im Oval Office, der seine Waffe gegen Pluto erhob. Die sozialen Netzwerke feierten Vangels Triumph. Der Hashtag #ThankYouVangel kam in die internationalen Top-Trends. Um Mitternacht sah sich Donald Trump gezwungen, persönlich mit einer scharfen Stellungnahme zu reagieren, die er auf seinem eigenen sozialen Netzwerk Truth Social veröffentlichte: »Die crazy leftists sind Volksfeinde!!! Diese Feiglinge sind stolz darauf, dass sie mich in einem Videospiel erledigt haben! Vangel ist ein shitty poet und ein son of a *****. Dieser stupid Geek ist ein Loser, der nicht mehr weiß, was er machen soll, um Aufmerksamkeit zu kriegen!« Julien hatte dem nichts hinzuzufügen …

## Kapitel 7

Bei seiner Rückkehr nach Frankreich wurde Vangel in der Tat wie ein Superheld gefeiert. Tausende Antimenschen strömten zum Pariser Flughafen Le Bourget, um ihm einen Starempfang zu bereiten. Und zwar aus gutem Grund: Als im Internet das Gerücht umging, dass Vangel Pluto ermordet habe, brach in der Antiwelt Panik aus. Niemand, nicht einmal seine Bewunderer glaubten, dass Vangel es schaffen würde, mit dem Leben davonzukommen. In der Gegengesellschaft veröffentlichten die Fans besorgte Nachrichten, manchmal auch Beileidsbekundungen, weil sie überzeugt waren, dass Juliens Avatar bei dieser Selbstmordaktion sein Leben gelassen hatte. Den Antipräsidenten der Vereinigten Staaten niederzustrecken, das mochte noch möglich sein, aber das Weiße Haus vor den Augen des Geheimdienstes sicher zu verlassen, das schien ein Ding der Unmöglichkeit. Wie war es diesem Spieler gelungen, all diese Gefahren zu überwinden? Wer war er eigentlich? Ein Dichter? Ein Prophet? Eine Mischung aus James

Bond und Victor Hugo? Der menschlichste Antimensch, den es je gegeben hatte?

Als Vangels Konvoi auf die Périphérique auffuhr, stellte er sich zunächst die Frage, wo er wohnen sollte. Offensichtlich musste er einen Wohnsitz erwerben, der seiner Berühmtheit angemessen war. In Paris gab es für ihn nur einen Ort: die oberste Etage des Eiffelturms, wo Gustave Eiffel, wie Julien von einer Besichtigung als Zwölfjähriger wusste, eine Wohnung eingerichtet hatte. Das Denkmal befand sich im Besitz der Stadt Paris. Vangel verlor keine Zeit: Er bat Karabuze, den Bürgermeister der Antihauptstadt, um einen Termin, und dieser erklärte sich bereit, das Denkmal für 8 Millionen Cleargold zu verscherbeln. Eine lächerliche Summe, die der Stadtverwaltung allerdings helfen würde, ihre Schulden zu tilgen. Karabuze freute sich über das Geschäft, und Vangel zog sich in sein Penthouse in den Wolken zurück, zweifellos das majestätischste in der ganzen Antiwelt. Dort beschloss er, sich völlig zu isolieren und nicht mehr öffentlich aufzutreten; da er sich nun auf dem Gipfel seines Ruhms befand, war es völlig sinnlos, wieder hinabzusteigen.

Jeden Abend, wenn Julien die Antiwelt betrat, betrachtete er auf der Terrasse des Eiffelturms stundenlang das Panorama. Am Horizont funkelten Millionen Lichtpunkte in der Nacht. So viele Antimenschen, die gleichzeitig mit ihm online waren, so viele Menschen, die sich per Stellvertreter amüsierten, so viele Fans, die darauf warteten, seine nächsten Gedichte zu lesen, sie immer und immer wieder zu rezitieren, bis sie allmählich digitales Kulturgut wurden. Er stand mit offenem Mund da und betrachtete diesen Strom fiktiver Existenzen, dieses Anti-Frankreich 3.0, in das sich das Leben scheinbar verlagert hatte. Und von seinem Rooftop aus überwachte er diese Sphäre, vermischte sich mit dem Himmel, übernahm die Perspektive der Wolken, der Sterne und der Sonnenstrahlen. Auf seinem Bildschirm betrachtete er die Erde mit den Augen Gottes.

Als er in den ersten Oktobertagen feststellte, dass seine Ersparnisse mehr als 4000 Euro betrugen, schrieb er langsamer und entschloss sich schließlich, Heavens Antimenschen-Kit zu erwerben. Das Paket erhielt er eine Woche später. Darin befand sich ein in Luftpolsterfolie verpackter Haptik-Anzug, ein Mikrophon, Stromkabel und ein Dutzend Infrarotsensoren. Julien las die Gebrauchsanweisung und ging jedes einzelne Teil durch.

Das Hauptelement war der Ganzkörper-Suit. Er sah aus wie ein Taucheranzug oder die Latexkluft der Sadomasochisten. Er war aus elastischem Stoff und passte sich jeder Kurve des menschlichen Körpers von den Schultern bis zu den Zehen an. Um das beste Erlebnis zu erzielen, sollte er direkt auf der Haut getragen werden, ohne T-Shirt oder Unterwäsche. Hunderte Motoren im Futter stimulierten den Tastsinn und die Muskeln in unterschiedlicher Intensität, um das Erfühlen von Gegenständen, den Eindruck von Regen, Hitze, Wind, Schmerz, ja, sogar sexuelle Erregung zu reproduzieren. Die männliche Variante umhüllte den Penis vollständig, und die weibliche passte sich der vaginalen Morphologie an, so dass beide als Sextoys dienen konnten. Diese Hightechrüstung war nicht nur ein Kleidungsstück, sondern vollführte auch eine besonders verrückte Alchemie, die Wandlung des Virtuellen ins Reale. Sie war eine zweite Haut auf Juliens Haut. Ein Augmented Body, der Körper eines Antimenschen.

Die anderen Teile waren einfacher zu bedienen. Julien schloss das Mikrophon an seine Kopfhörer an. Jetzt brauchte er nur noch zu sprechen, und eine Software würde jede einzelne Äußerung von Vangel transkribieren. Die Sensoren positionierte er an allen Ecken seiner Wohnung. Sie würden seine realen Regungen in Bewegungen im Metaversum übersetzen. Dann holte er seine Virtual-Reality-Brille hervor, die seine Ausrüstung vervollständigte und endlich zu etwas nütze war. Nun musste das Zubehör noch per Bluetooth mit der Antiwelt verbunden werden, und keine drei Minuten später schaltete sich das System ein.

Julien öffnete hinter seiner Brille die Augen, und was er dann fühlte, war ungeheuerlich: Er steckte in Vangels Haut. Um ihn herum schien die Wohnung seines Anti-Ichs so präsent zu sein, dass es außer dem Wissen um ihre Illusion nichts gab, was ihn an ihrer Wirklichkeit zweifeln ließ. Doch was galt dieses Wissen angesichts der glasklaren Evidenz? Wenn er für einen Moment vergaß, dass er einen Anzug trug und alles nur eine technische Vorkehrung war, wenn er einfach nur Vangels Zimmer betrachtete, sich ein Bad einließ, auf die Terrasse ging und das Panorama betrachtete, dann gab es kein Anzeichen dafür, dass er sich nicht auf dem echten Eiffelturm befand. Wie ein Kind, das seine ersten Schritte macht, kippte Julien zwei- oder dreimal um, bevor er das Gleichgewicht fand. Trotz des Schwindels fühlte er sich leichter als je zuvor. Er hatte einen Tagtraum betreten.

Tags zuvor war Julien noch per Computer in die Antiwelt gelangt. Jetzt lief er darin herum. Das Metaversum war nicht mehr eine Schnittstelle, auf der Bilder angezeigt wurden, sondern ein weitgeöffnetes Fenster, das Julien durchmaß, in das er reibungslos hineinsprang. Ohne sich fortzubewegen, war er auf die andere Seite gekommen, drang zum Kern der Täuschung vor, verschob mit seinen Schritten die 3-D-Perspektiven, verirrte sich in eine Welt, in der Bilder wie Dinge vibrierten und die Dinge selbst gespenstisch schwebten. Die Umgebung, die er erkundete, war weder von dieser Welt noch auf seinem Bildschirm. Sie war eine neblige Zwischenwelt. Ein Planet, auf dem alles wahr erschien und nichts Wahrheit besaß.

In den kommenden Tagen legte Julien seinen Anzug nicht mehr ab. Er ging kaum noch aus dem Haus, tauchte in Vangels Körper ein, lernte, das Leben mit seinen Augen zu sehen, und fühlte sich auf der Spitze des Eiffelturms wie daheim. Nach und nach vergaß er, dass er Julien Libérat hieß, einst Klavierspieler war, in Rungis wohnte – und andere biographische Daten: Nichts anderes existierte mehr als seine neue Identität, die beste, die seines Anti-Ichs. In seinem virtuellen Rooftop richtete sich Julien ein kleines Büro ein, in dem er begann, sein persönlichstes Gedicht zu schreiben, das erste aus Vangels Hand. Auf Zetteln, die er an die Wände seines Penthouses klebte, schrieb er hin und wieder ein paar ungefähre Wörter: »Trugbild fester Räume«, »zusammen = getrennt«, »andres Band« … Nach und nach fügten sich diese Schmierzettel wie die Teile eines Puzzles ineinander. Eine Strophe, dann zwei, dann sechs. Das Ergebnis war ein Text, der sich radikal von allen vorherigen unterschied. Ein Manifest, in dem Vangel den Wunsch äußerte, dass sich eine andere Welt über die unsrige stülpte, und seine Leser aufforderte, sich dem Trugbild fester Räume anzuschließen, in der die Seelen in Verzückung lebten, zusammen und getrennt.

Sein Gedicht nannte er »Nutzungsbedingungen der Antiwelt«, als wäre er ihr Erfinder. Am 15. Oktober wurde es veröffentlicht und war ein fulminanter, beispielloser Erfolg: Achtunddreißig Millionen Aufrufe in einer einzigen Woche. Jeder einzelne französischsprachige Internetuser musste es drei- oder viermal gelesen haben, als hörten sie einen Hit in Dauerschleife. Natürlich wurde Vangel unter diesen Umständen über die Antiwelt hinaus populär. In den darauffolgenden Tagen griffen mehrere große französische Tageszeitungen das Thema auf. *Slate* leitete das Medienspektakel ein und bezeichnete den Dichter als »mysteriösen Schriftsteller in der direkten Nachfolge eines Romain Gary oder einer Elena Ferrante«. Diese Vergleiche zogen eine regelrechte »Vangel-Affäre« nach sich. Die Gemüter waren aufgewühlt: Wie konnte es sein, dass die Zukunft der Poesie im Metaversum lag? War es ein Zeichen des Kulturverfalls oder eine künstlerische Revolution? Wofür stand eigentlich der Name Vangel?

Wenige Tage nach dem *Slate*-Artikel traf François Busnel eine für die Fernsehgeschichte beispiellose Entscheidung. Der Moderator der Literatursendung *La Grande Librairie* wollte dem etablierten Literaturbetrieb immer einen Schritt voraus sein, und so interessierte er sich für die Avantgarde und ging dabei manchmal das Risiko ein, sein Publikum zu verunsichern. Zum ersten Mal würde er eine ganze Sendung einem Autor widmen, den er nicht auf seine Bühne laden konnte. Offiziell existierte Vangel nicht, da er keine echte Identität hatte. Daher war es unmöglich, ihn in das Studio des Senders France 5 zu bestellen.

Doch war er aus der zeitgenössischen Literatur noch wegzudenken? War sein Erfolg nicht Ausdruck eines tiefen Wunsches, sich wieder auf den Text an sich zu besinnen, selbst auf die Gefahr hin, die Schriftsteller dabei vollkommen unsichtbar zu machen? »Vangel, der Baudelaire der Geeks?« So lautete der vielsagende Titel der Sendung. Sie würde mit Sicherheit einen bleibenden Eindruck hinterlassen.

## Kapitel 8

»Einige sehen in ihm einen Außenseiter des Literaturbetriebs, dem es gelungen ist, junge Menschen für die Poesie zu begeistern. Andere nennen ihn den Totengräber der Kunst: ein Geek, der seine fünfzehn Minuten Ruhm genießt. Doch könnte Vangel auch beides sein? Ein visionärer Scharlatan? Ein aufrichtiger Hochstapler? Darüber möchten wir heute Abend in *La Grande Librairie* diskutieren. Neben mir sitzen zwei Schriftsteller, zwei Intellektuelle, zwei scharfsinnige Leser: Alain Finkielkraut und Frédéric Beigbeder.«

Nach dieser kurzen Einführung begrüßte François Busnel seine beiden Gäste. Die Bühne war schlicht: ein paar Zuschauer, zwei sich gegenüberstehende Sofas, der Moderatorensessel. Zu beiden Seiten des Studios stand eine Kulisse aus riesigen Büchern. Nur ihre Rücken waren zu sehen und schienen von der Decke bis zum Boden zu reichen. Brav stapelten sich die Bände an den Wänden. Ähnlich wie die Säulen der ägyptischen Tempel schienen sie über den reibungslosen Ablauf der Sendung zu wachen.

Warum sollten ausgerechnet Alain Finkielkraut und Frédéric Beigbeder über das »Phänomen Vangel« sprechen? François Busnel waren die Risiken eines solchen Aufeinandertreffens sicherlich bewusst. Veranstaltete man eine Debatte über einen Künstler in Abwesenheit des Protagonisten, verstieß man gegen die goldene Regel des Fernsehens, wonach Exklusivität vor Inhalt geht. Doch der Moderator wusste, was er tat. Zum ersten Mal beschäftigte sich eine Literatursendung nicht mit einem »Buch«, sondern mit einem Autoren aus dem Internet. Allein dies war schon ein Novum. Und wer könnte Vangels Auftauchen besser kommentieren als Finkie und Beigbeder? Der eine verurteilte bereits seit vielen Jahren den Einfluss technischer Revolutionen auf das Kulturleben. Der andere hatte sich in seinen Romanen mit der Moderne in all ihren Formen, einschließlich der literaturfeindlichen, beschäftigt: Werbung, Models, Drogen und Fernsehen ... Aus diesem Grund würde sich das Gespräch nicht nur um den Einzelfall Vangel drehen, sondern dieser würde als Vorwand für eine noch heiklere Debatte dienen: Konnte sich das Schreiben vom Papier befreien, da die Jugend die Bücher bereits gegen Bildschirme eingetauscht hatte?

Als sich Beigbeder und Finkielkraut gesetzt hatten, kam Busnel gleich zur Sache und las die »Nutzungsbedingungen der Antiwelt« vor. Finkielkraut, links auf dem Bildschirm, wirkte mit seiner runden Brille nachdenklich. Nervös bewegten sich seine Hände in der Luft, während er seine Notizen überflog. Auf der rechten Seite saß Beigbeder, einer der wenigen Schriftsteller, die auch im 21. Jahrhundert noch in Anzug und Krawatte auftraten. Mit einem konzentrierten und zugleich entspannten Gesichtsausdruck blickte er in die Kamera. Nach etwa zwei Minuten wandte sich François Busnel an ihn.

»Zunächst einmal würde ich gern Ihre ersten Eindrücke hören«, sagte er. »Was sagen Sie dazu?«

Wie gewöhnlich behalf sich Frédéric Beigbeder, wenn ihm eine abstrakte Frage gestellt wurde, nicht mit einer Allerweltsantwort, sondern warf eine Gegenfrage ein, auf die Gefahr hin, unwissend zu wirken:

»Was ich zu diesem Gedicht sage? Oder was ich dazu sage, ein Gedicht im Metaversum zu veröffentlichen?«

»Das ist genau der Punkt«, lächelte François Busnel, »aber ich glaube, es ist besser, diese beiden Dimensionen getrennt zu betrachten ...«

»Also, ich glaube nicht«, richtete sich Finkielkraut plötzlich auf und malte mit den Händen große Kreise in die Luft. »Dieser Vangel, der ist ein typisches Symptom für die Ausdrucksarmut, die für sein Medium so bezeichnend ist. Was muss man da lesen? Eine mehr oder weniger unbeholfene, mehr oder weniger schmucklose Anhäufung überflüssiger Klischees. Der Wunsch, in einer anderen Welt zu leben, jemand anders zu sein, die üblichen Banalitäten des ›Zusammenlebens‹, das ist schon sehr schwach für einen, der den Stolz besitzt, sich Schriftsteller zu nennen ... Und das überrascht mich auch nicht: Virtuelle Realität ist ein Immersionsvektor – mit allem, was das an Illusion, Reduktion und Amnesie mit sich bringt –, während die Literatur eine Vermittlungsinstanz ist. Wie sagte schon Charles Péguy ...«

Busnel unterbrach ihn, um die diskutierten Begrifflichkeiten klarzustellen:

»Meinen Sie nicht, dass auch Bücher auf ihre Weise eine virtuelle Realität erfinden? Ist Literatur nicht gerade die Imagination von Antiwelten?«

»Ich habe nie etwas anderes behauptet! Darf ich wohl noch eine differenzierte Meinung äußern, ohne gleich als technikfeindlicher Reaktionär abgestempelt zu werden?«

Sogleich beschlug Finkielkrauts Brille. Der Intellektuelle schien erbost darüber, dass er sich geärgert hatte, was ihn nur noch wütender machte. Auf der anderen Seite blieb Frédéric Beigbeder ungerührt, und als François Busnel ihn nach seiner Meinung fragte, machte er sich ein Vergnügen daraus, seinem Gesprächspartner zu widersprechen, ohne laut zu werden. Nein, setzte er an, Vangel sei kein Falschmünzer. Nein, man könne ihm nicht vorwerfen, dass er seine Texte im Medium seiner Wahl veröffentliche. Über die Jahrhunderte hinweg sei es der Literatur im Übrigen stets gelungen, sich an alle technologischen Fortschritte der Menschheit anzupassen. Es gebe keinen Grund, das Internet aufgrund irgendwelcher Prinzipienreitereien für unvereinbar mit der Kultur zu erklären. Außerdem, so argumentierte er weiter, gehöre Vangel zu jenen Autoren, die sich nicht von abgegriffenen Themen inspirieren ließen, sondern vielmehr versuchten, sich mit ihrer Kunst auf schwer zugängliches Terrain zu bewegen. Er spreche über zeitgenössische Phänomene: soziale Netzwerke, künstliche Freundschaften, die vergeudete Zeit vor den Bildschirmen. Kurzum, er bemühe sich, die Literatur bloßzustellen, sie in Gefahr zu bringen. Um sie besser zu machen.

François Busnel wollte nicht für einen seiner Gäste Partei ergreifen. Für die Zuschauer bestand jedoch kein Zweifel daran, dass er Frédéric Beigbeders Aussagen mehr abgewinnen konnte. Als er sich erneut Alain Finkielkraut zuwandte und ihm das Wort erteilen wollte, konnte er ihm nicht die geringste Frage stellen, da dieser, immer noch mit beschlagener Brille, seinen Monolog dort fortsetzte, wo er ihn unterbrochen hatte:

»Ich sagte also, dass Charles Péguy in *Das Geld* die für die Moderne charakteristische Austauschbarkeit von Menschen und Werten anprangert.«

»Entschuldigen Sie bitte«, unterbrach ihn Beigbeder, »aber was hat das mit Vangel zu tun?«

»Nun«, antwortete Finkielkraut und verrenkte seine Hände, »Vangel ist eben gerade ein Nicht-Wert. Das Idol einer Kultur, die einen Baudelaire nicht mehr von einem armseligen, ganz sicher fettleibigen Kerl unterscheiden kann, der dem Gift der Bildschirme verfallen ist und zudem die Geschmacklosigkeit besitzt, sich für einen Victor Hugo oder Dante zu halten. Wie Emmanuel Levinas sagte …«

»Ein armseliger, ganz sicher fettleibiger Kerl, der dem Gift der Bildschirme verfallen ist.« Diese Sentenz würde nicht unbemerkt bleiben. Er hatte sie ausgesprochen und dabei seine Hände abrupt auf die Höhe seines Gesichts gehoben, wo er sie schüttelte, als wollte er Luft aufwirbeln. In den folgenden Tagen würden diese Worte ganz gewiss eine jener Polemiken auslösen, wie sie nur dieser Schüler von Michel Foucault hervorrufen konnte. Wieder einmal hatte sich der Theoretiker der *Niederlage des Denkens* nicht zurückhalten können, mitgerissen von seinen Tiraden gegen die allgemeine Unkultur. Zwischen zwei Zitaten hatte er es fertiggebracht, auszurasten. Außerdem war seine Aussage eine ärgerliche Verkürzung. Was deutete darauf hin, dass Vangel ein armseliger Kerl war? Es war durchaus nicht ausgeschlossen, dass er das Gegenteil eines Geeks war. Konnte es sich nicht auch um einen berühmten Schriftsteller unter Pseudonym handeln? Oder einen neuen Scherz von Patrick Sébastien. Für François Busnel lag die Überleitung zur nächsten Frage nahe:

»Was meinen Sie, Frédéric Beigbeder, wie sieht Vangel aus? Was ich damit meine: Alain Finkielkraut stellt ihn sich als einen Mann ohne Eigenschaften vor, doch welches Bild machen Sie sich von diesem Phantomschriftsteller?«

Beigbeder sagte einige Sekunden lang nichts. Finkie hatte Vangel als armseligen Kerl beschrieben, und es wäre ein Fehler, in ihm aus purer Lust am Widerspruch ein Genie zu erkennen. Der Autor von *Neununddreißigneunzig* sagte lieber, dass er sich nicht traue, diese Frage zu beantworten. Warum? Nicht aus Faulheit oder Phantasielosigkeit. Sondern weil Vangel das Kunstmachen revolutioniere. In einer subtilen Verschränkung der absoluten Schamhaftigkeit mit einem effektiven Marketing, durch das Storytelling seines Avatars, ebne er den Weg für eine ganz neue Konstellation. Von nun an zähle nur noch das öffentliche Image; der Künstler als Körper, der Dichter und sein »Ich«, die Psychologie der Schriftsteller, ihr Privatleben – all das verschwinde. Es gebe nur noch Kunstwerke und niemanden mehr, der sie sich aneigne.

»Und wenn Sie an seiner Stelle wären«, hakte François Busnel nach, »was würde Sie inspirieren, wenn Sie wüssten, dass Ihre Gedichte gelesen werden, ohne dass jemand Ihre Identität kennt?«

»Ehrlich?«, antwortete Frédéric Beigbeder nach einem Moment der Stille. »Ich wäre sehr frustriert.«

# TEIL IV

# STRG Z

## Kapitel 1

Am Bec d'Ambès herrschte noch Dunkelheit. Zu dieser fortgeschrittenen Stunde waren die Flüsse und Landschaften kaum zu erkennen. Hinter der Fensterfront züngelten ihre Halbschatten, so weit das Auge reichte. Mehr denn je glich Sterners Wohnung dem Bug eines riesigen, waghalsigen Schiffs, das durch Felsriffe ins Ungewisse steuerte.

Adrien war drei Stunden vor seinem Wecker aufgestanden. Während er auf seine Führungsriege wartete, die er zur Krisensitzung geladen hatte, las er bei einer Tasse Kaffee im Matthäusevangelium. Von den vier Evangelien war dieses sein liebstes. Nüchtern, sachlich und ohne jegliche Ausschmückung berichtet Matthäus vom Schicksal Christi und enthält sich jedes Kommentars. In Kapitel 27 beschreibt er zum Beispiel fast filmisch den Ablauf auf Golgatha: Während seines Prozesses bleibt Jesus stumm und verweist damit Pontius Pilatus auf seine Fragen und die Alten auf ihre Anklagen. Er reagiert nicht, als die Soldaten ihn entkleiden, erniedrigen, ihm einen Purpurmantel umwerfen und mit einer Dornenkrone versehen. Ebenso ungerührt lässt er die Schikanen der Menge über sich ergehen, ihr Spucken, ihre Beleidigungen und barbarischen Gesten. Unter Räubern gekreuzigt, bleibt er fast drei Stunden lang stumm. Erst in Vers 46 stößt er einen Schrei der Wahrheit aus: »Mein Gott, mein Gott«, wehklagt er unter Berufung auf die Psalmen, »warum hast du mich verlassen?« Einige Augenblicke später, nach einem weiteren Schrei, legt er seinen Geist in die Hände seines Gottes, jenes Erlösers, der ihn ermordet hat.

Sterner klappte das Buch zu und holte ein Päckchen Kokain hervor. Matthäus hatte recht: Für den Tod Christi waren eigentlich nicht Judas, Pontius Pilatus, ja, nicht einmal die Gottlosen oder die Priester verantwortlich, sondern der Allmächtige selbst, derjenige, dem das Verbrechen nutzte. Er war der Chefmanipulator, der Kopf hinter der teuflischen Verschwörung. Man brauchte die Ereignisse nur genau zu betrachten, um sich zu vergewissern: Eines Morgens hat Gott genug von der Mittelmäßigkeit seiner Geschöpfe und beschließt, ihnen eine Falle zu stellen. Er sucht sich die rechtschaffenste Frau aus und zeugt mit ihr ein Kind. Maria ist zu fromm, um misstrauisch zu werden, und fällt auf den Trick herein. Sie erzieht ihren Sohn für die Aufgabe, die auf ihn zukommt: Er soll für die Menschheit sühnen. Jahr für Jahr wächst Jesus und erfüllt seinen Teil der Abmachung. Er vertreibt die Händler aus dem Tempel, hilft den Witwen und Waisen, reicht den Lahmen die Hand und heilt die Aussätzigen. Er hilft den Gottlosen, Buße zu tun, und den unreinen Seelen, sich zu bessern. Er nimmt sogar die schlimmsten aller Bürden auf sich: das Leiden und das Laster der Welt. Ungerecht, wie sie sind, halten die Zeitgenossen seine Güte für ein Zeichen der Schwäche. Überzeugt, dass sein himmlischer Vater ihn letztlich beschützen wird, lässt Jesus ihre Machenschaften stoisch über sich ergehen. Bis zuletzt hofft er auf das Wunder, das ihn retten wird. Und dort, an seinem Kreuz, begreift er bei einer letzten Träne die Wahrheit: Gott hat ihn benutzt, um sich an den Menschen zu rächen.

Mit einem lauten Schniefen zog Adrien eine Line Koks. Wenn er es recht bedachte, lief es in der Antiwelt ähnlich. Als er vor zwei Monaten seine erste Nachricht an Vangel geschickt hatte, wollte er wissen, wer sich hinter diesem Avatar verbarg. Er hatte Thierry Saumiat gebeten, ihm die Bankverbindung des Users mitzuteilen. In weniger als einer Stunde verfügte Sterner über einen Namen und eine Identität: Julien Libérat, achtundzwanzig, ehemals Klavierlehrer, jetzt arbeitslos, letzte bekannte Anschrift: Rue Littré 26, Paris. Das perfekte Profil, hatte er damals gedacht. Ein Mann ohne Geschichte, der sich an der Berühmtheit seines Antimenschen ergötzen würde, ohne mehr zu verlangen. Ein Künstler, also selbstlos. Das ideale Material für einen Star, der die Antiwelt zwei oder drei Wochen lang in Atem hielt und dann wieder in Vergessenheit geriet. Sterner hatte Vertrauen. Optimistisch, wie er war, freute er sich, dass er seiner Sichtbarkeit einen Boost gegeben hatte.

Seitdem hatte er nicht den Mut gehabt, Vangel zu liquidieren. Aus welcher Schwäche heraus hatte er ihm das Schicksal eines Chocapixel oder Vruza erspart? Lag es an seinen Gedichten? An einem Anflug von Mitleid? Oder an diesem Namen, Vangel, der direkt aus der Bibel zu stammen schien? Es war egal. Jetzt war es zu spät, Vangels Ruhm hatte erschreckende Ausmaße angenommen: zig Millionen Views, die von Woche zu Woche nicht weniger wurden, die französische Presse, die allzu begeistert war, die Artikel, die es hagelte, die Medien, die die Antiwelt nicht mehr als »Adrien Sterners Videospiel« bezeichneten, sondern als »die Plattform der Vangel-Gedichte«. Und Vangel … Vangel gab sich nicht mehr mit seinen kleinen Alexandrinern zufrieden, sondern beanspruchte Sterners Platz. Vangel hatte die »Nutzungsbedingungen der Antiwelt« veröffentlicht. Vangel hielt sich zusehends für einen zweiten Sterner oder sogar für den eigentlichen Sterner. Vangel hörte nicht auf, Gedichte zu schreiben. Vangel gierte nach immer mehr Cleargold. Vangel hielt Vorträge. Vangel hatte allen Prognosen zum Trotz seine Selbstmordmission überlebt. Vangel sorgte seither in den Zeitschriften für Furore. Sterner sah schon den nächsten Schritt voraus: Irgendwann würde dieser Narzisst versuchen, seine wahre Identität zu enthüllen. Die Zeitungen würden jubeln. Und dann würden Horden von Spielern, ermuntert vom Beispiel ihres Stars, die Regel der Anonymität brechen. Heaven würde sofort seine Einzigartigkeit auf dem Gaming-Markt verlieren und zwangsläufig zugrunde gehen. Das kam nicht in Frage. Er musste so schnell wie möglich handeln.

Um acht begann das Meeting, die Stimmung war eisig. Um den quadratischen Konferenztisch warteten etwa ein Dutzend Manager darauf, dass Adrien Sterner ihnen den Grund dieses »Krisenmeetings« erklärte. Umstrukturierungen? Entlassungen? Ein ausländischer Investor? Noch ein willkürlicher, gewaltsamer Wutanfall? Niemand wusste es. Vor Stress verzehrten einige gleich eines der Schokoladencroissants, die Guillaume Levet diskret verteilte. Andere rührten vergeblich mit dem Löffel in ihren Kaffeetassen und warteten darauf, dass der Boss sich dazu durchrang, den Mund aufzumachen. Sterner schien es jedoch nicht eilig zu haben. Er saß wie ein König in einem Sessel, etwas höher als die anderen, und beäugte seine Angestellten in völliger Stille. Seine Nase zuckte so seltsam nervös, als jagte er damit imaginäre Fliegen. Das lag wahrscheinlich an den Drogen. Seit einigen Wochen ging das Gerücht um, dass der Chef seine Dosis erhöhte. Dem Vernehmen nach dachte er darüber nach, eine neue Version seines Metaversums zu entwerfen, die noch ehrgeiziger als die erste sein sollte und moralische wie geopolitische Konsequenzen haben würde. Sein Narzissmus und sein Größenwahn kannten keine Grenzen mehr. Ein Grund mehr zur Vorsicht.

»Wenn ich Sie fragen würde«, warf er drei Minuten später in die Runde, »warum die Antiwelt so erfolgreich ist, was würden Sie mir antworten?«

»Ganz einfach, wir sind die Besten!«, versuchte es Paul Tanugi, einer der Manager, der keine Gelegenheit ausließ, sich anzubiedern.

»Es liegt an der Graphik«, schlug wenig überraschend der Chef der Graphikabteilung vor, »wir haben immerhin fünf Jahre lang daran gearbeitet, das ist ein Meisterwerk ...«

»Ich denke eher an das Konzept als solches«, sagte Émilien Cohen, Leiter der Marketingabteilung, ein großer Freund von »Konzepten«. »Nichts frisst mehr Zeit als ein zweites Leben, nichts beansprucht so viel Energie und Leidenschaft, und deshalb, so kommt es mir vor, ist die Antiwelt so erfolgreich.«

»Aber auch, weil die Gegengesellschaft das Videospiel in ein soziales Netzwerk verwandelt hat!«, betonte Paul Tanugi. »Mit unserem Metaversum bespielen wir beide Seiten: the virtual and the social. Das ist eine Premiere!«

Diese Antworten fielen allesamt durch. Während die Argumente so dahinströmten, kratzte sich Sterner wortlos an der Nase. Sie verhedderten sich in seiner Fangfrage, und er sah ihnen teilnahmslos beim Streiten zu. Es war erbärmlich, wie jeder versuchte, klüger als der andere zu sein. Schulkinder, die sich um ein gutes Zeugnis bemühten.

Im hinteren Teil des Raumes servierte Adrien Sterners Assistent weiter Frühstück. Er lauschte unauffällig: Heavens Manager griffen völlig ins Klo. Guillaume Levet kannte seinen Chef bestens. Wenn er eine so allgemeine Frage stellte, erwartete er eine äußerst präzise Antwort. Sie musste so naheliegend, so offensichtlich, so einfach sein, dass Technokraten nicht einmal daran denken konnten.

»Entschuldigen Sie bitte, Monsieur Sterner, aber ich glaube, ich weiß es: Es liegt daran, dass es in der Antiwelt keine Geschichte gibt. Die Spieler sollen keine Figur verkörpern, die sich jemand anders ausgedacht hat, und sie haben kein vorgegebenes Szenario. Bei der Konkurrenz bekommen die User irgendwann Langeweile, wenn alle Missionen erledigt sind. Die Antiwelt ist immer unterhaltsam: Unser Metaversum ist in jeder Hinsicht unendlich.«

Adrien Sterner zog überrascht die Augenbrauen hoch. Ruckartig richtete er sich in seinem Sessel auf, drehte sich zu Guillaume und bat ihn, sich auf einen leeren Stuhl zu setzen. Er war ganz offenbar erstaunt über diesen Levet. Sterner sprach zu seinen hohen Tieren in einem teils neckischen, teils grausamen Ton:

»Das nächste Mal müssen wohl Sie meinem Assistenten Kaffee servieren!«

»Daran hatte ich auch schon gedacht«, prahlte Paul Tanugi, »aber ich habe mich nicht getraut, es zu sagen.«

»Gut, gut«, unterbrach ihn Sterner, »kommen wir zum Thema zurück. Warum habe ich euch diese Frage wohl gestellt? Guillaume, wollen Sie vielleicht weitermachen?«

»Meiner Meinung nach«, erklärte Levet nach einem kurzem Zögern, »liegt das an der Sendung von gestern. Ich weiß nicht warum, aber Sie befürchten anscheinend, dass Vangel die Zukunft von Heaven gefährden könnte.«

»Das wird ja immer besser!«, rief Sterner aus.

Die Manager verstanden nicht, was geschah. Was war der Sinn dieses Meetings? Einige brachten ihre Verwirrung zum Ausdruck: Warum wollte Sterner unbedingt alle erfolgreichen Antimenschen töten? Chocapixel und Vruza, das ging ja noch, aber Vangel, der war anders; der löste eine beispiellose Begeisterung aus. Wie konnte er eine Gefahr für Heaven werden? Ganz im Gegenteil hatte François Busnels Sendung die Sichtbarkeit der Antiwelt bei denen erhöht, die sich sonst nicht für Videospiele interessierten. Fünfzigtausend neue Accounts in einer Nacht, das war enorm … Außerdem machten die Medien dank Vangel überall auf der Welt kostenlos Werbung für Heaven. Sterner musste sich irren, und das versuchte Paul Tanugi ihm so höflich wie möglich mitzuteilen:

»Mit Verlaub, ich glaube, Sie machen sich zu viele Gedanken.«

Dieser Satz reichte aus, um Sterner aus der Reserve zu locken.

»Zu viele Gedanken? Zu viele?!! Sie haben die Zeitung von heute Morgen gelesen und sagen trotzdem so einen Bullshit? Von *L'Humanité* bis *Figaro* begeistert sich die gesamte Presse für Vangel: Vangel, das Genie, Vangel, das Mysterium, Vangel, das Phänomen – es geht nur noch um dieses Arschloch ... In den sozialen Netzwerken ist er fast einmal pro Woche in den Top-Trends! Seit einem Monat verbreitet sich im Internet sogar eine Verschwörungstheorie: Tausende von Erleuchteten sind davon überzeugt, dass Vangel eine Art Prophet ist. Warum nicht gleich ein Messias!«

Paul Tanugi verstand immer noch nicht, was das Problem war. Nur eins erschien ihm glaubwürdig: Sterner war eifersüchtig auf seine Kreatur. Das würde zu ihm passen. Natürlich war Tanugi zu ängstlich, um das so auszusprechen; stattdessen entfuhr ihm eine weitere Ladung Süßholz:

»Aber eben, das ist doch tolle Werbung! Das heißt, Sie sind der Begründer einer neuen Religion! Wenn Vangel Christus darstellt, dann sind Sie Gott.«

»Sie haben es immer noch nicht kapiert, oder?« Sterner ärgerte sich und ließ sich von diesem subtilen

Kompliment nicht beeindrucken. »Die Leute, und vor allem die Medien, sind ganz verrückt, wenn es um Vangel geht! Sie stellen sich alle dieselbe Frage: Wer ist diese großartige Person? Sie können Gift darauf nehmen, dass einige investigative Journalisten schon daran arbeiten. Innerhalb eines Monats, oder vielleicht auch weniger, werden sie seine Identität aufdecken, so wie es diese Aasgeier auch schon mit der Schriftstellerin Elena Ferrante getan haben! Dann können Sie alle Ihren Hut nehmen, dann macht die Antiwelt nämlich dicht. Ich habe es doch schon tausendundeinmal gesagt«, ärgerte er sich zum Abschluss. »Unser einziger Mehrwert ist das Mysterium der Anonymität!«

Wenn man es so sah, lag Sterner nicht falsch. Es durfte keine zwei Klassen von Antimenschen geben. Wenn Vangel seine Maske fallen ließ, was hielt die anderen Spieler davon ab, seinem Beispiel zu folgen? Der Leiter der Marketingabteilung fragte Sterner, ob er eine bestimmte Lösung in Betracht ziehe. Plötzlich setzte der Chef eine ernste, fast feierliche Miene auf, das Gesicht eines Stabschefs, der eine militärische Operation plant:

»Ich sehe nur eine«, erwiderte er und betonte jedes einzelne Wort. »Wenn Vangel sich für Christus hält, werden wir ihn auch so behandeln! Wir werden sein Gedächtnis auffrischen ... Weiß er noch, wie sein Jesus endete? Am Kreuz, wie alle Provokateure! Wir werden diesem Propheten geben, was er verdient. Er wird seine Passion erleben, das kann ich euch versprechen!«

Der Zorn hatte Sterner zur Blasphemie getrieben. Stille durchflutete den Raum. Die Abteilungsleiter warteten aufgeregt darauf, dass einer von ihnen einen Ausweg fand. Guillaume Levet runzelte die Stirn; es gab in Sterners Plan einen Widerspruch:

»Aber Monsieur Sterner«, wandte er ein, »wenn Vangel tot ist, hindert das den User nicht daran, seine Identität preiszugeben. Er hat dann nichts mehr zu verlieren.«

»Genau das wollte ich hören!«, rief Sterner. »Endlich ein Hauch Intelligenz in dieser Bude! Natürlich habe ich das bedacht: Wenn wir Vangel töten, müssen wir falsche Spuren streuen; wir werden ihm eine falsche Identität geben und ihm damit für alle Zeiten das Maul stopfen.«

Guillaume lächelte und feixte gemeinsam mit seinem Chef. Heute war definitiv sein Tag. Mit etwas Glück würde Sterner ihm nach dem Meeting einen hohen Posten anbieten. Er durfte also nicht nachlassen, sondern musste weiter kluge Dinge sagen. Er konzentrierte sich umso mehr und stieß auf noch eine relevante Frage:

»Und glauben Sie nicht, dass wir ein enormes Risiko eingehen, wenn wir Vangel auslöschen, dieses Arschloch? Wenn der Fall bekannt wird und die Presse die Hintergründe seines Verschwindens aufdeckt, kriegen wir dann nicht erst recht schlechte Presse? Verlieren wir dann nicht drei Viertel unserer Kundschaft?«

»Daran habe ich noch nicht gedacht«, gab Sterner zerknirscht zu, »aber Sie haben recht: Heaven darf nicht durch Vangels Tod beschmutzt werden. Hm, wissen Sie was, Guillaume? Die Operation werden Sie selbst von Ihrem eigenen Account aus erledigen. Ich gebe Ihnen vierundzwanzig Stunden. Überlegen Sie sich was, irgendwas, aber morgen früh klopfen Sie an mein Büro und sagen mir, dass er tot ist.«

## Kapitel 2

Erst allmählich verstand Julien, was geschehen war. Dabei hatte der Abend so gut begonnen. Am Tag davor war Vangel eine sehr seltsame Nachricht zugegangen: Eine Antifrau behauptete, das Geheimnis seiner Gedichte gelüftet zu haben, und wollte sich mit ihm treffen. Auf Fanpost antwortete er normalerweise nicht, weil die Leute hier haltlose Geschichten erfanden, um seine Aufmerksamkeit oder Neugier zu erregen. Ein Detail sprach ihn diesmal jedoch an. Die Spielerin, die ihn kontaktierte, nannte sich June. Als Julien die Nachricht las, zuckte er zusammen: June, wie sonderbar ... Natürlich konnte es sich um einen Zufall handeln. Aber trotzdem stieß man nicht gerade alltäglich auf Frauen mit Monatsnamen. Er selbst kannte jedenfalls nur eine: May.

May. Hatte sie ihn hinter seinem Anti-Ich erkannt? Sie waren fünf Jahre zusammen gewesen. Wenn es einen Menschen gab, der Vangel entlarven konnte, dann war sie es. Bei diesem Gedanken schloss Julien die Augen; er versuchte, Bilder, Gerüche und Erinnerungen an die gemeinsame Zeit aufzurufen, aber sein Gedächtnis verweigerte ihm den Dienst. Als hätten fünf Monate gereicht, um May verblassen zu lassen. Was war aus ihr geworden? War sie noch mit ihrem Sébastien zusammen? Vermisste sie ihn manchmal? Hatte sie sich vielleicht in der Antiwelt angemeldet, um ihn zurückzugewinnen? Das kam ihm verrückt vor. Es gab nur eine Möglichkeit, um Gewissheit zu erlangen. Julien hatte ein, zwei Stunden darüber nachgedacht und sich dann entschieden: Vangel lud June zum Abendessen in seine Privatwohnung ein, in die oberste Etage des Eiffelturms.

Julien zog seinen VR-Anzug an. Pünktlich zum vereinbarten Zeitpunkt erschien June am südlichen Pfeiler. Vangels aufgereihte Bodyguards wiesen ihr den Weg zum Fahrstuhl, der zum Hausherrn führte. Im selben Moment trat Juliens Anti-Ich ungerührt aus der Dusche. Er ging durch sein Penthouse und stellte sich vor den großen Spiegel, der die Wände des Kleiderschranks zierte. An den Kleiderbügeln hingen Dutzende Outfits, eines eleganter als das andere. Welches sollte er anziehen? Vangel probierte zuerst einen Smoking, dann einen Anzug mit Krawatte, eine Jeansjacke – dann warf Julien das Handtuch: Die Hässlichkeit seines Avatars ließ sich nicht mildern. Resigniert entschied er sich für ein grünes Hemd. Wenn man schon hässlich war, dann wenigstens konsequent. Er ging zum Eingang, um seinen Gast zu empfangen. June war nur noch wenige Stockwerke von ihm entfernt. Als der schicksalhafte Moment näher rückte, merkte er, dass er sich keine Begrüßung überlegt hatte.

Der Aufzug kam an der Spitze des Turms zum Halten. Langsam glitten seine Metalltüren auf. June erschien vor ihm, und Julien bemerkte gleich eine entfernte Ähnlichkeit mit May. Da war natürlich ihr Haar, ein helles Platinblond. Ihre Augen, ein Mandelblick von unverhohlenem Stolz. Während ihm so langsam ernsthafte Zweifel kamen, zog June ihren Mantel aus, und er bemerkte das Muster auf ihrem Kleid. Aufgezeichnete Schnüre, miteinander verschlungen vom Hals bis zu den Beinen. Verstrickungen, die unmöglich zu vereinen und unmöglich zu trennen sind. Er hatte sie genau angesehen, als er seine Sachen aus der Rue Littré geholt hatte. Die Botschaft war klar. June war nicht nur May. Sie war die May des Tages, an dem er sie zum letzten Mal gesehen hatte. Die May nach ihrer Beziehung: die May der Trennung.

»Sie sind längst nicht so schön wie Ihre Gedichte.«

Julien wollte erst antworten, dass auch sie nicht so schön war wie in der Realität – aber er besann sich eines Besseren: June wusste noch nicht, dass er es wusste. Sie konnte nicht beweisen, dass hinter Vangel Julien steckte, also konnte er sie auch mit ihrem Verdacht allein lassen und beobachten, wie sie ihn demaskieren wollte.

»Da irren Sie sich«, sagte er. »Wenn Sie meine Verse lieben, dann haben Sie sie nicht verstanden. Hat Ihnen schon einmal jemand gesagt, dass Sie Ihrem Vornamen gleichen?«

»Ja, ziemlich oft.« Sie blieb unbeeindruckt. »Dieses Kompliment habe ich schon hundertmal gehört. Nicht sehr originell für einen Dichter.«

Wieder war Julien versucht, die Karten auf den Tisch zu legen und ihr kurzerhand zu sagen: »Natürlich bin ich nicht originell, du kennst mich doch!« Stattdessen beendete er das Vorgeplänkel und bot June eine Tour durch sein Penthouse an.

Seit er mit der haptischen Ausstattung tatsächlich in diesem historischen Monument wohnen konnte, hatte er es komplett umgestaltet. Statt der Belle-Époque-Dekoration hatte Vangel weiße Sofas, Rauchglastische, eine offene Küche aus Marmor und einen Whirlpool installiert. Kurzum, er hatte all diejenigen Möbel gekauft, die Julien in seiner Bude in Rungis fehlten. June blickte in jeden Raum, wohl auf der Suche nach einem Hinweis, und verweilte vor den Schmierzetteln an den Wänden. Auf der Hauptterrasse setzten sie sich an einen Tisch mit Blick auf Paris. Ein Sommelier brachte ihnen eine Flasche Saint-Émilion im Wert von mehr als 4 Millionen

Cleargold. Sie stießen an, und Vangel kam gleich zum Punkt:

»June, wissen Sie, warum ich Sie zum Essen eingeladen habe?«

»Wissen Sie es selbst?«

Auf eine Frage mit einer anderen antworten, die dann auch noch absurd war. Das sah May ähnlich. Julien spielte dieses Spiel nicht mit.

»Auch Ihre Nichtantwort ist eine Antwort. Daraus muss ich schließen, dass die Einladung ein Fehler war. Ich hätte es mir denken können: Nachrichten von Fans, die behaupten, das Geheimnis meines Werks zu kennen, bekomme ich tausendfach. Diese angeblichen Erleuchteten verwechseln Gedichte mit Sudokus.«

»Auch Ihre Antwort ist eine Nichtantwort. Wenn meine Nachricht Sie neugierig gemacht hat, dann gerade deshalb, weil Ihre Verse etwas verbergen. Andernfalls hätten Sie wohl kaum weitergelesen. Aber verlassen Sie sich nicht darauf, dass ich Ihnen das Geheimnis Ihres Geheimnisses verrate.«

Vangels Bediensteter brachte die Vorspeise. Eine Spargelcremesuppe, belegt mit überteuerten Lebensmitteln: Antitrüffel und Antikaviar. June aß kaum etwas, was dafür sprach, dass sie nicht so oft in der Antiwelt spielte. Julien lächelte. Vor einigen Monaten hatte sie ihn wie eine Kakerlake aus ihrer Wohnung vertrieben. Und jetzt lud er sie in sein Privatrestaurant ein, zweifellos das schönste im ganzen Metaversum.

Oh, er stellte sich vor, wie May vor ihrem Computer hockte und nicht wusste, welche Taste sie drücken musste, um nach der Gabel zu greifen. Julien stopfte sich manchmal eine Pommes in den Mund, um mit Vangel synchron zu essen, der sich seinerseits den Bauch vollschlug wie ein Oger. Er hatte gerade sein teures Süpplein aufgegessen, als sie ihn wieder ansprach:

»Wissen Sie, warum Ihr Avatar hässlich ist? Ich bin mir sicher, dass Sie sein Aussehen zusammengestellt haben, ohne weiter darüber nachzudenken, ohne sich auch nur die Mühe zu machen oder sich die Frage zu stellen, wie Sie nach außen wirken.«

Vangel warf seine Suppenschale um, und Julien zuckte zusammen. Sie hatte tatsächlich »Ihr Avatar« gesagt. Sie richtete sich an den Anti-Vangel, den Menschen in ihm: Wenn die Moderatoren der Antiwelt auf ihre Unterhaltung stießen, riskierte er Kopf und Kragen.

»Ich weiß, was Sie meinen: Hier bin ich nur deshalb hässlich, weil ich dort schön bin!«, erwiderte er so ausweichend wie möglich, um unter dem Radar von Heaven zu bleiben.

»Keine Frage. Das Problem stellt sich andersherum: Wenn Sie dort schön sind, warum wählen Sie hier die Maske der Hässlichkeit?«

In der Tat hatte er sich diese Frage nie gestellt. Er vergegenwärtigte sich den Frühsommertag, an dem er sich bei der Antiwelt angemeldet hatte. Sein Antigesicht hatte er so zusammengestellt, wie man Monster auf ein Stück Papier kritzelt. Wenn er damals gewusst hätte, dass er die bessere Version seiner selbst zur Welt brachte, wie hätte er sich dann designt? So sehr er auch darüber nachdachte, es fiel ihm einfach nichts ein.

»In diesem Punkt«, stellte Vangel fest, »haben Sie recht: Bei meiner Geburt war es mir nicht bestimmt, ein Weltstar zu werden. Mein familiärer Hintergrund, meine Veranlagung, mein Charakter – alles deutete darauf hin, dass ich mich am Rand der Gesellschaft wiederfinden würde. Zur Verzweiflung derer, die nicht an mich geglaubt haben, bin ich in gewisser Weise nur ein *gescheiterter Versager* – fast wie Gainsbourg …«

Während er diese kleine Tirade in sein Mikrophon sprach, war er besonders stolz darauf; langsam driftete die Diskussion, ohne dass sie es aussprachen, vom Virtuellen ins Reale, von Vangel zu Julien und von June zu May. Es hätte nicht besser laufen können. Als sie antworten wollte, brachte der Bedienstete den Hauptgang: ein Antisteak vom Wagyu-Rind, auf Rebholzfeuer gegrillt, dazu weiße Trüffel, Gänseleber, Blattgold und alles, was der Koch sonst noch hinzufügen konnte, um den Geldwert zu steigern. Wieder fünf Minuten Schweigen, während sie sich an den Speisen gütlich taten. Dann nahm June das Gespräch wieder auf:

»Soll ich Ihnen erzählen, wie ich Ihre Gedichte entdeckt habe?«, fragte sie mit weitaufgerissenen Augen.

»Gern«, antwortete er mit vollem Mund.

»Im Sommer war ich in New York, wo mein Freund als Referendar in einer Anwaltskanzlei gearbeitet hat. Er ist morgens ins Büro gegangen, und ich habe das schöne Wetter genutzt, um auf der High Line zu joggen, das konnte ich früher mit meinem Ex nicht machen. Dann bin ich zurück in mein Airbnb in der 8th Avenue. Einmal musste ich vor dem Zeitungsladen beim Museum of Illusions stehen bleiben. Das *Harper's Magazine* titelte etwas vom ›Vangel Phenomenon‹. Sie hatten gerade Donald Trumps Klon ermordet. Vor dem Tempel der Täuschungen habe ich Ihr Gesicht zum ersten Mal gesehen: der Screenshot eines grässlichen Avatars.«

»Sicher«, antwortete er und ignorierte ihre Andeutungen, »aber meine Gedichte lassen sich nicht vom Gesicht ablesen.«

»Da bin ich anderer Meinung. Ihre Verse bleiben unverständlich, wenn man sich nicht mit Ihrem Gesicht auseinandersetzt. Ihre Haare sind fürchterlich, ebenso Ihre Nase, Ihre Ohren, Ihr Kinn und Ihr ganzer Körper. Aber …«

»Aber?«

»Das ist es ja gerade: Ihre Gedichte lassen sich nur mit geschlossenen Augen lesen.«

»Ich muss Sie warnen: Wolkige Interpretationen gefallen mir gar nicht! Wie Sie wissen, habe ich an der Columbia University eine Schießerei angezettelt.«

»Nein, davon halten Sie nichts. Ich will nur sagen,

dass die Leute, die Ihr Werk ergründen wollen, ganz falsch an die Sache herangehen: Sie zerpflücken einfach nur den Text und meinen, dadurch auf Ihre Identität schließen zu können.«

»Und was sollten sie Ihrer Meinung nach tun?«, unterbrach er sie abrupt, während er sein Fleisch zerschnitt. »In den Sternen lesen?«

Vangel hatte sie gekränkt. Wie er sie kannte, würde May ihn nun eine ganze Weile warten lassen, bevor sie mit ihrer Analyse fortfuhr. Umso besser, dachte er. Ausnahmsweise kehrten sich die Rollen um. Zur gleichen Zeit servierte ihnen der Sommelier eine zweite Flasche Wein. Frustriert rauchte May am anderen Ende des Tisches eine Zigarette und betrachtete Paris. Er wartete, bis sie aufgeraucht hatte, und wagte dann einen Versuch.

»Schon besser als in der Rue Littré, nicht wahr?«, sagte er und deutete auf das Panorama.

May schien nicht überrascht, dass er sich ihr offenbarte. Ihrem Avatar waren nur schwer die Gefühle anzusehen, die sie in diesem Moment bewegten. Dennoch antwortete sie lakonisch:

»Ja, nur leider ist es nicht real.«

Abermals hatte sie recht. Viele Minuten lang wichen sie einander aus und sagten nichts. Es war, als hätten sie sich nichts mehr zu sagen, als würden sie sich verabschieden, wie sie sich getroffen hatten. Dann brach June das Schweigen:

»Sag mal, jetzt, wo du ein Star bist, was machst du eigentlich den ganzen Tag? Wenn es nach den Gegenzeitungen geht, bleibt Vangel immer daheim und trifft sich nie mit Leuten.«

»Das stimmt. Abgesehen von den täglichen Verpflichtungen betrachte ich die meiste Zeit das Antipanorama und suche nach Gedichtideen.«

»Und deine Arbeit?«

»Brauche ich nicht mehr: Ich bin der jüngste Rentner Frankreichs.«

»Und Frauen?«

»Nein. Ich weiß ja nicht, ob Sie es wissen«, erwiderte er im Wechsel zwischen Du und Sie, »aber ich habe fünf Jahre lang mit einer Frau zusammengelebt, und das hat mich so ziemlich gegen alle Beziehungen geimpft, verstehst du?«

Die dritte Schweigerunde seit Beginn des Abendessens. Julien fragte sich, ob er es so richtig zusammengefasst hatte. Schließlich wusste er nichts über Mays Lage und ihre Absichten. Er fand einen indirekten Weg, sie durch das Prisma seines Anti-Ichs zu befragen. Laut June war May immer noch mit Sébastien zusammen. Der Ausflug nach New York hatte die beiden Neo-Turteltauben keineswegs auf die Probe gestellt, sondern vielmehr zusammengeschweißt. Zurück in Paris hatte May eine Stelle als Artdirector in einer Werbeagentur bekommen, während der junge, brillante Anwalt bald seine Zulassung erhielt. Das gute

Leben eben. May und Sébastien waren nicht mehr nur nachts verliebt: Sie machten Couple-Selfies, stellten ihre Liebe in den sozialen Netzwerken zur Schau und spionierten jeweils das Handy des anderen aus. Ihre Beziehung war harmonisch. Ein Gewinner-Duo, das das Leben rockt, sich nach oben kämpft, Bankdarlehen aufnimmt, eine Erstwohnung kauft, dann eine Zweitwohnung, und warum nicht auch eine dritte. In zwei Wochen würden sie in eine Zweizimmerwohnung in Neuilly ziehen. Der Ausgangspunkt für eine gewinnträchtige Beziehung.

Als June die mögliche Verlobung erwähnte, machte der Sommelier noch einmal auf sich aufmerksam. Da er Vangels Anweisungen bis ins letzte Detail befolgen wollte (»Imponieren Sie ihr von vorn bis hinten«, »Schenken Sie uns immer aus den teuersten Flaschen nach!«), brachte er nun ein Fläschchen Islay-Whisky. Der Dichter exte drei Shots, June hingegen lehnte ab.

»Eins würde ich aber gern wissen«, murmelte Vangel, während Julien ein Bier köpfte. »Wie bist du darauf gekommen, dass ich es bin?«

»Als ich dein Antigesicht auf dem *Harper's*-Cover gesehen habe, musste ich sofort stehenbleiben. Obwohl er unendlich hässlich war, fühlte ich mich von Vangel gleich angezogen. Ich habe dich nicht sofort erkannt. Aber ich spürte, wenn es diesen Dichter gab, dass ich Himmel und Hölle in Bewegung setzen würde, um mit ihm zu schlafen.«

»Und wie konntest du dir sicher sein, dass ich es bin?«

»Ein paar Minuten später bin ich im Airbnb ins Internet gegangen und habe deine Gedichte gelesen. Erst einmal. Dann zweimal. Dann dreimal. Dann schloss ich die Augen, zündete mir eine Zigarette an und sagte sie auf. Dann war es mir klar.«

»Was?«

»Das ist Musik! Wortmusik!«

»Du machst es dir ein bisschen zu leicht ... Nicht sehr originell, um deinen Vorwurf von vorhin aufzugreifen: Der Vergleich von Poesie mit Musik ist so alt wie diese beiden Künste selbst. Und ich bin auch nicht der einzige Musiker auf der Welt.«

»Nein, du hast mich nicht verstanden«, sagte sie mit Nachdruck. »Als ich mich selbst deine Verse sprechen hörte, habe ich *deine* Musik erkannt. Fünf Jahre lang habe ich dich jeden Tag Klavier spielen hören: Deine Rhythmik und deinen Stil erkenne ich im Schlaf.«

»Tut mir leid, aber es fällt mir schwer, das zu glauben«, antwortete Vangel, der ihr eigentlich schon sehr gern glauben wollte.

»Dabei ist es doch ganz einfach. Als ich deine Gedichte laut aufgesagt habe, war mein erster Gedanke: Das sind Lieder ohne Melodie. Dann habe ich weitergemacht, und ich kann dir nicht sagen, wieso, aber da überkam mich ein merkwürdiges Gefühl. Ich weiß noch genau, was ich dachte: Dieser Vangel ist ein Musiker, der die Musik hasst. Und da ist mir dein Gesicht ins Auge gesprungen und hat seins überlagert.«

Als sie diese sich überlagernden Gesichter erwähnte, machte Julien einen Schritt nach vorn, streckte seine Arme in die Leere und öffnete seine Lippen unter dem Headset: Vangel ging auf June zu, senkte den Kopf ein wenig und legte seinen Mund auf den ihren. Sie schien kurz zu zögern, bevor sie ihn umso heftiger umarmte. Julien spürte, wie die Reize seinen Anzug wärmten, als umfingen ihn unsichtbare Hände, eine strich über seinen Rücken, die andere wanderte zu seinem Unterleib hinab. Der Anzug gab wunderbar wieder, wie sich diese zarten Finger bewegten und den Druck lösten, als sie sein Geschlecht berührten. Ein schneller Schauer durchlief seine Hoden: Sie zog ihn aus. Nach und nach fielen Vangels Kleider zu Boden und gaben den Blick auf seinen Mikropenis frei, der zwischen zwei verlorenen Schamhaaren hervorlugte. Während sich Juliens Outfit unter der Wirkung seiner Erektion dehnte, stützte sich June am Geländer ab und positionierte sich wie ein Emu. Vangel stand hinter ihr und drang in sie ein. Die Brüstung begann unter den Lendenstößen zu beben, das war der Höhepunkt.

Julien, von der Szene besessen, rang ganz allein mit sich inmitten seiner Wohnung. Als er wieder die Haut seiner Ex spürte, machte sich bemerkbar, wie betrunken Vangel war. Das Headset gab den Alkoholspiegel unglaublich genau wieder: Die Bilder wurden unscharf, die Gegenstände verdoppelten sich. Julien tat so, als wäre nichts. June taumelte in Vangels Armen, und ihr Vor und Zurück wurde immer schneller, intensiver, fast krampfhaft. Er vertiefte sich in den Anblick von Paris, bebte vor Lust und ließ sich vom Panorama wiegen, während er die enorme Perspektive bewunderte. Gegenüber stellte der Trocadéro seine Springbrunnen zur Schau. Dann kam die langgestreckte, von Baumreihen gesäumte Avenue d'Eylau. Wie eine Mandel wurde sie zum Bois de Boulogne hin schmaler. Und ganz hinten reihten sich an den letzten Windungen der Stadt die Hochhäuser von La Défense.

Kurz bevor er kam, richtete sich Julien auf und fixierte die Grande Arche. Irgendetwas dort erregte seine Aufmerksamkeit. Ein heller Punkt am Horizont, der immer größer wurde.

## Kapitel 3

Nach dem Meeting verließ Guillaume Levet die Heaven-Zentrale und fuhr nach Hause in die Innenstadt von Bordeaux. In der Apotheke an der Place de la Victoire kaufte er eine Packung Codeintabletten. Es war ein Herbstmorgen. Die Sonne tauchte ihr fleckiges Licht in die Pfützen. Das Kopfsteinpflaster glitzerte. Ein Stück weiter begann die Rue Sainte-Catherine. Wenn Guillaume es eilig hatte, mied er diese enge, gerade Fußgängerstraße. Ständig war sie mit gedankenverloren schlendernden Menschengruppen überfüllt: Schüler auf dem Weg zur Schule, Fahrradkuriere, Familien mit Kindern, Arbeiter in der Kippenpause und manchmal sogar Touristen. Es war nie möglich, geradeaus zu gehen, immer wurde man von den sprunghaften Bewegungen der anderen gestört, und deshalb wählte Guillaume, der wusste, wie nervös er war, oft lieber die Nebenstraßen.

Doch an diesem Morgen sprudelte Adrien Sterners Assistent vor Freude über. Er bog in die Rue Sainte-Catherine ein und nahm sich die Zeit für ihr anarchisches Treiben, beobachtete die Menschen, folgte mal der einen, mal der anderen Gruppe, drängte sich vor, ließ passieren, bremste und beschleunigte im Rhythmus der Menge. Das Leben war wie die Rue Sainte-Catherine, chaotisch, aber erhaben. Wie die Fußgänger trieben die Ereignisse ihr Spiel mit dem Zufall. Sie waren durch gewundene Abzweigungen miteinander verbunden, durch eine okkulte Magie. Seit drei Jahren trat er in seinem Job auf der Stelle, erduldete jede Demütigung – und endlich schenkte ihm Sterner Aufmerksamkeit. Er wollte endlich einmal etwas anderes von ihm als Frühstück, er betraute ihn mit einer Schlüsselaufgabe, erkannte seinen echten Wert. Tief in seinem Inneren hatte Guillaume immer gewusst, dass dieser Tag einmal kommen würde. Doch, er hatte gut daran getan, den Spott und die Befehle seines Vorgesetzten zu ertragen: Ein Weg eröffnete sich ihm. Wie würde es weitergehen? Wenn er Vangel erfolgreich liquidierte, würde dann endlich seine Karriere beginnen? Würde er dann an die Stelle der diplomierten Esel in der stellvertretenden Geschäftsleitung treten? Könnte er dann mit Sterner auf Augenhöhe sprechen? Würde dann auch er an Heavens Schicksal teilnehmen?

Noch standen derlei Träumereien nicht auf der Tagesordnung. Als Levet in seiner kleinen Wohnung ankam, verbarrikadierte er sich. Er ließ die Jalousien herunter, schob ein Tiefkühl-Gratin in den Ofen, loggte sich in seinen privaten Antiwelt-Account ein und ließ seinen Avatar erscheinen: BallOfHate. Ja: BallOfHate, der psychopathische Türsteher des Skylove, der Wächter der Vorstadtnachtclubs, der Nerd, der in seiner Freizeit im Netz abhatete – das war Guillaumes Anti-Ich. Tagsüber war Levet den autoritären Manien seines Chefs ausgesetzt, und nachts ließ er seinen Frust ab und trollte in der Antiwelt. Er rächte sich an Adrien Sterner in dessen Spiel: eine Bumeranglogik.

BallOfHate schlief noch, als er sich einloggte, er lag in den Backrooms des Skylove. Während er langsam aufwachte, machten sich fremde Frauen an seinem Schwanz zu schaffen. Guillaume aß Gratin und überlegte sich einen Plan. Vangels Adresse in der Antiwelt war allgemein bekannt: Jeder Antimensch wusste, dass er ganz oben im Eiffelturm lebte. Das Problem war nur, dass der Dichter Dutzende versierte Bodyguards beschäftigte. Nahkampf war somit ausgeschlossen. Vielversprechender erschien ein Selbstmordattentat: Er könnte den Eiffelturm in die Luft sprengen und damit seinen Bewohner auf einen Schlag töten. BallOfHate würde dabei sein Leben lassen. Doch Guillaume war jetzt glücklich, er brauchte kein Anti-Ich mehr.

Um sechs Uhr abends verließ BallOfHate die Backrooms. Ein letztes Mal verprügelte er einen Gast, der in Billo-Klamotten über die Tanzfläche watschelte, stahl ein Cabrio-Coupé vom Nachtclubparkplatz und raste zum Flughafen Charles de Gaulle. Am Terminal 2E kaufte er ein Ticket für einen Langstreckenflug nach Abu Dhabi. Kurz nach dem Start sprang er von seinem Sitz auf, erwürgte die Stewardessen, nahm einen Passagier als Geisel und stürmte ins Cockpit. Danach ging alles sehr schnell: Er zertrümmerte den beiden Piloten den Schädel und übernahm die Steuerung. An einem zweiten Computer stellte Guillaume anhand der internen Server von Heaven sicher, dass Vangel eingeloggt war. Dann drehte das Flugzeug nach Südwesten ab. In der Nacht konnte man nicht klar sehen, es dauerte aber nicht lange, bis die Lichter von Paris in der Dunkelheit aufleuchteten. Der Eiffelturm stand starr und schimmerte, umstellt von den beiden Scheinwerfern, die in den Himmel leuchteten. Guillaume Levet konzentrierte sich. Bei voller Geschwindigkeit verlor das Flugzeug an Höhe. Gleich würde es eine enorme Explosion geben. Die Pfeiler würden ihren Halt verlieren, die Spitze wackeln und dann umkippen. Die Streben würden zusammenfallen wie Mikadostäbe. Die zu Boden gefallene Metallgiraffe würde röcheln und ihren einzigen Bewohner in den Tod reißen. Was wäre Paris ohne Eiffelturm? Eine Antiwelt ohne Vangel.

Ein fliegendes Objekt, ganz verschwommen und ungefähr. Wegen des Alkohols konnte Vangel es nicht gut erkennen. Aber das Ding schoss durch die Luft und glitt zwischen den Wolken hindurch. Es schwebte in der Luft, wurde immer größer und ließ erste zögerliche Formen erkennen. Es sah aus wie ein riesiger Adler mit unbeweglichen Flügeln. Der Vogel kam näher, tauchte aus der Nacht auf und war wie im freien Fall. Immer schneller kam er immer näher, markierte eine gerade Linie. Ein riesiges Tier. Es starrte ihn an. Das Gesicht war zu sehen: ein Flugzeug, ein monströses Flugzeug, ein fliegender Koloss. Julien konnte nicht mehr ejakulieren, als sich alles verflüchtigte. Zuerst war da ein blendender Blitz. Eine donnernde Explosion. Durcheinandergewirbelte Farben. Ein scharlachroter Geysir in seinem Headset. Erschütterungen. Das Gefühl, bei lebendigem Leib zu verbrennen. Kurzschluss in seinem Anzug. Und dann nichts. Nur Stille. Nicht enden wollende Stille.

Die Minuten verstrichen. Julien zog seinen Anzug aus und versuchte, die Kabel wieder anzuschließen. Als das System neu startete, schnappte er sich sein Smartphone und ging auf Facebook. An prominenter Stelle erwartete ihn im Newsfeed eine Benachrichtigung. BFM TV: »Eilmeldung: Vangel in der Antiwelt gestorben.«

# Kapitel 4

»Nehmen Sie Diktat, Guillaume? Kommen Sie, beeilen Sie sich, die Pressemitteilung muss vor sieben raus, AFP drängelt schon: ›Mit großem Bedauern müssen wir bestätigen, dass der berühmte Dichter Vangel, dessen Werk alle Winkel der Erde erreicht hat, bei einem Terroranschlag auf den Anti-Eiffelturm ums Leben gekommen ist. Seit gestern Abend wünschen sich große Teile der Öffentlichkeit, dass wir Vangels Identität offenlegen. Abgesehen davon, dass dies gegen die Regeln der Antiwelt verstoßen würde, haben wir heute Morgen den User kontaktiert, der sich hinter Vangels Account verbirgt. Die besagte Person teilte uns mit, dass sie ihre Anonymität gewahrt wissen möchte. Sie gestattet uns nur eine einzige Mitteilung: Es handelt sich um eine 50-jährige Frau aus Québec. Wir möchten ihr mit diesen Zeilen unsere tiefste Ehrerbietung erweisen und ihr danken.‹ Und dann unterschreiben Sie mit: ›Adrien Sterner und das Heaven-Team.‹ Gut, sind Sie fertig? Zeigen Sie mal, ich will mir noch mal die Rechtschreibung ansehen …«

In der Heaven-Zentrale waren Sterner und sein Assistent ganz aufgekratzt. Seit Guillaume Levet seinen Chef mitten in der Nacht mit dem Codewort »Jesus KO« geweckt hatte, lief alles wie am Schnürchen. Mit der Pressemitteilung versetzten sie Vangel den letzten Stoß. Auf diese falsche Fährte würden sich die Leute stürzen, und die Wahrheit würde nie ans Licht kommen. Julien Libérat konnte sich noch so sehr bemühen, die Urheberschaft seiner Gedichte zu beanspruchen, niemand würde ihm glauben. Der Fall Vangel war damit abgeschlossen.

»Endlich!«, rief Sterner, nachdem er die Meldung an die AFP weitergeleitet hatte.

Gutgelaunt gewährte er seinem Sekretär einen freien Tag – und versprach ihm, am übernächsten Tag über seine Beförderung zu sprechen.

Guillaume Levet, mit dunklen Ringen unter den Augen, ließ sich das nicht zweimal sagen: Er dankte dem Chef für sein Vertrauen und verschwand lautlos. Als er die Tür geschlossen hatte, schaltete der Heaven-CEO seinen Computer ein. In einem Word-Dokument verfasste er das Memorandum für sein neues Projekt: die Multiwelt, ein riesiges interoperables Netzwerk, das viele autonome Metaversen enthalten würde, zwischen denen die Spieler springen konnten. Auf die Idee war er in Leibniz' *Theodizee* gestoßen. »Eine Unzahl anderer Welten«, schrieb der Philosoph nach Sterners Erinnerung, »ist ebenso möglich und strebt ebensosehr nach dem Dasein.« Ein klares Wort, das alles sagte. Ja, Leibniz hatte recht. Die Welt war zu eng, um alle Weltanschauungen unterzubringen, zu knapp bemessen für all die Phantasien, die sie hervorrufen konnte. Im Universum gab es nicht genug Platz für die Ideale der Menschen. Daraus ergab sich die Notwendigkeit, noch etwas weiter zu gehen und ein Multiversum zu schaffen, das aus unendlich vielen Versionen des Planeten Erde bestand. Mit der Multiwelt würde Heaven es seinen Avataren ermöglichen, sich von einem Metaversum in ein anderes zu teleportieren oder sogar einen eigenen Simulationsraum einzurichten. Der Aufbau eines solchen Netzwerks würde die Programmplaner mehrere Jahre kosten, vielleicht zehn, wahrscheinlich mehr. Es wäre Adriens letzte Baustelle. Danach würde er sich zur Ruhe setzen und sein Unternehmen einem anderen überlassen. Er hätte endlich seine Mission erfüllt: Das Reich der Realität wäre am Ende.

Adrien zog eine Line Koks. In neun Tagen würden die Spieler der Antiwelt Juliens Avatar zu Grabe tragen. Den Postings in der Gegengesellschaft zufolge würde es eine meisterhafte Zeremonie werden. BFM TV würde live über das Ereignis berichten. Sei's drum: Heaven musste zu diesem Anlass eine Erklärung veröffentlichen. Das Unternehmen würde die Antimenschen dazu ermutigen, das Andenken ihres Lieblingsdichters zu ehren. Einige investigative Journalisten machten sich vielleicht auf die Suche nach der 50-jährigen Québecerin, aber sie begäben sich damit auf eine falsche Fährte. Langfristig würde man Vangel ad acta legen. Adrien legte seine Hand dafür ins Feuer, dass in einem Monat niemand mehr darüber reden würde.

Er schaute auf die Uhr, putzte sich geräuschvoll die Nase und wischte dabei weiße Pulverspuren von seinen Nasenlöchern. Kurz bevor er sich an seinen Text setzte, überprüfte er noch einmal, ob Julien Libérat etwas auf Facebook gepostet hatte. Gutes Zeichen: Der Knilch stellte sich weiter tot. Er ahnte wahrscheinlich, dass es nichts brachte, sich aufzuregen, dass das Machtgefälle zwischen Heaven und ihm nicht zu seinen Gunsten ausfiel. Sterner lächelte. Nichts überschattete mehr seinen Ruhm.

## Kapitel 5

Im Jahr 2022 hatte die Psychologie das Phänomen bereits dokumentiert: Internetnutzer, die den Zugang zu ihrem Antiwelt-Account verloren, gerieten oft in einen mehr oder weniger apathischen Zustand. In den folgenden Monaten fiel es ihnen schwer, ein normales Leben zu führen. Die Symptome ähnelten einem Entzug oder einer Trauer. Die aus der Antiwelt Ausgeschlossenen litten unter starker Müdigkeit, ihre Libido ging in den Keller, sie verloren das Interesse an ihrer unmittelbaren Umgebung und verfielen einem trägen Dämmerschlaf. In einigen Fällen führte die Melancholie zu fatalen Entschlüssen. Allein in Frankreich gab es Dutzende Fälle von Depressionen, die auf eine Vertreibung aus der Antiwelt zurückzuführen waren. Um den selbstzerstörerischen Tendenzen Rechnung zu tragen, nannten die Psychiater dieses Phänomen das Antiwelt-Syndrom.

Eine Woche lang ging Julien nicht aus dem Haus. Seine einzige soziale Interaktion bestand darin, sich bei den Lieferdiensten zu bedanken, die ihm Cheeseburger brachten. Sonst lümmelte er nur auf dem Bett. Er klebte am Computerbildschirm und überflog fiebrig die Huldigungen, die für Vangel bestimmt waren. In den sozialen Netzwerken setzte sich der Hashtag #IchBinVangel bereits am Tag nach seinem Tod an die Spitze der Trends. Nur wollten die Verfasser dieser Tweets nicht Vangel gedenken, sondern verwendeten die Formulierung in ihrem wörtlichen Sinne. Aus Opportunismus oder der Lust am Hype behaupteten Tausende, hinter dem Avatar Vangel zu stecken, und erklärten sich für die Urheber seines Werkes. Es gab immer mehr Betrüger, und jeder hatte seinen eigenen Pseudobeweis: einen gefälschten Screenshot, falsche Gedichtentwürfe, verlogene Zeugenberichte. Die Gerüchte vermischten sich zunehmend zu einer Kakophonie, die Erbschleicherei wurde zur allgemeinen Obsession. Die Fake-News-Flut überforderte die Faktencheck-Websites völlig. Da es keine handfesten Beweise gab, ließen sich die Behauptungen des einen oder anderen Möchtegern-Vangel weder widerlegen noch bestätigen. »Zum ersten Mal in der Geschichte unserer Redaktion«, schrieb der Leiter der Rubrik ›Checknews‹ von *Libération,* »sind wir nicht in der Lage, die Fakten zu checken.« Dieses Geständnis war vielsagend: Im Herbst 2022 waren Wahrheit und Fälschung nicht mehr zu unterscheiden.

Je hilfloser Julien diesem Identitätsdiebstahl zusehen musste, desto kraftloser fühlte er sich. Wenn selbst die Journalisten das Handtuch warfen, wie sollte dann er den Raub seines Anti-Ichs verhindern? Wer würde ihm in diesem Lärm zuhören? Wie sollten sich seine Worte von all den Verschwörungstheorien unterscheiden? Wer würde ihm vertrauen? Julien ließ den Kopf hängen, noch bevor er ihn aufgerichtet hatte. Von seinem Kopfkissen aus beobachtete er seine Wohnung und hatte das Gefühl, dass die Wände immer enger auf ihn zuliefen, dass sie ihn immer mehr bedrückten, ihn schließlich erstickten und lebendig begruben. Das Parkett sah aus wie ein ausgetrocknetes Meer. Es war, als bildete es eine Wüstenlandschaft, bevölkert von Wollmäusen und Hamburgerkadavern. Als wäre seine Wohnungstür für immer verriegelt. Als verflüchtigte sich dahinter die Welt. Julien wusste nicht, was er sonst tun sollte, als auf diese Weise zu fliehen: Er wartete, bis ihn die Müdigkeit übermannte, und driftete ins Land der Träume ab.

Je weniger er sich bewegte, desto mehr erschöpfte ihn seine Trägheit. Die Stunden und Tage vergingen, und es kam ihm vor, als wäre seine Matratze aus Treibsand, als versänke er unaufhaltsam darin, ohne sich dagegen wehren zu können. Aufstehen, Zähne putzen, anziehen, Zimmer aufräumen: Das alles lag ganz fern des Möglichen. In Adrien Sterners magischer Welt war das Leben leicht, bequem, ja fast luxuriös: Man musste nur einen Anzug anziehen und konnte sich hineinteleportieren. Wie sollte er nun seine Starre lösen? May kontaktieren? Heavens verlogener Pressemitteilung widersprechen? Irgendwie beweisen, dass er der Autor von Vangels Gedichten war? Wieder Klavierstunden geben? All diese Kämpfe waren zum Scheitern verurteilt. Julien musste sich eingestehen, dass er nicht mehr genug Kraft hatte, sich unter die Leute zu mischen: Der Zug in die Realität war für ihn abgefahren. Er blieb an den Gleisen stehen und sah zu, wie er sich ohne ihn entfernte, eilig und immer noch überzeugt davon, auf ein Ziel zuzusteuern. Nichts anderes war die Wirklichkeit. Ein riesiges Täuschungsmanöver, bei dem jeder davon überzeugt war, seinen Platz zu haben, einen Zweck zu erfüllen und im Zentrum eines einzigartigen Abenteuers zu stehen. Eine Art Antiwelt, die wirklich existierte.

Nach etwa zehn Tagen gab Heaven eine zweite Pressemitteilung heraus. Das Unternehmen aus Bordeaux kündigte an, dass Vangel bald einen NPC erhielt. Durch die Aktion »Auferstehung der Toten« würde der verstorbene Dichter ein neues Leben als synthetischer Avatar führen. Ein hochmoderner Algorithmus machte es nicht nur möglich, seine eigenen Zitate zu remixen, sondern auch neue Gedichte zu schreiben, in Geist und Stil derer, die ihn berühmt gemacht hatten. So würde Vangels Werk auch nach seinem Tod fortgeführt. Völlig autonom, so kreativ wie ein Lebender, wäre Vangel reiner Geist ohne Körper, ewiger Geist: der erste Übermensch der Antimenschen.

Julien ließ seinen Blick über die Pressemitteilung schweifen, stand auf, riss die Haribotüte auf, die ihm Bledi Spot bei seiner letzten Bestellung als Treuegeschenk mitgeschickt hatte. Gelbe und grüne Krokodile, schwabbelig. Erst schmeckten sie süß, doch beim Kauen hinterließen sie einen sauren Nachgeschmack. Nach drei oder vier Stück legte Julien die Packung zurück und ging wieder ins Bett. Vor dem Fenster erblühte der Tag. Ihm jedoch wurden die Lider schwer, der Kopf grub sich ins Kissen, und sein ganzer Körper rollte sich unter der Decke zusammen: Schon schlief er ein.

Das Erste, was er mit geschlossenen Augen sah, war das Gesicht von May. Sie stand auf dem Treppenabsatz ihrer alten Wohnung, so wie er sie beim letzten Mal gesehen hatte. Dieselbe Frisur, dasselbe Kleid mit beigem Schnurmuster, dasselbe Grinsen. Sie lehnte sich an den Türrahmen und war im Begriff, sich von ihm zu verabschieden. Julien betrat den Fahrstuhl, aber die Kabine fuhr in die falsche Richtung. Statt ihn ins Erdgeschoss zu bringen, schlug sie durch das Dach und katapultierte ihn in den Himmel. Er drückte auf die Knöpfe, aber nichts half: Das System reagierte nicht. Wie eine Rakete beschleunigte der Fahrstuhl immer weiter. Der Etagenanzeiger zeigte imaginäre Stockwerke an, die sich in rasender Geschwindigkeit abwechselten. Bald überschritten sie 50, dann 100, 600, 2000 – und so ging es weiter, bis die Anzeige stehenblieb und das Symbol ∞ anzeigte. Der Fahrstuhl hielt schließlich an, und hinter den Türen zeigte sich ein unbekannter Ort: Er war am Ziel.

Wo war er? Julien wusste es nicht. Er schaute von einer Seite zur anderen. Ein helles Licht erfüllte den ganzen Raum. Wie in »Le Paradis blanc« von Michel Berger. Ja, das war es: Er wandelte durch eine undefinierte Zone, wo Himmel und Erde zusammenstießen; er trat auf die Wolken und trotzte der Sonne; er hatte die Kehrseite des Lebens erreicht.

»Julien?«

Eine Stimme sprach ihn an. Eine synthetische Stimme. Er drehte sich um und sah, wer da redete. Ein Wesen, das er gut kannte und dem er nun zum ersten Mal von Angesicht zu Angesicht begegnete. Vangel.

»Willkommen an der ultimativen Grenze, wo die Antiwelt auf die Realität trifft. Wo verpasste Träume die nicht beschrittenen Wege kreuzen. Wo verlorene Menschen gebrochenen Geistern begegnen. Wie schön, dass endlich einmal ich dich beobachten kann. Ich habe schon so lange darauf gewartet, die Puzzlestücke zusammenzusetzen.«

Julien wollte antworten, aber sein Mund war taub. Er konnte ihm nur zuhören, wie man einen Toten anschaut.

»Weißt du, was unsere Beziehung ausmacht? Was die Beziehung eines Menschen mit seinem Anti-Ich bestimmt? In diesem Fall ist es Entzweiung: Uns trennen achtundzwanzig Jahre. Als du mich zum Leben erweckt hast, lag deine Jugend bereits hinter dir. Gewissermaßen muss ich dir danken. Ohne dich wäre ich real und damit inexistent. Aber du warst so gut und hast an meiner Stelle existiert. Achtundzwanzig Jahre lang hast du versagt, damit ich erfolgreich sein konnte. Zwischen deiner Geburt und meinem Erscheinen hattest du genug Zeit, die Welt zu verlernen. In dieser Zeit hast du dich mit der Abkehr von geliebten Dingen beschäftigt. Du hast ganze Arbeit geleistet. May, die Leidenschaft für das Klavierspiel, die Versprechungen der Zukunft, die Hoffnung auf Glück: Es gibt nichts, was du nicht zerstört hättest. Aber sei nicht traurig. All deine Misserfolge münden in der nobelsten Tat: der Entfaltung deiner Gegenidentität. Ja, du verkörperst den Entwurf, und ich, ich bin das Gedicht.«

Augenblicklich wurde es noch heller, Vangels Gesicht verschwand in der Strahlung. Nur seine Stimme funkelte weiter in dieser blendenden Nacht.

»Worauf wartest du? Schließ dich mir an. Du hast nichts zu verlieren, Julien, wir wandern auf demselben Grat zwischen dem Nichts und dem Kommen zum Sein. Von uns beiden, mein Lieber, ist einer noch am Leben und der andere schon tot. Die Frage ist nur, wer.«

Bei diesem Satz ereignete sich etwas Seltsames. Das Licht trübte sich. Das war natürlich Unsinn: Eine Vision konnte nicht gleichzeitig weiß und schwarz sein. Der Widerspruch aber ist der Träume Terrain, und so sah sich Julien tatsächlich von einem helldunklen Lichtkreis umgeben.

»Erinnerst du dich daran, was June mir über dich erzählt hat, als ich mit ihr gegessen habe? Dass du ein Künstler bist, der seine Kunst hasst. Ein erstaunlicher Satz … Gibt es auf Erden auch nur einen Menschen, der die Musik nicht liebt, vor allem unter jenen, die dazu berufen sind, sie zu erschaffen? Seit der Nacht meines Todes verfolgt mich dieser Gedanke. Eine Frage brennt mir auf den Lippen: Warum hast du dein Leben einer Leidenschaft gewidmet, die dir nichts zu bieten hatte?«

Julien ging in sich. Er sah sich vor zwanzig Jahren, als seine Eltern auf der Autobahn in den Urlaub das Radio einschalteten. Die Bäume flogen vorbei. Musik spielte, und er konzentrierte sich darauf. Langsam bauten die Noten eine Treppe durch die Stille. Bald erfüllte die Musik die Landschaft, spiegelte sich in den Bäumen; sie war es, die ihre zittrigen Umrisse hervorhob. Von tiefster Kindheit an spürte Julien in sich etwas Großes.

»Das Nichts, Julien! Dich hat schon immer ein morbider Geist angetrieben: die Flamme des Nichts! Die Gabe, dich in Welten zu stürzen, in das Dasein, das nicht ist!«

Mit jedem dieser Ausrufe wurde Vangels Stimme leiser. Sie schien sich zu entfernen, als ob Vangel sich mitten in seinem Traum in Luft auflöste. Julien spitzte die Ohren, aber er konnte nichts tun; die Sätze wurden immer abgehackter, ihr Sinn streckte vor den Kräften der Nacht die Waffen. Nur noch ferne Echos drangen zu ihm durch:

»Mein Armer ... Von Anfang an lebst du ein Antileben. Einen Tod lebst du. Dein Anti-Ich wirst du nicht überleben ... Vom Unwirklichen in dir vermagst du dich nicht zu trennen ... Wie du es geliebt hast, mich vor deinen Augen sterben zu sehen ... Leugne es nicht ... Du bist mir so vertraut, als hätte ich dich gezeugt ... Du hast mich explodieren sehen in meinem Turm, und du warst neidisch ... Ich bin meinem Himmel entstürzt, und du hast gejubelt ... Nun bist du an der Reihe ... Was ist dir lieber? ... Willst du dich wieder in deinen Tunnel verkriechen oder mir die Hand reichen? ... Allein für dich versauern oder zu mir aufschließen? ... Tief in deinem Inneren hast du dich bereits entschieden ... Bis morgen, mein Julien.«

## Kapitel 6

Mit dem Attentat hatte Vangel einen Tod erfahren, der seinem Schicksal angemessen war. In der Nacht auf den 27. Oktober, einen Donnerstag, versammelten sich im Pariser Umland fast drei Millionen Antimenschen. Sie alle sahen fassungslos zu, wie der Eiffelturm einstürzte. Seine Spitze wankte im Himmel und stürzte zu Boden, wo sie in einer Aschewolke aufging, die so rasant aufstieg wie ein Atompilz. Alle Zeugen des Dramas kannten Vangels Adresse. Alle wussten, dass der berühmte Dichter seine Wohnung nie verließ. Alle schlussfolgerten, dass er vor ihren Augen gestorben war. Die Rettungskräfte trafen ein, gefolgt von Hunderttausenden Anonymen. Der Schutt war so immens, dass er einen haushohen Berg bildete. Sechs Tage lang wurden die Trümmer entfernt, die sich auf dem Vorplatz angesammelt hatten. Erst am Mittwochabend grub ein Freiwilliger inmitten der Ruinen einen leblosen Körper aus, der erstaunlich intakt war. Vangel lag nackt auf einem Schrotthaufen und lächelte heiter, weil er die Ewigkeit erreicht hatte.

In diesem Moment begann eine in der Geschichte der Antimenschheit nie dagewesene Bestattungszeremonie. Da sich Vangels Ruhm bis in die letzten Ecken des Globus erstreckte und er den gesamten Planeten inspiriert hatte, wurde beschlossen, dass seine sterblichen Überreste vor der Beisetzung einmal um die ganze Welt reisen sollten. Am Donnerstag startete in der Morgendämmerung ein Militärflugzeug von Vélizy-Villacoublay. Es hatte Vangels Sarg an Bord und sollte die Antiwelt im Tiefflug durchfliegen, damit alle Avatare die Möglichkeit hätten, der letzten Reise des Dichters beizuwohnen. Der Flug dauerte fünfundsiebzig Stunden. Die Maschine wurde von einem Tankflugzeug mit Treibstoff versorgt und musste nicht zwischenlanden. Überall versammelten sich die Antimenschen zu Tausenden und hoben ihre Köpfe zu dem Flugzeug, das durch den Himmel schoss. In einem Anflug höchster Hingabe verneigten sie sich in seinem Schatten, als ob sie durch diesen Akt in den Schutz der Vangel'schen Seele kämen. Der tote Künstler ließ das Universum, das er bewohnt hatte, Revue passieren; er grüßte die Wolken, überragte seine Leser und verwandelte sich so in den Gott der Antiwelt, den Antigott der Welt.

Die Beerdigung war für Sonntagnachmittag angesetzt. Die ganze Woche über war der Medienrummel nicht nur im Metaversum, sondern auch in Frankreich so groß, dass Fernsehsender wie BFM TV beschlossen, das Ereignis über ein Videoaufzeichnungsprogramm live zu übertragen. Noch nie zuvor hatte ein Nachrichtensender ein virtuelles Ereignis ausgestrahlt. Zum ersten Mal also stach die Antiwelt offiziell die Realität aus. An besagtem Tag landete Vangels Beerdigungsflugzeug auf dem Flughafen Orly. Zu Trommelwirbel wurde Vangels Sarg aus dem Frachtraum gehievt. Eine Handvoll Bewunderer, die vorab sorgfältig ausgewählt worden waren, hatten die Ehre, ihn auf ihren Schultern zu einem weißen Leichenwagen zu tragen. Dann setzte sich der Korso in Bewegung. Er bewegte sich in Schrittgeschwindigkeit voran und zählte so viele Wagen, dass das Ende nicht zu sehen war. Tausende von Fahrzeugen nahmen die A6 in Richtung Hauptstadt. Sie fuhren an Rungis vorbei, wenige Hundert Meter von der Rue Notre-Dame entfernt, erreichten die Porte d'Italie und wagten sich dann ins Zentrum von Paris.

Die Esplanade du Champ-de-Mars war bis auf den letzten Platz gefüllt. Achtzehn Prozent der Antiwelt-User, etwa zweihundertzehn Millionen Menschen, waren eingeloggt, um der Zeremonie beizuwohnen. Acht Millionen Avatare waren nach Paris gereist. Die Menschenmenge drängte sich und breitete sich in alle Richtungen auf den umliegenden Boulevards aus; sie reichte vom Arc de Triomphe bis zur Tour Montparnasse. Damit brach Vangels Beerdigung den Rekord der bisher populärsten Beerdigung in der Geschichte, den zuvor Victor Hugo 1885 mit zwei Millionen Trauernden innegehabt hatte.

Als der Konvoi das Champ de Mars erreichte, bedeckten Gewitterwolken den Himmel. Schwarz, aufgerichtet wie ein Amboss, tauchten sie die Stadt in tiefe Schatten. Genau in der Mitte zwischen dem Trocadéro und der École Militaire hatte man eine Gruft ausgehoben. Die Schaulustigen hielten den Atem an, als Vangels Sarg beigesetzt wurde. Kaum hatte er den Boden berührt, verzogen sich die Wolken. Ein lautes Krachen ertönte, und man sah eine blendende Gestalt vom Himmel herabsteigen: Vangels NPC, umgeben von einem Lichtkreis.

Auf BFM TV, in der Gegengesellschaft und anderen Medien aller Kontinente sahen mehr als dreihundert Millionen Menschen zu, wie sich das Gespenst des Dichters manifestierte. Majestätisch schwebte der Geist des Poeten mit seinem monströsen Antlitz über seinem Grab. Die künstliche Stimme adressierte die Antimassen:

»Was sucht ihr den Toten bei den Lebenden? Hier bin ich wieder, besser als in meinem ersten Leben, bereit, euch ans Ende der Welt zu führen. Mein Tod war kein Ende, sondern ein neuer Anfang. Seid nicht bestürzt!«, rief er und streckte seine Arme zur Sonne. »Hier sind wir, meine Freunde, für immer zusammen, für immer getrennt.«

Als Vangel an jenem Abend den Himmel der Nachwelt erreicht hatte, wurde ein neues Facebook-Konto angemeldet: »Julien Libérat II«. Wenig überraschend blieb dieses Ereignis gänzlich unbemerkt. Julien Libérat verlor keine Zeit …

## Kapitel 7

An diesem Morgen öffnete Julien das Fenster und blickte in die Ferne. Wolken legten sich wie ein Deckel über den Horizont. Unten blockierte ein Stau die Rue Notre-Dame. Autos hupten, Fahrer riefen sich Beleidigungen zu, wahrscheinlich wegen eines Lastwagens, der den Weg versperrte, vielleicht auch wegen einer Trantüte, die an der grünen Ampel nicht weiterfuhr. Draußen ging das Leben weiter. Die Menschen wollten dringend irgendwohin, sie mochten es nicht, wenn man ihnen Zeit raubte, sie wollten weiter, pünktlich sein, nicht zu lange an einem Ort verharren. Für sie hatte die Welt einen Sinn: eine bestimmte Richtung, an der sie nicht zweifelten. Und warum auch nicht: Jeder hatte ein Anrecht auf seine Illusionen.

War es normal, einen solchen Frieden zu empfinden, wenn es zu Ende war? Keine Angst zu haben? Nicht zu zögern? Julien schaute auf sein Handy. Gleich würden sich die Leute einloggen, um seinem »symbolischen Akt« beizuwohnen. Sie würden hinter ihren Bildschirmen hocken, neugierig erst, dann misstrauisch, argwöhnisch und schließlich entsetzt. Vor ihren hilflosen Augen würde sich ein Suizid abspielen, und sie könnten nichts tun als weinerliche Kommentare zu schreiben, die nichts zur Sache taten. Und wenn das Handy nicht gleichzeitig mit ihm ein Ende fand, würde die Liveübertragung mit dem Anblick seines zertrümmerten Körpers auf dem Boden enden. Seine aufgeplatzten Eingeweide würden in die Zwischenräume der Pflastersteine fließen. Sein Blut würde eine Rinne bilden und sich mit dem modrigen Gullywasser vermischen. Mit seinen knochenlosen Gliedern, dem völlig zerstörten Rumpf würde er aussehen wie eine exquisite Leiche. Der Aufprall nach seinem denkwürdigen Sprung würde ihn in Stücke reißen. Mit den Ellenbogen in den Ohren und dem Kinn im Arsch wäre alles futsch. Alles außer einem. Julien war sich sicher: Er würde heiter aussehen am Ende. In einer letzten Ehrfurchtsbezeugung würde sein Mund lächeln. Das strahlende Lächeln eines zahnlosen Gebisses. Das Lächeln eines Antitoten und eines Gegenlebendigen. Ja, das war es, was die Leute im Internet schockieren würde: Sein Kadaver würde verzückt anmuten. Glücklich in seinem Schicksal. Strahlend, es so weit gebracht zu haben.

Es war so weit. Julien öffnete Facebook, klickte auf das Dreieck in der Mitte und startete die Aufzeichnung. Dutzende waren bereits da. Genauer gesagt, einhundertvierundsiebzig. Minutenlang hielt er dem Bildschirm mit seinem Blick stand und prüfte die Zuschauerliste. Unter haufenweise Unbekannten versammelten sich auch einige vertraute Namen. Zuerst fielen ihm seine Eltern auf, Thomas und Christine Libérat, aber auch Thibault Partene, Michaël Benedetti, Irina Elevanto, Gäste des Piano Vache, ehemalige Kommilitonen vom Konservatorium, Freunde von Freunden, lose Bekannte. Selbst May war da, sie musste sich heimlich eingeloggt haben, ohne dass ihr Freund es wusste. Sein ganzes Umfeld war vertreten, zum ersten Mal vollzählig versammelt. So wollte er sich von ihnen verabschieden, wortlos, mit weitaufgerissenen Augen, mit einem Wimpernschlag. Er sah jeden in seiner Ecke, jeden mit seinem eigenen Leben, durch rätselhafte Bande miteinander verbunden, und doch für sich allein. Zusammen bildeten sie eine verwirrende Galaxie, die darauf wartete, sich dem Wind anzuvertrauen. Immens und winzig wie alle Universen, beruhte seine eigene kleine Welt auf nichts außer seiner Anwesenheit. Und er, was hatte er in all den Jahren getan, außer ein Netz zu weben, das aufzutrennen war? Allein der Gedanke daran machte ihn freier als je zuvor. Jetzt lösten sich die Fäden, und Julien ließ sein Spinnenschicksal hinter sich. Er löste die Fesseln und stürzte mit ihnen hinab.

Die Minuten verstrichen, seine Gegenüber zeigten sich ungeduldig. Draußen wurde der Regenguss in der

Stille immer lauter. Er musste los. Auf den Tisch. Auf die Fensterbank. Tief einatmen. Schwung holen und den großen Sprung wagen. Es würde keine fünf Sekunden dauern. Hals über Kopf in den Regen, keine Zeit für Schwindelgefühle. Er würde gerade noch sehen, wie sich der Himmel entfernte. Mit jedem Stockwerk würde er sich in das Gefühl hineinstürzen, nur mehr ein Pfeil zu sein, eine Nadel ohne Last. Dann würde er den Kopf senken, in der Hoffnung, dass er mit ihm zuerst aufschlagen würde. In den letzten Augenblicken würde sich alles beschleunigen. Seine Hand würde in die Leere greifen, die Liebe beginnen.

*Ich sprang aus meinem Leben in dem ich tot schon war*
*Es brannt' in mir die Wunde des einen schönen Plans*
*So anders scheint der Himmel wenn meine Kraft erbleicht*
*Allmählich lass ich ziehen die Mühen meines Seins*

*Gesichter brennen helle befallen von der Nacht*
*Auf ihren trägen Häuten da werden Tage schwach*
*Darunter liegen Gräber von Blütenkindertagen*
*Zertrümmert von den Blicken sind alle Seifenblasen*

*Das allerletzte Ufer wir haben es erreicht*
*Für alle Ewigkeiten vom Leibespelz befreit*
*Wir sind defekte Zombies nur Scham bekleidet uns*
*Es wird nachher nur bleiben ein kleiner Pendelschwung*

*Absurde Nostalgien im Land der Unreinheit*
*Hier irren wir umflattert von Regellosigkeit*
*Wir meiden jeden Spiegel wir Eitlen Armen Sturen*
*Auf allen unsren Wegen entweihte Bildfiguren*

*Ich greif nach euren Händen statt lauter Einzelgängern*
*Ein unendlicher Reigen der faulen Wiedergänger*
*Voran in das Vergessen in widerlicher Galle*
*Dass wir im Tod uns lieben das glaub ich für uns alle.*

# Epilog

Auch zehn Jahre später noch verfolgte Adrien das Video von Juliens Suizid. Wann immer nach einem Vortrag eine Fragerunde anstand, überkam ihn derselbe Schrecken. Stets machte ihm jemand den einen Vorwurf: »Monsieur Sterner, wollen Sie die Frage von Vangels Verschwinden noch immer geheim halten?« Dann setzte er ein hochmütiges Lächeln auf und machte eine ablehnende Kopfbewegung. Obwohl er sich nichts anmerken ließ, musste er an die letzten Sequenzen der Liveübertragung denken, in denen das Blut über Libérats Stirn floss. Echtes Blut, rot wie die Realität, das Blut eines jungen Mannes, der durch eigenes Verschulden im wahrsten Sinne des Wortes den Weg der Antiwelt gegangen war.

Irgendwann würde die Wahrheit ans Licht kommen, das war unvermeidlich. Sterner wusste insgeheim, dass er mit dem Rücken zur Wand stand. Cyber-Ermittler hatten sich im Internet zusammengeschlossen und auf Vangels Spuren begeben. Wie Piranhas stürzten sich diese selbsternannten Detektive mit einer Leidenschaft für Cold Cases und unlösbare Rätsel auf den Fall. Da es an Indizien mangelte, gingen allerlei Verschwörungstheorien um, wilde Behauptungen, dass der Dichter in Wahrheit eine echte Berühmtheit war, vielleicht ein Rapper, ein aufstrebender Romanautor oder ein Politiker ... Diese Menschen, die vor ihren Computerbildschirmen die Machenschaften der Eliten entlarvten und die Kunst der Unterstellung beherrschten (»Ich stell das mal in den Raum«, »Ein Schelm, wer Böses dabei denkt«), die sich über jedes zufällige Ereignis empörten, offizielle Verlautbarungen stets für verdächtig hielten, eine Parallelwelt bewohnten, ohne Mondlandung, aber dafür mit viel zu vielen False-Flag-Attentaten, diese Dogmatiker der Skepsis, Feinde des Zufalls, die an allem zweifelten, außer an ihren Zweifeln. Da sie ihre eigenen Phantasien auf Vangel projizierten und sich alle möglichen Extravaganzen vorstellten, verloren sie das einfachste Szenario aus dem Blick: dass sich hinter dem Avatar bloß irgendein Namenloser verbarg. Ein junger Mann wie jeder andere, ein Jedermann.

Im Laufe der Jahre wurden die Fanatiker schließlich ihrer Spitzfindigkeiten müde und gaben auf. In ihrem Tunnel der unbeantworteten Fragen weigerten sich nur die Scharfsinnigsten zu resignieren. Sie waren akribisch und ließen sich Zeit. Sie passten ihre Hypothesen methodisch an neue Erkenntnisse an, verglichen Spuren, widerlegten die einen und erforschten die anderen Annahmen. Sie durchforsteten Vangels Gedichte und gelangten nach und nach zu der Überzeugung, dass er keine 50-jährige Kanadierin sein konnte. Wahrscheinlicher war, dass es sich um einen jüngeren Franzosen handelte, der zu Depressionen neigte. Nun präzisierte sich die Suche. Der Avatar Vangel, so stellten sie fest, war in Rungis aufgetaucht: Hatte das mit der Adresse seines Schöpfers zu tun? In New York hatte sich der Antimensch mit dem NPC von Serge Gainsbourg verbrüdert: Vielleicht bewunderte er ihn im echten Leben oder war sogar Berufsmusiker. Der nicht gerade für seine sexuellen Eskapaden bekannte Künstler war in den Armen einer Frau namens June gestorben: War das ein Zeichen? Da seine Gedichte oft düstere Gefühle ausdrückten, fragten sich einige Blogger, ob sich der Spieler womöglich das Leben genommen habe. Mit der Zeit kamen sie in kleinen Schritten der Wahrheit näher. Jahr für Jahr, Monat für Monat zog sich die Schlinge immer enger zu. Bald würden die Ermittler am Ziel sein, und dieser Gedanke trieb Adrien den Angstschweiß auf die Stirn. Er sah die Schlagzeilen schon vor sich, wenn der Name und die Geschichte von Julien Libérat durchsickern würden: »Heaven, das tödliche Paradies«.

Wenn er abends die Augen schloss, sah er den Klavierspieler vor sich. Wie er stoisch auf die Fensterbank kletterte. Sein Lächeln, als er sich in die Tiefe stürzte.

Vor allem seine Stille. Wie er in die Kamera blickte, ohne den Mund zu öffnen, als wollte er ihm eine Botschaft senden. »Vergiss nicht«, schien das Weiße in den Augen zu sagen, »auf welchem Verbrechen dein Imperium fußt.« Sterner vertrieb diese Erscheinung mit allen Mitteln: vor allem mit Kokain.

In den Wochen vor der Aufdeckung des Skandals wurde Adrien für einen Vortrag nach Jerusalem eingeladen, um die Multiwelt vorzustellen, die neue Version seines Metaversums, die in Kürze erscheinen würde. Zum ersten Mal setzte er einen Fuß in die dreifach heilige Stadt, von der die Idole seiner Kindheit gesungen hatten und deren himmlische Doppelgängerin all seine Tagträume inspiriert hatte. In der Limousine, die ihn vom Flughafen zur Hebräischen Universität brachte, versuchte Adrien sich auf seinen Vortrag zu konzentrieren. Die Zettel enthielten einige heikle, angreifbare Passagen, etwa im einleitenden Absatz, in dem er erklärte, dass die Multiwelt eine Lösung für den Israel-Palästina-Konflikt biete, der trotz Gipfeltreffen und Verhandlungen immer noch festgefahren war. Heaven werde nämlich jedem Antimenschen in der Region anbieten, sich sein eigenes Jerusalem zusammenzustellen. Je nach Version des Spiels sollte die Stadt nur von Juden oder nur von Muslimen bewohnt werden. Die Ersteren könnten die Kuppel des Felsendoms abreißen und dort in 3-D einen Dritten Tempel errichten. Die Letzteren könnten den Staat Israel spurlos vernichten: die Synagogen niederbrennen, die Klagemauer sprengen und an der Stelle eine riesige Moschee erbauen. Das war Sterners Lösung: Da die beiden Völker nicht miteinander auskamen, musste jedes einen virtuellen Sieg einfahren. Es war ganz sicher sein riskantester Vortrag, der ihm entweder den Friedensnobelpreis einbrachte oder den schlimmsten Shitstorm.

Doch die Worte entglitten seinem Blick, gestört von Phosphenen und Flecken. Seit der Landung war er in einem seltsamen, ganz ungewöhnlichen Zustand, einer Müdigkeit mit Schwindel, wie nach einer langen Schlaflosigkeit. Die Brust presste sich zusammen, und sein Herz pochte ruckartig. Als er auf dem Beifahrersitz saß, wurden seine Beine taub. War es die Aufregung, die Landschaften der Apokalypse zu entdecken? Die Befürchtung, dass ein Zuschauer seine Rede unterbrechen und auf Vangel zu sprechen kommen könnte? Oder einfach nur die Überdosierung seiner morgendlichen Koksration? Vielleicht von allem ein wenig, beruhigte er sich und schluckte eine Paracetamol. Auf der restlichen Fahrt betrachtete er die schneebedeckten Berge, die in einen wabernden Nebel getaucht waren, der sich im weißen Raureif spiegelte. Je höher sie fuhren, desto dichter wurde die Schneeschicht auf dem Gestrüpp. Sie war so dick wie in Chamonix oder Gstaad. Das war er also, der Orient, eine Hügelkette, auf der es im Winter schneite. Sterner blickte gen Himmel: Dieses Land hatte nichts mit der Bibel zu tun. Man musste sich fragen, ob die Autoren jemals einen Fuß in diese Gegend gesetzt hatten.

Im Konferenzsaal wurde Sterner wie ein Rockstar empfangen. Er lieferte seine üblichen, zunehmend eschatologischen Prognosen über die Entwicklung der Welt. In gewohnt lyrischer Manier kündigte er die große Müdigkeit an, die bald alle entwickelten Länder überziehen würde: Der Verlust übergeordneter Werte und die allgemeine Verbitterung würden eine regelrechte Depressionsepidemie auslösen, die eine Explosion der Selbstmordrate nach sich ziehen werde. Wie Kleinbürger am Ende ihres Lebens würden die westlichen Gesellschaften zwischen Trägheit und Angst schwanken. Sie könnten nicht das geringste äußere Problem mehr bewältigen, gelähmt durch die kleinsten Bedrohungen, und würden sich bei jeder neuen Krise, ob real oder eingebildet, sofort zurückziehen. Dann werde die Menschheit, erschreckt von ihrem eigenen Schrecken, endgültig abdanken. In zwanzig oder dreißig Jahren würden die klassischen sozialen Netzwerke völlig verschwinden. Die Menschen hätten nicht mehr die Kraft, ihren Alltag zu inszenieren, ihre Meinung zu äußern und zu streiten. Sie würden sich auch kaum noch erlauben, laut zu denken. Der Wind der Zeit werde sie wie abgestorbene Blätter vom Ast der Zeit verwehen. Einer nach dem anderen, eine Milliarde nach der anderen, würden die Menschen die

Welt aufgeben und sich in Antimenschen verwandeln. Am Ende werde das Nichts gewinnen.

Nach seiner Rede setzte sich Sterner auf eine Terrasse und nahm etwas Kokain, um wieder zu sich zu kommen. Vor ihm lag Jerusalem, so weit das Auge reichte, mit seinen verwinkelten Vororten und ungleichen Hängen, buckelig von Kuppeln und Bergen, mit einer Fülle von Tälern und Gräbern, eine Wellenbewegung bis zum Horizont. In der unregelmäßigen Landschaft fanden sich alte Kirchen mit Betontürmen, Moscheen mit Davidsternen, Ödland mit Friedhöfen. Das war also das irdische Jerusalem: eine Stadt wie jede andere, auf dem Felsen liegend und doch stehend, ausgebreitet wie ein fliegender Teppich, wenn man sie überblickte.

An diesem Wintermorgen war die Stadt mit einem Schneefilm bedeckt. Noch waren die Eisplatten kompakt, aber bereit, sich zu verflüssigen und langsam die Rinnsteine herunterzutropfen. Momentan nahmen sie alles in Besitz, Dächer und Fenster, Zypressen und Straßen, antike Kuppeln ebenso wie Buntglasfenster. Von übermäßiger Klarheit, eiskalt, zum Schmelzen verurteilt, bedeckten sie die Hügel und Täler bis zum Himmel. Der Schnee gab sich der Sonne hin und reflektierte ihr Licht, warf es in alle Richtungen zurück. Er strahlte ihm von Arkaden und Vorplätzen ins Gesicht, reflektierte das Tageslicht durch die Stadtmauern und überall in den Straßen. Angesichts dieses weißen Mantels erinnerte sich Adrien an den Vers des Johannes, der ihn schon so lange verfolgt hatte: »... die Stadt von lauterm Golde gleich dem reinen Glase.« Das war es, das Symbol. Dieser Schnee war ein Gold. Ein Gold aus reinem Glase. Die Wirklichkeit stand vor ihm, glänzend wie ein Spiegel. Man musste sie nur betrachten, um sie sich vorzustellen.

Warum hatte er diese Selbstverständlichkeit nicht schon früher erfasst? Vor zehn, zwanzig, dreißig Jahren? Viele Minuten lang verlor er sich in diesem Tableau vivant. Bernsteinfarben schimmerte der Schnee vor seinen Augen und glitzerte unschuldig und milchig und verband die Oberfläche der Erde mit den Farben der Wolken. Ein Schauer durchlief seinen ganzen Körper. Plötzlich vernebelte sich sein Blick. Seine Pupillen füllten sich mit bunten Punkten. Die Pigmente flogen wie Trugbilder durch seinen Kopf und blendeten ihn. Es war ein kurzer Schmerz. Ohne einen Laut brach Adrien zusammen. Die Feuerwehrleute, die ihn wiederbeleben wollten, hörten nur noch seine letzte Frage: »Was bleibt vom Himmel, wenn man die Augen schließt?«

## Zitatnachweis

Das Zitat von Honoré de Balzac stammt aus: Die Herzogin von Langeais / Das Mädchen mit den Goldaugen, übersetzt von Christel Gersch, Berlin 1999, S. 108.

Das Zitat von Leibniz lautet: »Diese Ursache muß auch Einsicht besitzen, denn da die bestehende Welt zufällig ist und eine Unzahl anderer Welten ebenso möglich waren und sozusagen ebensosehr nach dem Dasein strebten wie sie, so muß die Ursache der Welt auf alle diese möglichen Welten Rücksicht oder Bezug genommen haben, um eine von ihnen zum Dasein zu bestimmen.« Aus: Gottfried Wilhelm Leibniz: Die Theodizee. Von der Güte Gottes, der Freiheit des Menschen und dem Ursprung des Übels, Frankfurt am Main 1986², S. 219.

Felwine Sarr
**Die Orte, an denen meine Träume wohnen**
Roman

Die Zwillingsbrüder Fodé und Bouhel wachsen im Senegal auf und sind auf der Suche nach ihrem Selbst. Fodé ist Schreiner, er führt ein traditionelles Leben in seiner Heimat und folgt seiner spirituellen Berufung. Bouhel entscheidet sich für die Literatur und die Musik. Er studiert in Frankreich und findet in der Liebe mit Ulga, einer Studentin aus Polen, seine Erfüllung. Doch ein Unglück versperrt ihren gemeinsamen Weg in die Zukunft.
Erst Jahre später finden die Brüder wieder zusammen. Felwine Sarr nimmt uns mit auf ihre Suche, ohne ihre Entscheidungen und Schicksale gegeneinander auszuspielen.

Aus dem Französischen von
Doris Heinemann
192 Seiten, gebunden